藍わ♡

当你恋爱时 1

DANG NI LIAN'AI SHI 1

蓝白色/著

时代出版传媒股份有限公司
安徽文艺出版社

图书在版编目（ＣＩＰ）数据

当你恋爱时.1/蓝白色著.—合肥：安徽文艺出版社,2020.10
ISBN 978-7-5396-6985-4

Ⅰ.①当… Ⅱ.①蓝… Ⅲ.①长篇小说－中国－当代 Ⅳ.①I247.5

中国版本图书馆CIP数据核字(2020)第101997号

出 版 人：段晓静		特约编辑：号 号 李姣姣	
责任编辑：姚 衍		装帧设计：苏 荼 西 少 徐 睿 张 强	

出版发行：时代出版传媒股份有限公司　www.press-mart.com
　　　　　安徽文艺出版社　www.awpub.com
地　　址：合肥市翡翠路1118号　邮政编码：230071
营 销 部：(0551)63533889
印　　制：嘉业印刷（天津）有限公司　(022)59656080

开本：880×1230　1/32　印张：8.75　字数：300千字
版次：2020年10月第1版
印次：2020年10月第1次印刷
定价：32.00元

（如发现印装质量问题，影响阅读，请与出版社联系调换）

版权所有，侵权必究

目

录
contents

第一章 **天真有邪**
···001

第二章 **悄悄的喜欢**
···087

第三章 **我有个恋爱想和你谈谈**
···133

第四章 **我在等风**
···195

第五章 **只做陌生人**
···215

第一章

天真有邪

九月开学季,商陆独自一人踏上了北上的旅程。

同行的不乏陪着孩子北上求学的父母,相较之下,这个坐在舷窗旁低头看一本《暮光之城》的少年,着实形单影只了些。

一路从南方室闷绵软的雨穿行至北境秋高气爽的天,他都未曾抬头。

这本英文原版的《暮光之城》是向南星寄给他的,嘱咐他一定要看完,美其名曰帮助他学习英语,可她那点小心思瞒得过谁?当时国内还没有这本书的中文译本,她是把他当现成的翻译用了。

无奈魔高一尺道高一丈,商陆借着必须专心复习迎战高考这个借口,把这本书一晾就是一年。

直到整个高三过去,书脊上落了灰,他才想起还有这么一茬,于是顺手装进随身行李中。

本以为这段枯燥的旅程能迫使他看完这本书,但他错了,硬着头皮看到三分之一,终是忍不住"啪"地合上了书,皱着眉摇头。

这不就是美版郭敬明吗？

商陆心中正默默吐槽，却把自己吐槽愣了。

他又是怎么知道郭敬明的？

稍一回想，眉头还未纾解，嘴角便已一抽。

还不是因为向南星？

商陆一直在北京念到高二，因为明文规定无户籍考生不能异地高考，才回原籍读了一年高三，在此之前，他很不幸地和西城"土著"向南星同校了整整五年。

甩都甩不掉的孽缘。

有一回放学，她莫名红着眼眶，连他这个为了不和她一起上下学，常年被逼得迟到早退的人，在校门口瞥见她那副模样，都犹豫了一下，破天荒地在放学路上和她来了场"偶遇"。

偏偏周遭人都已习惯他事不关己高高挂起的人设，她也不例外。换作平常，她能在放学路上赶上他，铁定是一湾梨涡化在嘴角，可这次，她竟好半晌才发现他推着自行车尾随了她一路。

那副兴味索然的模样导致他关心的话到了嘴边，自动转换成老生常谈的一句："又看'小黄书'被你的班主任训了？"

那种接个吻都恨不得写满两页纸的言情小说，可不就是"小黄书"？她上课看闲书被逮着训话也不是第一次了。

不提这茬还好，一提她立马跟被戳了脊梁骨似的，浑身一凛，脱口而出就是一句："讨厌那姓傅的！渣男！"

此话一出，她倒是解气了，商陆心中却"咯噔"一下，没话了。

那之后整整一周，商陆总能想起某回从她书包里掉出来的"小黄书"——那本接个吻都恨不得写满两页纸的玩意。

什么缠绵啦，辗转啦，天旋地转啦……

整个四中上千号人，上哪儿去找一个姓傅的渣男？大概只有学校的教务系统能帮他了。

可商陆这人是出了名的成绩好却不爱奉献，谢绝担任班内的任何职务，作为一介平民,他压根就没机会接触教务系统,于是接下来很长一段时间,商陆所在的实验班隐约多了几丝暧昧的气息——

商陆和班长,似乎走得有些近啊。

一起上下学,一起晚自习,甚至帮班主任在教务系统录入模拟考成绩这种本该由副班长协助班长的活,商陆都默默取而代之,陪着班长在机房忙到天黑。

绝对有猫腻。

连向南星所在的平行班都听到风声,班主任自然闻风而动,分别找商陆和班长谈了一次话,快准狠地掐断了那不该有的小火苗。

商陆理所当然地和班长恢复到原先的距离,当然这一切本来就在他的掌控中,除了一件事——

教务系统里白纸黑字查到的,全校只有一个姓傅的,还是个女的。

"渣男事件"就这么成了罗生门,高二结束,他不得不回深圳。

向南星想方设法想从他口中套出他究竟想报哪所学校,商陆自然不能让她如意——如果不是她一家子都是中医,他或许就不会这么排斥她。

他,极其讨厌中医。

她却不知从哪儿学来的招数,在他离开的前一晚,买了一大堆啤酒、零食,在她家天台上,给他办了一个寒酸的欢送会。

她一边劝酒一边问他:"你打算报哪个学校?"

"那得看我最后高考考多少分。"

可惜他的迂回策略她丝毫不买账,还挤对他:"说嘛!藏着掖着跟个姑娘一样……"

到底谁才是姑娘?到最后还自己把自己灌多了,抱着他的胳膊不撒手,烦死了。

"你就不担心我上大学,没你罩着被人欺负?"

"谁欺负得了你?"

"我上了大学可以把室友介绍给你做女朋友呀!"

"我长这样还需要你介绍女朋友?"

一番兵来将挡、水来土掩，她歪头一琢磨，甚有道理……没声了。

被她额角抵着的那一小块皮肤隐隐发起热来，商陆忍不住皱了下眉，把她推开，险些推翻过去，又慌忙捞回来。

这一推一捞，他的鼻尖就剩下她呵出的酒气了。

糟糕，她这柔柔弱弱的样子，或许，也不是谁都欺负不了。

大概是鬼迷心窍，商陆听见自己咽了口唾沫："姓傅的渣男是谁？"

向南星应该是听见了，不然不会慢悠悠地抬头，倏忽间望进他的眼睛里。

她的眼眶丝丝泛红，就和那时候一样。

"去年，十月份左右，你被他惹哭过……"

他竟还清楚地记得月份，商陆自己都诧异了。

他的声音，因她的注视而下意识低沉，而那低沉的尾音，又恰能助她勾起回忆。她晃晃悠悠地说："哦！你是说傅小司啊。"

还真有这人？

商陆曾经有幸目睹过那本接个吻都恨不得写满两页纸的"小黄书"，重点字眼再度似走马灯一般，自他眼前盘旋而过。

缠绵……辗转……天旋地转……

"他背着女主和女主的闺密上床，渣死了……"

她轻巧一语，"啪"地关掉了他眼前的走马灯，同时也关掉了他的思绪。

足足半分钟，商陆才反应过来，低头瞧怀里的人，一秒、两秒、三秒，终于忍不住嫌弃地推开："神经病吧你？"

可是到底谁才是神经病？是当晚特地上网确认傅小司是哪本书里的人物的他？还是真以为学校里有这么一号人物，为此千辛万苦进了学校教务系统的他？抑或是此时此刻，试图在航班上读完这本凄美爱情小说的他？

过道另一侧的一位父亲正忙着嘱咐孩子进校要注意些什么，是商陆熟悉的话，却不是他熟悉的场景。商陆也不明白究竟是什么让他莫名烦躁起来，随手就把这本《暮光之城》往座椅旁边的缝隙一塞，眼不见为净。

然而这本《暮光之城》最终还是随着商陆一同出现在了阜立大学2007届的

新生宿舍中。

除了他是一个人来学校报到,以及随身带着一本男生根本不会看的爱情小说,商陆和其他新生并没有什么两样。

或许还得再除去一点——他似乎对医学院里凤毛麟角的女生资源并不怎么感兴趣。

开新生大会时,放眼望去,整个礼堂几乎全是男生,偶尔有几个女生。和商陆同寝的赵伯言忍不住感慨:"咱们这届女生这么少?"

商陆却说:"挺好,女生多了麻烦。"

显然与赵伯言想法相同的人占大多数,礼堂里一道道不安分的目光落到最后,多多少少都夹杂了失望,直到礼堂侧门被推开——

三三两两的女生结伴进入礼堂的那一刻,众人目光投掷而去,从心如死灰到如沐春风不过一扇门开合的工夫。

不知是谁小声感叹道:"果然还是中医系女生多……"

商陆卡壳半秒,霍然抬头,礼堂里的嘈杂声仿佛在这一刻都离他远去。

半晌,商陆才记起问一句:"咱们院什么时候有中医系了?"

赵伯言忙着默默观望那一群正朝他这边——准确来说是朝他身后的空座——而来的中医系小姐姐,心不在焉地回道:"你是不是提前批次录取的?阜立今年正式成立中医系,从咱们这届开始录取。"

眼看小姐姐们越走越近,赵伯言终归不好意思,假模假样地收回目光,借着揶揄商陆做掩饰:"女生多点不好吗?难不成你想本硕七年都打光棍?"

商陆默默朝他投去一记"你不懂"的眼神。

二人正你来我往,被一个女声打断:"商陆!"

简简单单两个字,干脆利落,甚是好听。

商陆忽然愣住,还是赵伯言率先在人群中发现了声音的主人——

面前站着一个女生,和刚落定的那声干脆利落的音色格外相配,长相挺青涩的,笑容却又飒又蜜。

前一秒赵伯言还因此眼前一亮,后一秒眼中却不禁闪现出饱含领地意识的暗光。

她旁边怎么站了个男的？这才开学几天，现在的男同胞下手都这么快？

也许是因为赵伯言长相平平无奇，看着像个没长开的高中生，小姐姐和她旁边站着的男生很默契地没有瞧赵伯言一眼，而是齐刷刷看向了赵伯言旁边坐着的商陆。

商陆明显认识这两个人，却没有开口打招呼。随着越来越多的人拥向后头的空位，不知哪个女生喊了句："向南星，咱们坐那儿吧。"说罢就把小姐姐拉到了后一排。

向南星？这名字似乎在哪儿见过……

赵伯言立马就想起来了，商陆带进宿舍的那本小说，扉页上写着这个名字。

赵伯言实在耐不住好奇，左看看，右看看，无奈商陆只肯给他一个奋笔疾书的侧脸。

赵伯言纳闷了，他给自己和商陆弄了几个男多女少、性别比例严重失衡的社团报名表，商陆原本嫌弃得不行，现在却填得这么起劲？字倒是写得挺好看，可再好看也好看不过又飒又蜜的小姐姐，赵伯言只能自己鼓起勇气和后排搭讪："向南星？我听商陆说起过你哎……"

商陆笔下一顿，顿而又起。

没拆穿他。

赵伯言深谙搭讪之道，向南星差点信了他的胡诌，硬生生压下一切该有的和不该有的表情，只不咸不淡地应句："我和商陆是高中同学。"

小姐姐怎么突然不高兴了？大概她和商陆没那么熟。

赵伯言机灵，赶紧把话题扯到向南星旁边那位一直没发过言的男生身上。

果然向南星面色趋缓，说道："他是陈默，我发小。"

一个是高中同学，一个是发小，孰近孰远一听便知。赵伯言心里一琢磨，自己作为商陆的室友，应该讨不了什么好，索性识时务地物色起中医系里还有没有别的目标。

至于商陆，全程不发一言地在刚到手的表格上写着字，没有参与任何对话，他的听力倒是前所未有地好,尤其女孩子声音的分贝又高,身后的对话,他几乎听得一字不落——

"你就是陈默?咱们院第一名考进来的陈默?"

坐在向南星另一边的,应该是向南星的室友,语气里难掩对学霸的仰慕。

以商陆对陈默的了解,这厮大概只是特别谦虚地点了点头,就又能收获粉丝两三个。可还不等新晋粉丝发话,商陆就听见特别熟悉的一个嗓音,以一种他特别熟悉的嘚瑟语调夸起来:"我发小人特好,他待会儿要作为学生代表发言,本来现在就该去候场的,迟佳昨晚非得回家住,今天估计要迟到,辅导员不允许我们替没到的人占座,等迟佳到了,咱一定得跟她说,我们院的第一名为了帮她占座差点误了发言,让她请客吃饭。"

同寝女生纷纷表示赞同。

狗腿——商陆默默地在表格的某一栏写下这两个字。

狗腿子向南星就这么凭借自己的学霸发小在室友们面前狐假虎威了一回,室友们倒也吃这一套,带着怯意问道:"第一名……高考得多少分呀?"

向南星道:"差一点就上七百了。"

商陆唇边一凛。

大言不惭。

陈默倒是谦虚:"没有没有,六百八十分而已。"

商陆嘴角一勾。

故作谦虚,等于变相炫耀。

果然在陈默的一句"而已"过后,周遭几人的目光全落到这一隅,就连商陆一旁的赵伯言都忍不住再度回过头去,惊叹出声。

向南星的得意劲都快藏不住了,似乎考六百八十分的是她自己,不期然间目光一偏,落在赵伯言身旁那个岿然不动的挺拔背影上。

其实,她平常不是这么嘚瑟的人,这么说还不是为了硌硬一下商陆?

陈默一向谦虚,商陆历来傲慢,两个人明面上没什么不对付,但学霸和学霸之间总归是相斥的,即使双方都不屑于表露,此时的商陆也不至于连半点反应都没有吧?

向南星手里转着圆珠笔,千忍万忍才没有去戳前面那岿然不动的脊梁骨。毕竟她现在还在和他冷战——如果这一切都能算作冷战的话。

商陆的室友赵伯言显然没嚼出什么明白来,学霸的光环已然闪瞎了他,他求知若渴堪比求偶地问道:"厉害厉害,咱加个QQ呗?"

被一个同性如此翘首期盼地托腮看着,陈默多少有点局促,拒绝的话说得倒也迂回:"我那都是运气,其实我跟商陆也是校友,他成绩一直比我好。"

"是吗?"

赵伯言狐疑地一眯眼,显然不信,正打算再攻一攻陈默,向南星的室友恰在这时赶到。

远远就见一个火急火燎的单薄身影三阶并两阶地一路蹿到向南星这一排,喘着粗气带偏了赵伯言的节奏:"累死我了,幸好没迟到……"

向南星的室友到了,陈默帮忙占座的任务完成,起身准备让位之前,他刻意忽略还在"嗷嗷待哺"的赵伯言,冲向南星问道:"中午一食堂?"

见向南星点了点头,陈默顺理成章地溜了。

没要到学霸QQ号的赵伯言目送学霸离开,又看了眼还在埋头填表的商陆,一张破表而已,需要填得这么聚精会神?

陈默的话言犹在耳,赵伯言撞撞商陆:"兄弟,冒昧问一句,你高考多少分?"

商陆斜他一眼,压根不想回答,却在重新落笔的一瞬间改了主意。他放下笔,正经八百地冲着赵伯言说:"零分。"

"零分?"开玩笑吧?

"对,零分。"半点也不像开玩笑的样子。

赵伯言傻眼的同时,后排的向南星却嘴角一抽,轻哂道:"臭不要脸。"

真是很嫌弃他了。

刚准备入座的迟佳正一边目送陈默离开,一边问周围人:"那男的真好看,谁啊?"

被不知哪儿来的一句"臭不要脸"骂了,迟佳就这么愣在座位前。

不仅因为无端挨了骂,更因为骂她的,是昨天还和她笑闹成一片的向南星。

在同寝二人复杂的目光下,向南星这才后知后觉地发现迟佳一脸的羞愤。向南星愣了三秒,反应过来连忙摆手:"我没说你啊……"

不等她解释完,另一个室友抱着息事宁人的态度赶紧拉迟佳坐下:"佳佳你别看了,那是向南星的男朋友。"

这哪儿是息事宁人?火上浇油还差不多。

向南星顿时百口莫辩:"不是啦!"

此时的迟佳却已经赌气坐到另一边,不搭理她了。

而同寝的另两个室友,在向南星与迟佳之间游移着复杂的眼神,分明是在担忧:难道刚开学就要因为一个男人上演对手戏了?有点刺激。

可向南星能怎么说?总不能明明白白地告诉所有人,她骂的其实是前排那个临床医学系的男同学吧?

可他确实是够不要脸的,说自己考零分。他不是考了零分,他是压根没考,保送的。

这也是向南星和他冷战的原因之一。

阜立大学在教育资源遍地的北京压根排不上前三,以那个"臭不要脸"的模拟考的成绩,但凡高考正常发挥,都不会来阜立,可他偏偏叫她跌破了眼镜。

商陆倒给了她一个合理的解释,说只有阜立给他提供免试保送的机会。既然能保送,还参加什么高考?

道理向南星都懂,但依旧不是滋味。阜立连中西医临床医学专业都没有,她是不可能报考的。

直到商陆的姥爷去她爸那儿开药时说漏了嘴。

分明有三所学校向商陆抛出橄榄枝,另两所的排名都比阜立靠前,偏偏商陆要退而求其次。

向延卿还在为这孩子的选择感到惋惜,就被商陆的姥爷扎了心:"商陆那孩子,大概还记着当年他妈的病情被庸医耽误的事,但凡设立中医系的学校他都不想选,正好阜立没有中医系,也算如了他的愿。"

商陆的姥爷一向心直口快，向延卿当着老人家的面也就笑笑，毕竟向大夫对病人是出了名的好，殊不知向大夫从来都是回到家才发火的——

"商陆那小子偏头痛最严重的时候，他姥爷带他去医院照CT都找不出病因，还不是靠我的针灸缓解的？现在的孩子就知道记仇，不知道感恩。你说说，哪个行业没有老鼠屎？他是碰过庸医，但也不能一竿子打死全部中医。"

向南星对她爸的老生常谈并不感兴趣，满脑子只剩下商陆姥爷的那句"但凡设立中医系的学校他都不想选"。

向南星能想到的最好的报复，大概只有一个礼拜不理他。

可惜后来她才明白过来一件事，她不主动找商陆，商陆是绝对不会主动找她的。于是，一个礼拜拖成一个月，继而又拖成半年，直到整个高三暑假结束，她和商陆就这么彻底断了联系。

本来说好暑假去深圳找他玩，也化成泡影，友情走到头了。

奈何人算不如天算，阜立在正式的招生中加设了中医系，向南星第二、第三志愿都没填，凭着一腔怨气只填了阜立。

不成功便成仁。

幸好她赌赢了，不然此刻也不会坐在这儿百口莫辩。

向南星正不知如何是好，却在这时眼前一晃，前排的商陆终于打破了维持许久的雕塑般的静止状态，只是不知为何他突然钻到桌子底下，又很快起身坐直，没有人发现他在干吗，直到他语调浅淡地打破僵局："她骂的应该是我。"

竟有人主动认领骂名？一时反应不过来的不止向南星一个人。

商陆当着众人的面，举起他从地上捡起的笔，说道："我刚捡笔的时候碰到她的腿了。"他的目光掠过众人，最终落在向南星身上，"不好意思。"

这还是自向南星进入礼堂以来，他第一次正眼瞧她。那抱歉的模样，都不像他了，甚至还冲她颔首，装得真像那么回事。

迟佳的脸色终于缓和，折回身来关心受了委屈的向南星："他摸你腿了？"说着不忘斜了罪魁祸首一眼，竟是个蛮好看的罪魁祸首。

迟佳只是短暂地一愣，很快就恢复正义感，目光示意商陆离她们远点。

女孩的三观还是很正的,长得再干净,手脚不干净也是白搭。

罪魁祸首的认错态度倒是挺好:"对不起,我真不是故意的。"

所有人都在等向南星表态。

向南星没去看其他人的目光,只对着商陆那张表面歉意实则欠教训的脸,终是咬了咬牙,道:"没关系。"

所有人都当向南星心软,却不知此时的她实属恶向胆边生,谁叫他半年不理她,活该他被误会。

阜立一食堂作为离医学院主教学楼最近的食堂,午餐时段,新鲜出炉的八卦不胫而走。

临床医学的商陆,在开大会时公然摸了中医系女生的腿。

对此,女生们的反应普遍是:"那色鬼长什么样?以后见了要绕道走。"

不知谁说了一句:"听说巨丑无比,还特猥琐。"

坐在这桌女生隔壁的商陆,忽然被例汤呛得咳嗽不止。

而男生们的反应普遍是:"究竟是哪个寝的兄弟,如此有勇有谋?"

坐在这桌男生对面的向南星还没发话,她旁边的迟佳已忍不住狠啐一口:"呸,都是流氓。"

陈默和她们一同吃饭,正坐在迟佳对面,总觉得迟佳的话把自己也骂了,不由得噎了一下。

迟佳说完之后才想起来对面坐的是陈默,尴尬地笑笑,重新低头吃饭。

陈默的爷爷在中医院当了二十年院长,向南星她爸向延卿是他爷爷一手带出来的,可惜陈家这两代再没出过一个中医,老人家一直挺惋惜的。年轻一辈却不吃这一套,陈默报的是口腔医学,陈家在北大口腔又有路子,陈默未来的路都被铺好了。

若不是陈默执意要报阜立,现在应该已经上北大了,那就更加顺风顺水。

用陈妈的话来说,就是这个专业出来就业前景好,医闹少外快多,比外科不知道轻松多少倍。

如今向南星决定再给这个专业加一个优势——他们院除了中医系,就数口腔医学的女生最多,陈默妈妈不怕未来找不着儿媳了。

陈默又这么争气,在新生大会上一席发言圈粉无数,看得出来迟佳对他印象极好。但对他印象好的可不止迟佳一个,医学院虽然男生多,但像陈默这种各方面都优秀的,仍是少数。

还是僧多粥少啊。

迟佳在来食堂的路上已经和向南星打好招呼,为了尽快让她和陈默走近,向南星舍身忘我地匆忙扒完饭,说:"你们慢慢吃,我去买瓶喝的。"

说完起身端着盘子就往回收处冲,也不等陈默开口挽留。

其实她这么急着离开不光是为了成全迟佳,更是因为她看见了熟人。

可惜等她跑到回收处,商陆已经放下餐盘离开了。向南星眼睁睁看着自己错过了碰瓷的好机会,不甘心,她四处张望一下,锁定目标再度尾随而去。

多亏她爸常年给她用决明子泡茶,外加一套理顺经络穴位的明目操,向南星的视力一直很好,课业压力重也没近视,眼瞳的光泽都比常人清亮,在人来人往的食堂里压根看不花眼,一会儿就锁定了在小卖部买水的商陆。

无奈运气欠佳,等她赶到冷柜前,商陆已经拧着瓶盖结账去了。

他是不是故意的?向南星气得肚子都抽了一下。

但在这时,另一个有些眼熟的身影绕过小卖部的货架,从她身边走过。

向南星一眼就认出这是商陆的室友赵伯言,赵伯言嘴上叼着半截冰棍,瘦小的个子特别好认。向南星随手抄起一瓶冰可乐喊住他:"同学!"

赵伯言脚下一停,回过头来,下一秒就认出了向南星。

向南星却装作没认出他,做戏做全套地问:"同学,能帮我拧一下瓶盖吗?我拧不开。"

赵伯言哪儿能拒绝?正要动手,却被一个清冽的嗓音打断——

"你会拧不开?一个徒手开啤酒瓶盖的人。"

当面拆穿,真是很不给面子了。

那一刻,向南星很想把手里的可乐直接扔到他头上,谁知赵伯言却一把夺下可乐,一边皱眉看不知何时去而复返的商陆,一边霸气地一拧瓶盖:"咋一点都不懂怜香惜玉呢你?"

没拧开,尴尬了。

向南星不得不佩服自己,一挑就挑了瓶最难拧的。

商陆看看面前这两人,兀自摇了摇头,也不知拿谁更无语。

他几步上前,接过赵伯言没攻下的可乐,正准备拧开,却在掌心被瓶身冰得一片沁凉时动作一顿,随手换了瓶常温的可乐,拧开瓶盖递向南星。

向南星没懂他什么意思,狐疑着不伸手。商陆没耐心等她磨叽,直接把可乐往她手里一塞:"我可不会在学校帮你煮什么姜丝红糖。"

向南星一听姜丝红糖,愣了,一算日子,懂了。

她耳根微微一红,没话了。

这两人打什么谜语?

赵伯言完全没看懂,向南星也没给他时间反应,耷拉着脑袋逃了,路过日用品的货架时随手抄起一包护垫,头也不回地红着耳根结账去了。

那么落落大方的小姐姐被姜丝红糖羞成了这样?赵伯言都不知自己该崇拜姜丝红糖还是该崇拜商陆了,于是只得虚心求教:"哥们,姜丝红糖是什么意思?"

"她生理期要到了,不能喝凉的。"

商陆答得倒是随意,赵伯言却顿时惊恐地瞪圆两只眼:"你怎么知道她的生理期?"

商陆没搭话,头也不回地走了,留赵伯言站在原地,震惊无比。

联想之前摸腿什么的,赵伯言赶紧快步跟上,神神秘秘地压低音量问:"你们该不会睡过吧?"

一个男人怎么会比女人自己更清楚生理期?

赵伯言暂时只能想到这个理由,而且越想越觉得有理有据。

商陆越是不搭腔,赵伯言越是深信不疑,顿时觉得人生无望,不禁顿足望天:"天哪,原来寝室四个人里就我一个光棍了……"

丢人。

向南星当天下午"大姨妈"光临,整个人都不好了。

即便没喝那瓶冰可乐,也依旧够她痛的。

她妈让她带来学校的电药壶因为功率超标被舍管缴了,徒有一抽屉姜丝红糖也煮不了。

隔天是开学第一堂中医基础理论课,因为是院聘的客座教授刘教授亲自授课,向南星忍痛也得去听。

刘教授的那本《开启中医之门》算是她的启蒙书,却不料第一堂课她就被自己的启蒙老师泼了一头冷水。

"你们当中,第一志愿就报了中医的同学麻烦举手示意一下。"

和向南星一样在教授话音一落就自信十足地举手的,只占少数,多数同学都是面面相觑,犹豫半晌,才三三两两地举了手。

向南星一看全班举手的不过三分之一,那原本高高举起的手似乎也有了些踟蹰。

刘教授似乎早就料到了,推了推鼻梁上的眼镜:"我知道你们当中不少人是服从调剂过来的,你们的第一志愿其实是临床,甚至是口腔、药剂。"

讲台上云淡风轻,讲台下扎心一片。

"有句老话叫西医治标,中医治本。但其实这并不是在褒奖中医。什么是治本?就是重大疾病,西医帮助患者捡了条命回来,中医再负责收尾、调养。说到底,'中医治本'这四个字,其实是在告诉大家,中医只能治那些死不了人的病。"

被人贬损的感觉糟糕透了,向南星其实很想上去理论一番,却只能硬憋着,憋得肚子更疼了。

然而刘教授的话还没完:"我这些年教过不少学生,他们当中很多人都有一个共同感受,刚毕业的时候,他们对中医还是很有热情的,可在后续一年的实习中,他们几乎都绝望了,为什么呢?因为他们在临床上所看到的中医,和他们在学校里学的根本不一样,无论在中医院还是在综合医院的中医科,中医几乎是摆设。他们的前辈、领导,稍微碰到一点难题,就急着上西药,或是在西医的常规治疗上,加一点中医治疗做做样子。中西医结合说得好听,其实都是扯淡。"

在座的大一新生个个噤若寒蝉，第一堂课就给这么大一个下马威，小屁孩们都蒙了。

"我有个得意门生，博士毕业后在一家中医院搞临床，这家中医院有一条明文规定，发热病人用中医治疗，如果三天不退热，就一定要上西药。还有，如果他们院现在有哪一位博士案头放着一本《黄帝内经》，绝对是要被笑话的。你们不妨猜猜，现在的中医博士案头大都是些什么书？"

有学生斗胆回了一句："西医的书？"

刘教授点点头："没错，都是些分子生物学一类的现代书。"

有这么打击自己学生的老师吗？向南星已经想收回她颁给刘教授的启蒙老师称号了。

这堂课上得真够郁闷的，还不如她早退去买点止痛药。可转念一想，她第一个念头就是去买止痛药，岂不是变相助长了刘教授口中那些迷信西医瞧不上中医的人的气焰？

于是只能硬撑着。

这时，刘教授却话锋一转："我说这些，不是为了打击大家。"

刘教授扫一眼被他一席话带得情绪起伏的学生，神情多了几分郑重："正相反，中医的现状越是堪忧，我越希望你们能在这几年的学习中，学精学扎实，我们这一代改变不了的现状，靠你们了。"

年过半百的教授，竟给在座的孩子们深深鞠了一躬，吓得不少学生都站了起来。

向南星就是其中之一。

她有点想鼓掌，又觉得有点破坏气氛，但心里总归是暖意融融，肚子似乎都没那么疼了。

下了课，向南星才有工夫查看上课时收到的短信。

是母上大人发来的："今晚回不回家住？"

明天就是周六，终于可以喝上老爸亲手熬的姜丝红糖了，向南星连回三个字："回回回！"

归心似箭的向南星正要喊上迟佳一起回宿舍收拾行李去她家过周末,母上大人的短信又到了:

"你爸下午去学校接你,你喊上商陆,他今晚住咱家,正好一起过周末。"

迟佳见她抱着手机,五官都拧到一块去了,担心地问:"又疼了?"

向南星只能将错就错地点点头,咬牙切齿地说:"'大姨妈'太狠了……"

她妈太狠了。

下午离校前,向南星收拾起行李都没那么利索了,一边暗忖着真不想见到他,一边却把新买的裙子塞进书包,准备带回家周末穿,想想又拿出来,直接换上了。

这条裙子她前几天进校时穿过一回,报到处的学长都抢着帮她搬行李。高中时她从没穿过这么短的裙子,有时候周末都是一套校服了事,毕竟她不是很有天赋的人,四中的学生又个顶个地会读书,她能考进年级前一百全靠拼命,唯一的解压爱好就是看点小说,还要被商陆嫌弃。

她倒要看看,她穿上这条人见人夸的新裙子,他还怎么嫌弃。

要她主动去约商陆一起回家是不可能的,于是她直接打电话给她爸,说自己肚子疼,让他先去接了商陆再来接她。

登场的画面她都预先想好了,她也确实是这么做的,下了宿舍楼,看见她爸的车,直接拉开后座车门,先迈一条腿进去,把那条腿伸得又长又直,然后再矮身坐进后座。

商陆绝对会把副驾驶的王座留给向大夫的宝贝闺女,自己坐到后座去,她倒要让他看看她的腿有多长、多白、多直。

可她要么低估了自己的身高,要么高估了车顶的高度,正准备矮身让全部的身体坐进车里时,她卡住了。

跟个劈叉的蛤蟆一样,卡住了。

关键是商陆并没有坐在后座,此时此刻,坐在副驾驶的他和坐在驾驶座的向大夫,表情几乎一模一样地看着卡在后座车门处折成几何形的向南星——

哪儿来的神经病?

直到向南星收腿，灰溜溜地缩进后座，假装低头玩手机不说话，向大夫才醒过来，发动车子的同时问道："你怎么就带了一个书包？还以为你会提着行李，我还让商陆把后座空出来给你放行李。"

"我谢谢你哦，爸。"

怎么闺女的这句感谢听起来有点怪怪的？向大夫忙着发动车子，也没细琢磨，闺女不搭理他，他和商陆聊天也是一样的。

"你阿姨今天特意做了你最爱吃的炸酱面，等会儿到家一定要多吃两碗。"

"好。"

商陆眼角一弯，答应得浅淡而真诚。

后座的向南星却听得忍不住撇嘴。

商陆压根就不喜欢吃炸酱面，他此刻心里肯定在叹气："这一家子怎么都这么没眼力见儿？"不过商陆不像她什么都写在脸上，他连附和起人来，都带着不集中也不散漫的矜贵感，让人很想相信他。

加上他那张脸，整体线条是柔和的，细节处却又有锋利的轮廓感，是大人还是少年，在这张脸上显得有些模糊。

这大概就是他明明傲得不行却依旧受长辈喜欢的原因吧。

这种技能向南星想学都学不来，她索性竖着耳朵听他还能说出什么花来。

"对了向叔叔，我姥爷去黄山什么时候回来？"

难怪商陆不得不住在她家，原来商陆的姥爷去潇洒走一回了。

"现在还不清楚。"向延卿回答得慢条斯理。

丝毫没听出门道来的商陆还在感慨："我姥爷上周还背痛，我陪他去医院开药他走两步就得歇一歇，这周就去爬黄山，也是心大。"

向南星的手指停在手机屏幕上，斜眼一瞄她爸毫无破绽的侧脸。

她爸只有撒谎的时候才这样。

向大夫每回被老婆差使着出门买早餐，偷抽了烟回来，被老婆扒开闻他喷了八百遍口气清新剂的嘴时，就总是这么脸不红心不跳，只语速莫名放缓地回答："我真没抽。"

等车子在自家楼下停稳,向大夫刚熄火下车就被闺女喊住:"老妈让你给她带豆汁,你是不是忘了?"

向南星作势看了眼向大夫空着的两手,那皱眉的样子跟她妈太像,向大夫心里直发怵:"还有这回事?"

"你看看你,又选择性遗忘我妈的交代,上去铁定挨骂。"向南星数落完她爸,转头对商陆说,"商陆你先上去吧,我陪我爸去买豆汁。"

豆汁这玩意唯独她妈爱喝,连她和她爸这种"土著"都受不了那味儿,更别提商陆了,一听"豆汁"两字,眉头就一紧。

那分明是被豆汁打败过产生的恐惧。

向南星一家一直住在中医院分的房,最初和她家做邻居的其实是陈默一家,陈默的爷爷是中医院的老院长,在这儿有一套顶层楼中楼,后来陈家没一个继承衣钵的,中医院的房子就卖了,关系撇得干净。

商陆姥爷成了向家的新邻居。

那时商陆的户籍还有些尴尬,他妈乳腺癌去世后没多久,他爸再婚去了深圳,他的户籍被迁去深圳,人却跟着姥爷住在北京。

买房子的钱是商陆他爸出的,算是用钱买断了内疚。可当年房价如此便宜,商国林对儿子的内疚,大概也就这么廉价。

商陆姥爷总来向大夫这儿拿药,一来二去就熟了,商陆经常被热情的向大夫邀到家里吃饭,在向家第一次尝到了豆汁。

向南星骗他说那是普通的豆浆,商陆尝了一口脸就绿了。

商陆只叹自己当时年少无知,信了向南星的鬼话。

后来商陆不得不回深圳读高三,姥爷的身体也大不如前,被商陆的舅舅接去同住,这边的房子也就空了一年没人打扫。

商陆的后妈倒是几次提议想把北京的这套房子卖了,但没能如愿。

向南星本还庆幸商陆姥爷出门急,没来得及打扫房子,不然商陆肯定不愿住在她家。现在一觉察到有猫腻,就忘了这茬,等商陆的身影彻底消失在有些昏暗的楼道内,向南星抱起双臂,一脸审视地看着她爸,比她妈还吓人。

"你刚才是不是对商陆撒谎了?"

向延卿愣了愣,才反应过来买豆汁不过是个借口,恍然大悟换成一声啧叹:"闺女,你有这聪明伶俐的劲儿,怎么就没考个北大让我老脸增光?"

"只能怪我爸的基因拖我后腿,限制我智商。"

父女俩互撑起来向来不留情面,向大夫棋差一着只能投降,抬头看了眼楼道,确定商陆已经没影,这才说了实话:"商陆姥爷刚做了心脏搭桥还在住院,老人家不让我们告诉商陆。我和你妈已经统一好口径,说他姥爷报了个夕阳团去了黄山,你知道就行,可别说漏嘴。"

"心脏搭桥?"向南星没想过这么严重,眼睛一圆,"没危险吧?"

向延卿沉了口气,说:"暂时没有。"但看他的表情,情况并不乐观。

毕竟商陆姥爷年近七十,一场手术够折腾的。

晚饭时向南星破天荒亲自给商陆夹菜,原本低着头吃饭的商陆一看碗里多了块排骨,顺着对方收筷子的方向一抬头,对上向南星的脸。

他诧异地扬起一边眉毛。

向南星多少有点少女脾气,实属好心却非得揶揄他:"你怎么就知道吃蔬菜?是不是嫌我妈做得不好吃?"

商陆还没怎么着,向南星她妈已经在桌子底下踹向南星了。

向南星被踢得肩一歪,她妈审慎地朝她递眼色,分明是在告诉她,关键时刻,得照顾商陆的情绪。

这一家人的互动落在商陆眼里,商陆微微抿了嘴。

恰逢向延卿端着一大碗新鲜出炉的炸酱面从厨房出来,面上码着脆生生的黄瓜丝,向延卿的声音打断了这对母女的你来我往:"来来来,先给商陆盛一碗,炸酱面现做现盛才筋道。"

商陆敛起了那丝呼之欲出的狐疑,笑着接过说谢谢。

晚上商陆睡在书房里。

书房里有床,向南星特地帮他铺上她的床单。

商陆一看被子正中央的美少女战士，眼睛一眯。

图案只有美少女战士的身体，如果他睡这床被子，等于拿他的脑袋去配美少女战士的身体。

等向南星铺好被子一起身，正对上他质询的目光，显然他已经发现了她的恶趣味。

向南星明知故问道："看我干吗？"

"幼不幼稚？"

向南星撇嘴耸肩，无所畏惧。

这人明显比一年前高了不少，也挺拔了不少，生起气来挺有压迫感，唯一不变的是嘴角微微往下的样子，看起来很不好惹，其实压根拿她一点办法都没有。向南星笑吟吟地冲他挥手："晚上早点睡，没事别瞎跑。"边说边绕过他，一看就是要溜。

商陆伸手就要去提她的后衣领，本来都抓着了，手却蓦地一收，任她溜得没了影，还沾沾自喜以为是自己跑得快。

要不是看她裙子太短，他真会像原来那样，提住她的领子就把她往回拽，拽倒了活该。

可刚才帮他铺床时，她一弯腰就快走光，商陆屈起食指抵着鼻尖咳了半声。非礼勿视。

向南星睡前喝了姜丝红糖，生理痛果然缓解不少，手脚是暖了，起夜时却又燥得不行，好了伤疤忘了疼，从厕所出来，想也没想就猫进厨房拿冰可乐喝。

向南星妈妈平常就管两件事：老向偷抽烟，小向吃坏肚子。她妈睡眠一向浅，老房子隔音又不好，导致向南星想要拿瓶可乐都跟做贼似的。

开冰箱的动作放得一轻再轻，厨房的灯都不敢开，终于成功拿到冰可乐，关上冰箱门正准备转身那刻，向南星却猛地一惊。

厨房门口站着个人，背着光，看不清脸。

再一看对方个头起码一米八，向南星才松了口气，大剌剌地拧着瓶盖走过去："吓死我了，我还以为是我妈。"

商陆倚在门边一言不发。

瓶盖一拧开,悦耳的气泡声刚滋润过耳膜,向南星没来得及喝一口,商陆伸手就把她的可乐夺了过去。

"你……"

向南星刚说一个字,他就仰头喝起了她的可乐,占完便宜还卖乖:"谢了,特地帮我拧瓶盖。"

向南星伸手要抢,可他一抬胳膊她就够不着了,气得向南星掉头就要回去重新拿一瓶,却被他一句话定住:"刚到你家楼下那会儿你故意支开我,和你爸聊了些什么?"

商陆明显感觉到她的背影一僵。

他其实都看到了,只是看破不说破。

向南星借口要买豆汁把他支上楼后,他在楼梯间往下望,向南星和她爸压根没走,还站在车位旁。尤其是向叔叔,不知道和向南星聊到什么,还特别谨慎地抬头看了一眼,仿佛在确认有没有被商陆发现。

向南星顿了半晌,不甘心地转回身,把她爸揶揄她的话原封不动地给了商陆:"你有这聪明伶俐的劲,怎么就没考上北大?"

商陆不为所动:"别岔开话……"却陡然掐了尾音,向南星没明白他突然的欲言又止,有些发蒙地看向他的眼睛。

她浑然不觉有什么问题,应付他道:"我……当着我爸的面……说你坏话,当然……不能让你听见。"

怎么她也遗传了她爸的臭毛病,说起谎来语速就会下意识放慢。

幸好商陆不知道他们向家的祖传毛病,又或者被别的什么分了神,竟没有觉得她这话有什么不对,反而顺着她的话一敛眸,问道:"说我坏话?"

向南星歪头一想:"不对,我不是在说你坏话,我只是把你对我干的那些好事都告诉我爸了,让我爸看清你的真面目。"

那表情十足跟向父母告状的小学生一样,可这指控明显比前一个严重多了,商陆可不认,眼一横,问:"我对你干什么了?"

"那可就多了。"向南星数起来简直没完,"半年不理我,假装不认识我,跟你打招呼你也不理我。你这么讨厌我干吗还住我家?"

向南星越说越气愤,已然忘了自己起这个头只是为了掩盖商陆姥爷住院一事,那面红耳赤的样子,真跟受了多大委屈似的。

她胡搅蛮缠起来商陆可不是对手,他几乎是用重音在重申:"我并没有讨厌你。"

"那你干吗躲我跟避那什么似的?"

"现在院里都在传我摸了你的腿,你还跟我走这么近,不怕他们以为咱俩谈恋爱?"

"不怕。"

她回答得很是坦荡,商陆的表情却微微一滞,再开口时,语速明显慢了半拍:"会妨碍你找对象。"声音也郁郁的,仿佛被厨房外透来的光线感染。

她的眸光却是一如既往地清澈见底,反问道:"我又不想找对象,怕什么?"

转折得太快,商陆扶额。

是啊,她压根就还没开窍,但她没开窍,不意味着别人也没开窍——这个道理他该怎么跟她说?总不能明明白白告诉她,离他远点。

这事还得追溯到他去年从北京离开的前一晚,她是喝多了什么都不用管,早知道他就把她搁在天台上晾一夜了,可那时的他还是心软,小心翼翼地把她从天台背回了家。

她一米六六的个子,背着倒是不沉,奈何酒相太差,哪儿不能蹭她就净往哪儿蹭,他把她背回家再弄回房间,已是满头大汗。

他正要悄悄走人,向南星妈妈却听见动静过来查房,唯一能藏人的衣柜塞得满满当当,房门外已经响起转动门把手的声音,他想也没想掀了被子躲进去。

向南星妈妈确认没问题,关门走了,他却是想走也走不了。

酒相差的人睡相自然也好不到哪儿去,他刚钻进被子她就一条腿自动横过来将他拦腰圈住,等警报解除,他掀了被子准备把她的腿踢开,她的双手却往他颈上一环,整个人如同一只树袋熊,将他死死困住。

商陆被她的一声声鼻息敲击着耳膜，听着自己咽唾沫的声音，最后他究竟是怎么把她弄开的，他其实已记不太清了。

反倒是后续那一年，他在深圳读高三，因为不想住家里选择了住校，六个男生住一块，除了他一个保送生，其他人压力都很大，被"树袋熊"缠着的记忆伴随着每个午夜梦回，就这么一次又一次重新解构，再强塞进他的脑海，成就了各种光怪陆离的梦魇。

但这一系列蝴蝶效应的源头竟是向南星，这就不正常了。

这些连商陆自己都无法接受，当着她的面就更说不出口了，只能兜着说："你不想找对象不意味着我也不想。"

向南星明显没料到竟是这个原因，问道："你都还没找到女朋友呢，就急着和我划清界限？"再深入发散一下，向南星顿时恍然大悟，"你该不会是在深圳读高三那会儿因为交了女朋友才跟我断绝联系的吧？"

这是商陆平生第一次意识到女人是一种会胡乱举一反三的生物，还美其名曰那是她们独有的第六感。

他越是不开口，向南星越是觉得自己的揣测甚有道理："难怪阜立给保送你就直接上了，你是不是高三谈恋爱耽误了学习，怕自己考不上清北，才……"她痛心疾首的模样，仿佛错过清华北大的人是她自己，"你啊你，怎么就这么不争气？"

"说够了没有？"

商陆双眸不悦地微合，声音也带了些许威胁。

向南星还是很识相的，缩缩脖子终结了话题，却又忍不住多嘴："那你女朋友现在人呢？分手了？"

"管这么宽干吗？"

"好奇。"

嘴上说着好奇，却对着手指装可怜。

商陆并不是擅长编故事的人，但又觉得只有一个凄美的高三爱情故事才能彻底堵住她的嘴，索性眉眼一低，讳莫如深："我不想提这些。"

难怪他开学不爱搭理她,原来是受了情伤还没缓过来,向南星正琢磨着该不该安慰几句,就听门外走廊一阵趿着拖鞋的脚步声由远及近。

向南星顿时如炸毛的树袋熊,用口形对商陆说了句:"我妈!"这就准备找地方躲,却已然来不及。

只听她妈近在咫尺的声音,带着惺忪睡意问道:"商陆?"

好在商陆个子高,堵在厨房门口,阿姨就只瞧见他一个人。这时候的向南星还准备找地方躲,商陆怕她一来二去弄出什么动静反倒被她妈发现,几乎是条件反射伸手一揽,转眼就把向南星揽到身后严严实实地藏着。

他转过头对上几步之外的阿姨,波澜不惊地应道:"阿姨,您还没睡?"

"我听见外头有动静,出来看看。"

向南星听她妈这么说,不由贴紧商陆几分,双手抓着他的腰侧,生怕自己漏了裙角被她妈发现。

商陆的背脊蓦地一僵,声音却无异样,清冽得就像夏夜的可乐,让她总想尝尝:"我口渴,来找点喝的。"

"行,那你喝完赶紧睡。"说完向南星她妈就走了。

向南星听见趿着拖鞋逐渐远去的脚步声,这才失了力,跟拔了塞的气球似的,侧脸贴在商陆背上,不动了。

商陆却不给她泄完气的时间,当即扯开她攥在他腰侧的手,回过头看她一眼,那微微不满的眼神,似乎突然又有点讨厌她了。

向南星被他莫名其妙的目光剐了一记,没反应过来,商陆已经迈着大步径直朝书房走去,只留给她一个仰头猛灌可乐的背影。

她紧贴着他时,肌肤的触感似乎能穿透两层布料,他现在是真的口渴。

回到书房关上门的那一刻,手里的可乐已经喝空了。

虽然同在一个学院,但阜立的中医和临床医学专业除了大课,基本没有同课的时候。直到几天后,向南星才在英语角再次碰见商陆。

彼时的商陆正和一位长发飘飘的小姐姐用粤语交流。

向南星虽然听不懂他们在聊什么,但从商陆十分放松的表情来看,这两人应该聊得很投机。

好好的英语角说什么粤语?

向南星噘着嘴,正为新生素质感到忧虑,却后知后觉地想起什么,走向商陆的脚步为之一停。

商陆的那个深圳前女友?此时此刻,商陆和那小姐姐说的又是粤语,该不会……

原本噘着的嘴情不自禁地绷紧了。

其实借着英语角物色对象的人不在少数,其他人对这对说粤语的男女也见怪不怪,或许是因为这样,向南星长久没能挪开的眼神很快惊扰了那个长发女生。

女生抬眸看过来的同时,商陆也侧了眸。

那女生挺聪明,一下就看出问题所在,问商陆:"识嘅咩(认识吗)?"

商陆点点头。

原本向南星觉得自己说话挺爽利,如今对面这女孩说起粤语来自带温柔属性,尾音都娇娇软软感觉一掐就能断,愣是把她衬成了一个大老粗。

纵观祖国大地,能与粤语比哆的大概也只有台湾腔了,等向南星重整步伐来到商陆面前,口音已自动转化成台湾腔:"好巧,竟然在这里碰见你了啦!"

商陆眉头一皱:"你吃饭烫着舌头了?"

向南星装作没听见,继续装腔作势道:"这是你女朋友?怎么也不介绍一下下啦?"

女孩耳根一红,连忙摆手:"不是不是,我和商陆在前几天的同乡会上刚认识。今天正巧在英语角碰上而已。"

女孩说起普通话来竟也是字正腔圆,相比之下,向南星这段装腔作势的表演,真像个烫了舌头的傻帽。

"话说回来,我比他还高一届呢。"学姐笑起来眉眼一弯,比之前说粤语时的软糯尾音更勾人了。

向南星分秒间已对学姐势力投降,转移目标瞪一眼商陆:"你怎么不早说?"

这回舌头终于捋直了。

商陆却顶着一脸面无表情，学她之前的语气："不然咧？"

这人平时看似不苟言笑没有半点幽默细胞，可要真揶揄起人来，向南星还真不是对手，总之是一本正经耍流氓的高手。向南星清清嗓，不跟他一般见识，一向自来熟的她很快就和学姐聊得比商陆还投机。

学姐叫邹然，大二计算机系。这可是阜立的王牌专业，历年分数线都碾压其他院系，邹然还是校内广东同乡会的负责人，组织能力肯定不差。

只是向南星越琢磨越觉得蹊跷，学姐一会儿还有课得先走，商陆也作势要走，却遭向南星无情拆穿："你的课表我都背下来了，你一会儿压根就没课，留下陪我练英语。"

重色轻友的家伙，向南星是不会让他如愿的。

商陆这种人，他要是真想走谁也拦不住，可他愣是被她一句话撂下了，回头就是狐疑地一眯眼，问："你背我课表干吗？"

周一早晨他离开她家前，收拾东西时不小心露了课表出来，她那时也就瞄了几眼，就能把他一周几十节课全背下来？

比起怀疑她记性有没有这么好，商陆其实更好奇，她为什么要背他的课表。

还不是因为想看看跟你有没有机会同课，向南星可不想表现得这么上赶着，清了清嗓，三两步上前，直接把商陆逼到墙角。

他显然没料到她会来这一招，往后避开的脚步有些慌乱，直到脖子后仰，后脑勺磕在墙上，他本能地一低头，正迎上她仰着脖子近在咫尺的审视："你这种人竟然会去参加同乡会？"

几年之后有个叫"壁咚"的词开始流行，商陆第一次听到这个词，想起自己的第一次壁咚以及被壁咚都是跟同一个女人，浅短的叹气，也不知是怀念还是可惜。

但此时此刻，只有不适与排斥，眉头皱得可以夹苍蝇，问："什么叫我这种人？"

"我还不了解你？从小就嫌麻烦不竞选班干部，嫌麻烦不爱社交，嫌麻烦……咳！"

向南星突然卡壳没继续下去，两颊却不知怎的微微一红，看得商陆一脸莫名其妙。

向南星却庆幸地舒了口气，她早前曾无意间听过陈默和其他一些男同学评价商陆这个人。嫌麻烦的至高境界，用那帮男生的话说就是什么都不愿意自己动手。

不得不说男生嘴都挺毒，但也确实没有比这更能形象地描述商陆的不合群属性。

向南星改口道："你这么不合群的人，会有闲心参加同乡会？"

大概因为想尽快脱离这个被她堵死的墙角，商陆竟毫无抵抗地招了："赵伯言硬要拉我去，我有什么办法？他自己是北京人，没有同乡会可参加，只能蹭我的。"

这倒是很符合赵伯言的风格。

商陆住在她家的那个周末，赵伯言想方设法地约商陆出去玩，网吧、卡丁车，变着花样来邀请。

卡丁车对于向南星来说绝对是新鲜玩意，她都不知道北京竟然有得玩，赵伯言却明显轻车熟路。不过赵伯言的乐趣显然不在此，看他约了多少女生，就能猜到他打的是什么主意。

大概赵伯言也知道他自己那没长开的中学生模样没多少吸引力，这才可劲撺掇着商陆一起去。

商陆这人虽脾性不佳，但胜在外形拿得出手，个子挺拔如抽长的白杨，但凡他乐意多笑，女生们没有不如沐春风的。退一步讲，他就算不苟言笑，静静远观也是赏心悦目的。赵伯言想要镇场子，还真得靠商陆。

可惜商陆买的系统解剖学的书周末刚到，于他来说，书比女孩子的吸引力更大，他拒绝起赵伯言来也没什么迂回，赵伯言却压根不信商陆会为了看书抛下小姐姐们，于是直接杀上门来。

那天下午向南星爸妈都不在家，商陆去应的门，门一开他就差点被赵伯言伸手拽走。

赵伯言的道理还不少："漫漫人生路，都浪费在学问上那该多无趣，哥带你去见识外头的花花世界。"

就在这时，向南星后一步跟来应门，在商陆身后歪头露出个脑袋问一句："谁啊？"

话音刚落，她就和赵伯言成功面面相觑了。

向南星还没反应过来，赵伯言已经识趣地撒开商陆的手，左顾右盼，不敢直视，最后只丢下一句："不……不打搅你们。"跑了。

赵伯言刚跑到楼下，就忙不迭给商陆发来一条短信："商陆……哦不，哥！可以啊？大一就同居。"

商陆刚准备澄清，短信又响了："什么时候教弟弟两招？"

商陆在赵伯言心目中的形象就此伟岸起来，可赵伯言在向南星心目中的形象，一时半会是好不了了。

赵伯言这回竟把魔爪伸向了商陆的同乡会，向南星不得不感叹："你那室友究竟是怎么考上阜立的？他上大学的唯一目的就是找对象吧？"

评价十分到位，商陆不予置评。

向南星后来才知道，赵伯言不仅把魔爪伸向了商陆的同乡会，还把魔爪伸向了她这边。

紧接而来的国庆假期，赵伯言计划着攒一伙人去周边游。他不知打了什么主意，旁敲侧击起他的商大哥来，基础化学课都不好好上，一直忙着嚼商陆耳根："把向南星也叫上？"

"叫她干吗？"

教授还在台上讲课，商陆被打乱了做笔记的节奏，笔下稍稍一顿，原本工整如临帖模板的笔记本落下一大段空白，导致他抬头就是一皱眉。

商陆不笑的时候看着挺凶，加上微微蹙起的眉，更显严厉，赵伯言赶紧表忠心："嫂子我肯定不敢打主意的，你让嫂子叫上她的室友。"

向南星什么时候成他嫂子了？

商陆还没回过劲来，赵伯言的美梦已经做上了："能叫一个是一个，能叫两个是一双。"

嫂子室友的颜值还是很可以的。

赵伯言主意倒是打得挺好，无奈商陆就擅长面不改色地拆台："这个国庆向南星得去她爸的医馆帮忙。"

赵伯言一听，不乐意了，转念一想，又重整旗鼓："是不是爷们？让她放下她爸那边跟你走，不就是你一句话的事？"

商陆没工夫搭理他，继续低头做笔记，只随口说一句："妻管严。"

这都行？赵伯言投降。

后来商陆才知道，一句"妻管严"压根不妨碍赵伯言曲线救国。

既然撬不动商陆，他索性去撬邹然学姐。学姐人美声甜好说话，虽说学姐的室友在颜值上比不上向南星的室友，但聊胜于无。

还是学姐好说话，答应得十分爽快，赵伯言赶时间制订计划，也就忘了知会商陆，等商陆到达火车站候车区，看见几个站着的眼熟的男生堆里竟坐了个不太眼熟的邹然，还有个全然陌生的微胖姑娘，原本推行李箱的手为之一停，脚步也停在候车区座椅开外十多米，不再上前。

负责买水的赵伯言拎着一袋饮料急匆匆从外头回来，在与商陆擦肩而过的瞬间猛然一停，立即扬声："压哨王，都快检票了你才来？"

赵伯言一句话，候车区的几个人循声望过来。

商陆这才敛眸，和赵伯言一同走向他们。

邹然见到商陆的当下便理了理裙子，从座椅上站了起来。

商陆没注意到她这些小举动，只看了眼候车厅里的大钟，说："排队检票去吧。"

赵伯言忙着给大家发饮料，没顾上让大家排队，等检票的队伍越拉越长，一直排到邹然身旁时，所有人才起身赶紧拎上行李。

唯独邹然默默退后一步，来到商陆面前，把自己那瓶水递给商陆："给。"

刚发完水的赵伯言自然没错过这一幕，笑得很是邪乎。

眼看所有人都排队去了，赵伯言才收了看热闹不嫌事大的表情，看一眼手表，赶紧喊已经越排越前的同伴："你们先上车，我还得等一个人。"

还有谁？

就在其他人纷纷回望时，真正的压哨王终于到了——

"对不起对不起，我迟到了！"

匆匆忙忙爽爽利利的声音响起，向南星带着迟佳在最后关头赶到。

在场愣住的不止商陆一人，原本站在商陆左手边的邹然下意识退了一步。

赵伯言那点心思，全写在顿时眉飞色舞的表情上，他凑到商陆耳边打小报告："嫂子还是很爱你的，你看，她一听你要和邹然学姐一起去乌镇，立马抛下一切找你来了。"

商陆嘴角一抽，不知做何感想，但肯定是不信的。

他低头瞧见向南星手里拎着的包上写着"延卿医馆"四个字，这是向南星在他爸那儿给人针灸的装备，她还真是刚从医馆赶过来的。

商陆自己默默琢磨完，却顶着一张看不透情绪的脸明知故问："你怎么还带着医馆的东西？"

向南星则避重就轻，只顾叫苦："我本来都跟我爸商量好了，在医馆工作七天他给我开五百块钱，现在不仅我的工资泡汤了，还为了去乌镇临时向我爸借了五百，这样算下来我等于损失了一千。"

一千对于向南星可是一笔大数目，商陆还没来得及发表任何见解，向南星就被大一开奥迪进出校门的赵伯言鄙视了个彻底："怎么这么抠呢？才一千……"

话音未落赵伯言就被商陆投来的一记眼神掐了喉。

赵伯言这才意识到对面站着的可是自己嫂子，不能轻易开撑，赶紧清嗓改口："等咱商陆飞黄腾达，他挣的不都是你的？一千而已，就当提前往他身上投资了。"

商陆听罢，表情明显和缓，却偏要义正词严地反驳一句："别胡说。"

赵伯言眉毛顿时扬得快到脑门——哟，谁之前大言不惭说自己是"妻管严"来着？

不过很快赵伯言就没脸再逗口舌之快了。

从北京到乌镇必须先在杭州中转，2007年还没开通两地的高铁，一行人必须坐卧铺先到杭州，再转大巴去乌镇。

向南星和迟佳上了车才知道，赵伯言不确定她们到底会不会来，压根没预先替她俩留票，只能先上车后补票。

站票。

得知站票那一刻，迟佳的脸已经耷拉得不像样子。

北京到杭州十几个小时，这才刚上车，迟佳就已经想回去了。

赵伯言赶紧毕恭毕敬地送上自己的卧铺位，迟佳记着仇，压根不领情。

眼看列车缓缓开动，向南星脸上挂不住了，毕竟是她邀请迟佳来的，如今这情况她得负一半责任。

她早上从医馆走得急，没来得及回家拿换洗衣物，全靠迟佳把东西准备得妥妥帖帖。迟佳有些洁癖，睡卧铺需要垫的床单都备了一套，连内裤都带的一次性的，这么讲究的一个人，这个旅程的开端对她来说何其糟糕。

向南星只能用眼神向商陆求救。

可惜商陆对付女孩子一向没招，还是邹然帮了腔："佳佳，不介意的话跟我挤一张床吧。"

巧的是邹然也是个讲究人，迟佳看一眼邹然那张已经铺好自己床单的中铺，神情终于缓和。

既然迟佳和邹然挤一床，向南星自然是和邹然的室友肖学姐挤一床。

商陆也不知是同情肖学姐，还是在变相让学姐事先做好心理准备，手起刀落拆了向南星的台："向南星睡相差，学姐你晚上可得当心。"

肖学姐一笑置之："那可巧了，我睡相也不好。"

肖学姐这话听不出来是开玩笑还是说正经，其他人也顾不上管肖学姐说了什么，都目瞪口呆地看向商陆，目光里透露的深意空前统一——你怎么知道向南星睡相差？

连背对着所有人，正忙着和迟佳套近乎的邹然都背影一僵。

向南星毕竟没经验，解释卡在嘴边，半天道不出个合理的理由来。反观商陆，身处绯闻中心,却似乎并不打算解释。

迟佳就站在邹然跟前,半点没错过邹然的表情,顿时心里跟明镜似的,也属她反应最快,一句话就替向南星解了围:"向南星跟我说过,她和商陆做了很多年邻居,商陆从小被她欺负大的。"说着目光越过邹然肩头,来到向南星身上,示意向南星往下圆,"你们两家应该没少结伴出去旅游吧?"

向南星赶忙附和:"对对对!我们两家总结伴出去旅游,我什么样子他很清楚,哈哈哈!"

只是这笑未免太假了点,商陆不发一言,嫌弃地走开。

这等嫌弃可是装不出来的,看来这两人真的很清楚彼此。

所有人顿觉无趣,作鸟兽散。

四男四女一行人吃完饭打完牌,闹一阵已近夜深。

商陆看起来毫无欲望的一张脸,赢起来倒是不客气,玩二十一点,一个碾压七个,毫不手软。收牌后其他人还在抱怨赵伯言干吗非得提议玩二十一点,赵伯言只能赔着笑打马虎眼:"改天我换一种玩法,让你们把输的赢回来不就好了?商陆今天走狗屎运,谁能挡得住?"

不过赵伯言说这话自己都心虚,他从小玩得杂,以为这次能稳妥一赢七,在小姐姐们面前展现一下个人魅力,再把赢的钱还给她们,形象可不就变得伟岸了?

谁料到半路杀出个号称没玩过二十一点的商陆,玩法还是靠赵伯言现场科普,这么一个彻头彻尾的新人把他风头抢尽了不说,赢了钱还不吐出来。

连向南星的钱都照赢不误,不怕回北京跪搓衣板?

赵伯言关心的倒不是这个,等人都散了,才凑到商陆耳边说:"跟哥们说实话,你这不是第一次玩二十一点吧?"

牌技这么溜,不是算牌能力超强,就是个中老手。

商陆只微微一笑,不置可否。

另一边,和商陆一样才刚摸透玩法的向南星却输得最惨,心里正默默盘算着剩下的钱够不够她坚持到假期结束。

她自己有六百,又向她爸借了五百,她刚才输了多少来着……

其他人轮流去洗漱,向南星还独自一人坐在下铺心算,却突然被迟佳的一句惊叹打断:"学姐,你有这么多护肤品啊?"

向南星循声看去,只见邹然刚洗漱完从车尾回来,手里的化妆包不仅引来迟佳的惊叹,也引来其他人的围观,连隔壁的男生都跑过来看热闹。

男生们一看见那些印着世界各国文字的瓶瓶罐罐,无不惊奇。

连自诩见过大世面的赵伯言都不由得感叹:"女人好麻烦,洗个脸抹这么多?"

女生的反应则截然不同,包括向南星在内都一脸崇拜,想找机会取取经。

向南星有幸尝试了一下邹然的护肤品,爬上中铺准备入睡前,还在噘嘴闻自己脸上的高级香味。

同床的肖学姐已经微微打鼾,向南星还在自我陶醉,这还不够,她想也没想,直接提脚踹了下上铺的床板。

商陆就睡在上铺。

"睡着了?"

没声。

看来是睡着了,没劲。

向南星自觉没趣正要侧身酝酿睡意,却听上方传来沉沉郁郁、毫无半点睡意的声音:"睡着也被你踢醒了。"

向南星顿时眼前一亮。

内疚是不可能的,此时的向南星只顾着自己心里那点蠢蠢欲动:"邹学姐是不是有很多人追啊?"

"我怎么知道?"

回答得还真是毫无感情,向南星撇撇嘴,刚要反唇相讥,就被沉睡中的肖学姐一脚踹在后背上。

肖学姐这一脚,生生把向南星的后话踹没了影不说,还把她直踹到护栏边险些栽下去,此时,向南星全身每个细胞都切身体会到了肖学姐口中的"睡相差"。

这哪儿是睡相差？这简直是梦里杀人。

相比之下，只会在睡着后变身树袋熊的向南星简直不值一提。

向南星自身难保，自然想不到上铺的商陆还在等她的后话，见半晌沉默，他终于忍不住问："把我吵醒，自己又睡了？"

却不知向南星短时间内又经历了肖学姐的两下肘击外加一脚飞踹，此刻正岌岌可危地双手环抱栏杆，大气都不敢喘，好不容易憋出来两个字，嗓子都在发抖："救我……"

原本双手枕在脑袋下、姿态优哉的商陆腾地坐了起来。

十秒后商陆顺着卧铺旁的脚踏来到地上，与抱着栏杆大气都不敢喘的向南星面面相觑。

见她快被挤下卧铺，原本绷着脸的他突然一笑，大雪初霁。

向南星丝毫不敢懈怠，抱着栏杆瞪他："有你这么幸灾乐祸的吗？"

商陆这才敛了嘴角的弧度，说："你睡上铺吧。"

"那你睡哪儿？"

"这你就甭管了。"

商陆不给她拒绝的机会，直接把她枕在脑袋下当枕头的随身包一抽，抬手扔到上铺："我怕你真摔死在这儿，我回去没法跟你爸交代。"

话说到这份上，也没说动向南星，反倒这时肖学姐睡梦中抬脚，向南星眼看自己又要挨一记飞踹，吓得立马连滚带爬地去了床尾，眨眼工夫就利索地出现在了上铺。

商陆全程围观，不知不觉地笑了。

鸠占鹊巢的向南星总归有点不好意思，又从上铺探出脑袋来："要不你去跟赵伯言挤一张床？他那么瘦，不占地。"

见他点头，向南星心安理得地缩回脑袋，睡觉去了。

直到清晨时分，不知是未合严实的窗帘外投进的晨光先唤醒了她，还是赵伯言的声音先惊扰了她——

"商陆？"

听见有人喊商陆,向南星幽幽睁开眼,意识还有一半丢在梦里,直到随后传来另一句:"你怎么坐在这儿?"

向南星这才揉着双眼,慢悠悠地挪到床尾探出脑袋去看。

此时的商陆正坐在过道的可收折软凳上,一手撑着下颌,另一边站着的赵伯言应该是准备起床上厕所,发现了商陆,正满脸诧异。

诧异的又何止赵伯言。

商陆皮肤白,一旦有黑眼圈就很明显,他还不知道向南星正躲在上铺偷窥他,只顾微合着眼冲赵伯言摆摆手,示意对方该干吗就干吗去。

等赵伯言终于扛不住尿急跑了,向南星才一股脑溜下地,拍拍商陆的肩。

他该不会一晚上没睡吧?

商陆侧着脸,压根没发现她,直到这时肩膀一沉,才侧仰起头,不知他在她眼里看到了什么,微微一愣。

她很清楚地看见他眼中的红血丝,熬一夜,再年轻也受不了。

"你去上铺睡吧。"

他摆摆手:"不用。"

向南星刚要张嘴,又收了声,转念一想,大概只有这招能治他——

"要是他们醒来看到我睡在你床上,咱俩的关系就更扯不清了。"

这招果然有效,商陆只犹豫了一下便捏着眉心起身,什么都没说,回上铺补觉去了。

十几个小时的车程终于结束,一行人出了站,除了邹然,个个灰头土脸或油光满面。向南星则是既灰头土脸又油光满面,全程耷拉着脑袋,直到看见星巴克才像突然打了鸡血,连忙问:"我请你们喝星巴克?"

星巴克对于当年的向南星来说还是个稀罕物,自掏腰包给所有人买咖啡挺心疼的,无奈说出去的话泼出去的水,她琢磨着给商陆得来个大杯,其他人就中杯好了,不然怕钱不够。

掏钱结账时向南星却傻了,她哪儿会钱不够,随身的包里不知何时竟多了一千多块……

向南星拎着两袋咖啡上了大巴,司机还在热车,向南星忙着分发咖啡的同时,眼睛不忘四处瞟,她得问问商陆,包里那些钱是不是他放的,只有商陆能接触到她的包。

看见商陆就坐在最后,向南星朝车厢深处走去的步伐不由得加快,却在中途蓦地一停——

商陆正和邹然坐在一块。

邹然身材小巧,向南星刚上车没瞧见,直到这时才发现商陆和邹然又在低声开小会。

向南星瞬间决定把那些钱据为己有,一矮身坐在就近的空椅上,手上剩的两杯咖啡直接随手传给后座的赵伯言:"你把咖啡往后传一下,我好累,睡一会儿。"

赵伯言一向乐于为小姐姐服务,向南星心安理得地闭眼假寐,只听赵伯言朝后喊一句:"商陆,学姐,你俩的咖啡!"却不见赵伯言冲商陆说话时挤眉弄眼的样子,分明是在提醒商陆,作为一个有家室的人,注意点男女关系,学姐可是大家的。

可惜咖啡商陆收了,赵伯言的提醒他却拒了。

费力没讨好的赵伯言只能悻悻收回目光,当然最可怜的自然还不是他,当即透过座椅间的缝隙瞄一眼前座的向南星,心想:就这还敢称妻管严?没谱。

向南星在火车上没睡好,这么一闭眼,还真迷迷糊糊睡着了。大概潜意识一直在关照她赶紧补个觉,到了乌镇还得和肖学姐同床共枕,铁定又是一晚没得安生。

然而向南星担忧得有些多余,赵伯言在乌镇订的客栈虽房间已满,但老板很爽快地同意临时加两个床位,向南星终于不用和肖学姐同床共枕,一进房间就忙不迭把自己的行李往加的简易床上一放,生怕有人跟她抢。

被分配到隔壁房间的商陆路过,恰好透过门缝瞅见正在简易床上打滚的向南星。

他无语地摇头,这副模样落在紧随其后的赵伯言眼里,可就是另一番解释了。

赵伯言挺抱歉地说:"我可不是故意拆散你俩的,待会儿我问问老板,看明天有没有房间空出来,给你俩单独安排一间。"

商陆向来脑子转得飞快,现下却半天才反应过来赵伯言口中的"你俩"指的是谁。

"你脑子里除了那档子事,还能不能想点别的?"

商陆头也不回,直接刷卡进了房间,留下里外不是人的赵伯言,他分明瞧见商陆微红的耳根。

商陆那冷淡的模样太能唬人,赵伯言半天才明白过来他的色厉内荏,当即一脸讪笑。

"小样,有本事别害羞。"

放完行李,一行人直接从客栈出发去西栅,游船看夜景。

大伙AA制包了条船,分摊下来很划算。一帮字正腔圆的儿化音里,时而夹杂着船夫的吴侬软语,倒也生动有趣。

医学和计算机作为阜立的两个大系,瑜亮情结由来已久,二者又都是僧多肉少的重灾区,从各大院系赛事一路较劲到院花颜值,邹然的出现自然令这帮学医的大一男生觉得长脸:"要是被计算机的知道他们系花跟我们一块出来旅游,可不得气死?"

邹然笑得甜,即便只是故作谦虚也养眼得不行:"我们院女生少,矮子里拔高个而已。"

赵伯言却明显不苟同:"学姐你太谦虚了,我们院女生也少,但也不是谁都能当院花是不是?"

话音刚落,赵伯言无意间扫到迟佳,不敢得罪,赶紧视线一移,堪堪落在正把脚伸到船外踩水的向南星身上。

被无端殃及的向南星抬起头,正对上一船人的目光。

群众的力量是伟大的,连一向自信的向南星都不由得陷入短暂的自我怀疑,她真有那么丑?虽然从小到大确实没男的追过她……

正郁郁寡欢,突然被人唤了声:"向南星。"

向南星也不管是谁，只顾没好气地说："干吗？"

医学院的男生都坏透了，嫌她丑还叫她名？

"你鞋漂走了。"

向南星豁然扭头。

商陆当着她的面，下巴点了点船外，又重申了一遍："你的鞋漂走了。"

向南星下船时，灰头土脸地只剩右脚一只凉鞋。

石板地面经过一整天烈日的炙烤，到了晚上余温未散，烫得她直跳脚，更丑了。

好在客栈离得不远，邹然又带了备用的鞋，于是说道："你在这儿等我，我回客栈拿下鞋。"

向南星点头如捣蒜。

晚饭还没着落，其他人都走了，找饭馆的找饭馆，回客栈的回客栈，分头行动节省时间，就剩迟佳陪向南星坐在游船落客的岸边石阶上，百无聊赖。

向南星盯着自己快被烫熟的脚趾，迟佳突然起了八卦的头："邹然学姐是不是看上商陆了？"

向南星一听耳朵就竖起来了："不会吧？"

迟佳没说自己是怎么瞧出来的，只顾盘算道："咱们院男生是多，可各方面拔尖的也就那么几个，陈默算一个，但陈默感觉对谁都挺好的，口腔医学的那帮女生肯定不会让给咱们。商陆也算一个，表面看着难攻克，确实能自行过滤掉一波莺莺燕燕，但也绝对架不住温水煮青蛙。尤其邹然学姐各方面都不差，商陆被拿下，早晚的事。"

向南星像在听天书。

"剩下的就是赵伯言之流了，长得不好看还花心，看他刚在船上夸邹然学姐那样……"

"你刚在船上不是一直顾着吃零食吗？"向南星匪夷所思，"怎么观察得这么仔细？"

"谁跟你一样，没开窍。"迟佳点她的脑门，旋即恢复正色，"我从小就迷白大褂,家里也希望我找个医生,本来学护理挺好,但我爸妈不希望我以后伺候病人。口腔也挺好,我第一志愿报的就是它,可惜最后差两分。临床就算了,我见不得生死,怕给自己整抑郁了。"

向南星这才想起迟佳是靠调剂进的中医系,不禁回想起刘教授给他们上的第一堂课。刘教授给他们鞠的那一躬,向南星还以为其他人都和她一样,心里多了股任重道远的劲。

她爸经常抱怨中医院招不到合适的医生,怎么没人觉得中医很神圣,也能治病救人?

出来第一天就受到各种打击,向南星不想再继续这个话题,抬头向同伴离开的方向张望,多少有点迁怒:"怎么送鞋的还不来?"

话音刚落,送鞋的到了。

既不是主动提要帮邹然跑腿的赵伯言,更不是邹然自己,而是迟佳口中那个难攻克的商陆。

他手里拎着鞋,逆着人流逆着光线,朝她俩走来。

迟佳打算收回对商陆难攻克的评价:"真羡慕邹然学姐,个个都乐意帮她跑腿。"

不多时,商陆来到她俩面前,把带来的鞋往向南星脚边一扔,说:"他们找着餐馆了,咱们赶紧。"

向南星饿了一天,听见晚饭终于有着落,头顶的两片愁云总算飘走,她麻利地穿上鞋,动作却一停——使尽力气,鞋后跟却怎么也提不上去。

鞋小了……

另两人还不知她在磨蹭什么,向南星抬头就是一张哭丧的脸:"我三十八码的脚……"

迟佳不可思议道:"你脚这么大?"

向南星硬着头皮笑了。

女孩子被人说脚大可不是什么恭维话,无奈邹然的鞋是三十六码,向南星实在穿不进去,勉强趿着走了一阵,脚后跟两侧全磨破了。

向南星明显拖慢了另两人的速度,商陆本就腿长步子大,却不知为何突然放慢速度,愣是逐渐落后直至最终被龟速的向南星甩在后头。

向南星一心想填饱肚子,也没管他。

商陆却在低头一瞧后,当即叫住最前头的迟佳:"要不你先去餐馆?我带她去买鞋。"

迟佳有些莫名其妙:"她这不有鞋吗?"

商陆不置可否,只说道:"你先去吧,拐角不到二十米就有卖鞋的,不然她穿这鞋走路比爬还慢,什么时候能到?"说完还不忘觑一眼向南星。

迟佳分明感受到商陆的不满,缩缩脖子,临走之前留给向南星一记自求多福的眼神。

向南星只能挪着脚背妄图把鞋撑大一些,做了一番无用功不说,还蹭到了破皮的地方,于是龇牙咧嘴,心中不平——

脚大能怪她?要怪,怪她爸。没听过一句老话,脚大随爹。

商陆走到她跟前,弯了腰,突然间和她身高持平,向南星还在心里怪她爸,没看懂他什么意思。

"上来。"

"干吗?"

"背你。"

向南星更不懂了。

"卖鞋的不是只离咱二十米?"

商陆分明沉了口气,说:"我怎么说什么你都信?"

果然卖鞋的离得远不止二十米。

商陆背着她在巷子里穿行了一刻多钟都没找到一个卖鞋的,创可贴倒是买了个够,向南星的脚后跟被贴了个严严实实。

他都出汗了,却不难闻,混着他平时用的洗发水味道,向南星吸吸鼻子,又忽略掉,说:"这儿压根就没卖鞋的地方。"

商陆没搭理她,保不齐他心里正想着怎么骂她呢。

不知不觉他们走到一个很偏僻的巷子，游客基本没了影，向南星耷拉着眼皮，原本还收着力怕他累，如今已大刺刺地把全部体重都摊在他的肩上。

直到路过一家即将关门的小店，向南星斜眼瞄了下橱窗，顿时眼前一亮，一家卖手工艺品的小店，橱窗里摆着几双布鞋做布景。

向南星欣喜地说："你看！"

商陆已经双手一松，毫不客气地把她撂下，他也看见橱窗里的布鞋了。

向南星赶紧一瘸一拐地挪向店门，却和从店里出来的一位女士撞个正着。

好在商陆就在她身后，胳膊一接，向南星才没往后栽过去。

向南星知道是自己冒失，连说："对不起。"

被撞到的女士却头也不抬，一个字没留，闷头走了。

向南星顾不上失魂落魄的女士，更顾不上托了她一把就悄无声息收了胳膊的商陆，趁关门前赶紧进店。

还以为得费一番口舌老板才会把用来做布景的鞋卖给她，不料老板十分好说话，橱窗里的两双布鞋全拿来让她试了。

向南星穿着正合适，终于可以去吃饭了。

全程只有向南星一个人进店，商陆不知在外头捣鼓些什么，向南星一边提着自己换下的鞋问店主要塑料袋，一边忍不住朝店外张望："商陆！我钱包在你那儿！"

"先你一步进来的那个客人把我店里剩的塑料袋都买走了。"

一家卖工艺品的小店，客人进店买的却是杂七杂八的东西，店主笑得解嘲。

店主刚说完，商陆就进了店。

向南星伸手向他讨自己的包，商陆却直接把拿在手中的一瓶药放进她的掌心，空出手来掏自己的钱包付钱。

向南星没发现他替她买了单，全部注意力被手中的这瓶药丸吸引，问道："这是什么？"

"被你撞到的那人掉的。"

商陆收起店主找回的零钱，回答得满不在意。

向南星皱眉研究药瓶上的字，全是英文令她很费解，嘴上磕绊着念道："tricyclic……"

"tricyclic antidepressants，三环类抗抑郁药物。"商陆语速不见起伏地接过她的话。

向南星有点傻眼，商陆却已搀起她，说："走吧。"

他微微蹙眉的样子，可不像丝毫不见起伏的语速那般淡漠。

向南星莫名心中一紧，问："去哪儿？"

"找她。"

被商陆拉着快步离开工艺品店的向南星，眼前是他紧绷异常的侧脸，脑中这才浮现起之前被她撞到的那位女士的模样。

清瘦到羸弱，失魂落魄，全然不顾周遭。

商陆很快带着向南星进了拐角的客栈："我看见她进来的。"看来他一早就察觉到不对劲了。

客栈前台听了商陆的描述，分明想起的确有这么一位客人，却半个字都不肯透露，还一副警惕的样子瞧着他俩。

商陆直接把学生证拍在桌上，"阜立大学"几个字令前台的表情变得和煦，嘴上却还是拧巴着说："我不是不相信你们，但我们也有规定，客人的信息不好透露，你把东西给我，如果碰见你们说的那个人，我会替你们还给她的。"

向南星火了："你怎么这么不懂变通呢？"

商陆倒是比她淡定，把药瓶递给前台，拉着还想理论一番的向南星走了。

向南星在商陆和前台之间两头望，眼看就要被拉出客栈，赶紧反手一抓："咱就这么走了？"

商陆低头瞧了眼被她紧攥着的手腕，恰逢此时一行游客高声阔谈着走进客栈大门，商陆下一秒就将向南星揽入怀中，不顾向南星瞬间僵硬的身体，他就这么揽着她，跟着那行客人，绕过前台的视线，悄悄溜进了客栈内部。

商陆倒是拎得清，没跟她一样浪费时间责怪前台，但这并不意味着他会听话离开。

"刚进客栈前我看了下,这个客栈只有三层,总共不超过二十个房间。"

一混进客房区,商陆就放开她,他的体温还残留在她的胳膊上,向南星忍不住搓了搓胳膊:"你不会想一间一间敲开看吧?"

此时二人站在通往东西两侧客房的分岔口,商陆点点头,示意道:"分头行动。"说完就要往另一个方向去敲开第一间房门。

向南星赶紧拽住他的衣角:"我敲开人家房门之后该怎么自报家门?"

尤其现在这么晚了,她不找个合理的理由,无缘无故吵醒人家保不齐要挨揍。

商陆低头瞧了眼她随身包上印着的"延卿医馆"字样,说道:"就问他们需不需要艾灸技师。"

他一向瞧不上中医,但碍于姥爷总看中医,耳濡目染,多少知道中医界的论资排辈,医师都不乐意被人喊成技师,不懂的人又普遍觉得技师就是给人按摩的。

向南星原本拽着他衣角的手当即反向一推,让他有多远滚多远:"你才技师!你全家都是技师!"

向南星敲开第一间陌生人房间的门时,到底还是怵的,被对方皱眉一睨,脑子突然一片空白,她几乎是脱口而出:"你好,需不需要艾灸技师?"

对方一愣,随即连说:"不要不要!"说完直接关门反锁。

向南星险些被门板撞到鼻尖,一缩脖子,躲开冲撞,却没躲开门内隐约传来的一句:"神经病吧这大晚上的……"

向南星到底还是脸皮薄,被骂了难免有点小情绪,只能靠骂商陆转换心情。

接二连三吃完一溜闭门羹,向南星也练皮实了,抱着她从医馆一路背到乌镇的随身包,敲开一扇房门就是一个甜笑:"姐,需要技师吗?"

直到碰上一个穿着大裤衩来应门的大哥,向南星才终于笑不出来了。

那大哥将站在门外的向南星上上下下打量一番,一手拎着酒瓶,一手摸着下巴,笑得有些猥琐:"妹子,干吗呢?这么晚了。"

向南星硬着头皮问:"需要……技师……"实在说不下去,又赶紧改口,"不好意思我敲错门了。"

趋利避害的本能迫使她拔腿就跑,却被大哥一把捞住胳膊拽了回来:"我正准备打电话叫一个呢。"

向南星试图扯开对方的手:"误会了,我可不是……"

对方却问起了价:"你怎么收费的?"

向南星一听,头皮更麻了,这大哥满嘴酒气,说理恐怕听不进去,她只能咬死牙,用尽全力去扯对方的手。

对方拽在她胳膊上的手越收越紧,向南星眼看自己一脚已经被他带进屋,尖叫声脱口而出:"你放……"

话音未落,那大哥被一股更野蛮的力道掀开,直到对方砰地撞在门上,向南星扭头去看,才发现商陆正站在她旁边,没给她多看两眼的机会,直接拉着她走了。

那大哥还在身后骂骂咧咧:"小兄弟,抢人呢这是?"

向南星头都不敢回,怕大哥跑过来揍他俩,厌得只顾拉着商陆赶紧走,商陆却停下了。

他回头见那大哥还在色眯眯地盯着向南星,面色铁青地折了回去,向南星伸手抓了个空,下意识跟了过去。

从小没打过架的她此时也不犯怵了,手里没家伙,大不了用指甲往死里抓对方的脸。

可惜还没等她亮爪,商陆已经一手提起那大哥的衣领,一手抄起他掉落在地的酒瓶,照着门框一砸,玻璃磕碎了一地,商陆举着手里的半截酒瓶,抵上对方的脖子——

"这是我女朋友,你再多看一眼试试?"

被啤酒瓶破碎的声音吓得惊立当场的向南星,原本突突直跳的太阳穴突然静止了。

看似老实的男生突然发了狠,似乎这大哥再往不该看的地方看半眼,命就得交代在这里。

大哥终于被吓得醒了酒,连连点头,跌跌撞撞地回屋反锁了门。

向南星眼看商陆过来，下意识退了半步，商陆这才记起他手里还拿着半截酒瓶，随手往走廊的垃圾桶一扔，仿佛之前那个拿啤酒瓶吓唬人的人压根不是他，脸色说恢复正常就恢复正常了。

"我找到那个人的房间了。"

"啊？"

向南星一半心思还丢在方才的那段插曲里，拽住她的那点惴惴不安，也不知是那大哥的轻浮之举带给她的，还是商陆那句"女朋友"带给她的。

商陆却似乎已经忘了刚才的事，全程锁着眉，不似方才那样带着不属于他的狠劲："应该是307没错，拐角最安静的那间，明明亮着灯但敲门没人应。"

向南星这才记起身负重任，立马做好硬闯的架势，三步并两步就要踏上通往三楼的楼梯，商陆却叫住她："这客栈可都是双层柳木门。"

向南星听罢悄然收回脚步："我又没说要硬闯。"还死不承认。

商陆破天荒地没拆穿她，只问道："我没带身份证，你带了吗？"

向南星点头。

"去前台开306房，我在这儿等你。"

看他已有了计划，向南星不敢耽搁，转眼飞奔下楼。

前台换了班，向南星见到的不再是之前的那个前台，很顺利地就办好了入住。

二人直奔306房，相邻的两间房，彼此阳台只隔不到一米，看来这也是商陆进客栈前就观察好了的。

他的洞察力确实令人佩服，但在向南星跨上307的阳台之前，她还是没忍住问了一句："万一人家什么事都没有，咱可就是擅闯民宅了。"

"怕什么？有我陪你一起蹲局子。"

呸！明明是我陪你一起蹲局子。

向南星咬牙切齿地翻进307的阳台，商陆紧随其后。

307的布局和306不完全一致，更像是个套房，外屋的灯亮着，却不见人影，周遭没有动静，向南星和商陆刚交换一下眼色，内屋突然传来扑腾的水声。

二人皆是一惊。

水声中夹杂着一些听不清的细碎响动，仔细一听，分明是被憋得无法喘息的声音，商陆一个箭步冲了过去，转眼推开通往内屋的柳木门。

等向南星醒过神跟过去，商陆已经湿了T恤的前襟，正忙着把浴桶里的人捞出来，解开对方套在头上的塑料袋。

向南星从没见过商陆如此惊慌无措的样子，系了死结的塑料袋怎么也解不开，试图扯破它，韧性极佳的黑胶袋却丝毫不见缺口。

向南星也好不到哪儿去，把随身包翻得七零八落，才颤抖地捏出几根针灸用针，这一刻她多么庆幸自己当时是从医馆直奔的火车站，若不是有这几根针，等商陆徒手扯开这一层套一层的黑胶袋，这个女人可能已经没命了。

女人终于可以自由呼吸，却如死一般安静，商陆赶紧给她做心肺复苏。

向南星瘫坐在一旁，看着急红眼的商陆，脑子一片空白。

直到没了声的女人突然重喘起来，商陆才终于失力，跌坐一旁。

如今听来，这个女人痛苦的喘息声都是动听的。

商陆看着向南星，如释重负地一笑，浅浅淡淡，却迷人眼眸。

向南星心尖一紧，差点陷进去，却突然紧锁眉头——

这个女人的重喘声太不寻常了，向南星看她分明是口唇发绀，之前还以为是窒息过久的应激反应，现在一看，却没那么简单。

向南星跌跌撞撞地挪过去扶起她："你是不是有哮喘？"

刚松懈下来的商陆快被逼疯了，向南星连忙推他出去："你赶紧去找她的哮喘药！"

向南星的随身包就在一侧，商陆刚起身跨过她的随身包，朝外屋夺门而去，向南星已忙不迭地从一地的潮湿和破碎的塑料袋下，扯过随身包。

刚救回来的人眼看又命悬一线，向南星慌乱得手都不听使唤，取了针包，碘附消毒，凭着最后强撑的镇定，一边施针，一边背着她本熟得不行如今却因情急而快忘个干净的口诀："清喘穴……垂直进针……0.2厘米，震颤五秒。"

五秒过后，女人还未止喘，向南星不得不用左手按住发抖的右手，继续道："若五秒未止喘，可将针提至皮下，先……先……"

陡然忘了接下来该怎么办的向南星急得快哭了,直到外头传来商陆翻箱倒柜的声音,她才深吸一口气,逼自己唤回记忆:"向左斜刺0.5厘米,提插三次,再将针提至皮下,向右斜刺0.5厘米,提插三次……"

"姐姐,你全身放松,深呼吸……吸气……呼气……"

向南星不知道这个女人有没有听她的,她自己听着指令一直在条件反射地深呼吸,终于,折磨耳膜和神经的重喘声渐渐平息。

向南星没发现自己收针时太过紧张,针被她捏折了两根,刺破了她的掌心,她却感觉不到疼痛,浑身紧绷的肌肉还硬挺着,放松不得。

向南星听见自己的声音在呼唤:"商陆……"

没人应答。

"商陆!"

商陆急忙跑回来,已是大汗淋漓:"没有找到哮喘药……"

向南星见他这样,等不及绷紧的面部肌肉缓慢松懈,先冲他一笑。商陆明显懂了,一愣,赶紧去看平躺在地上的那个女人——

对方的胸腔正平稳起伏着。

那一刻,商陆只想给这个吓得都快不会笑的姑娘一个大大的拥抱。

商陆把这个刚捡回一条命的女人抱上床,女人开口的第一句话却是:"为什么要救我?"

语气是那般欲哭无泪。

商陆瞥了眼不远处桌上摆着的一部手机和一份遗体捐赠协议,虽说医者仁心,但他的语气却很冷:"自杀者的遗体压根不能捐献,你死了对社会一点价值都没有,只会让爱你的人绝望自责。"

"我查过,只要是机械性死亡,脏器不受损就没问题……"女人分明是一心求死,听不进任何劝。

虽不知这女人为何轻生,但见对方这模样,向南星暗地里拽了拽商陆,让他少说两句,免得又把人刺激坏了。

商陆心烦得不行,下意识反攥住她的手,他只顾语气更冷,没注意到被他攥着手的向南星指尖一僵,耳根却一阵发软。

"网上查的那些东西你就别信了,我是医学院校学生,可以负责任地告诉你,除了法律上可能会出现的纠纷导致没有医院认捐,无论哪种自杀方式,都会引发心脏停跳,多器官持续性缺血衰竭,这样的遗体根本没有捐献价值。窒息死亡还会引起眼球深层充血,就连眼角膜都废了,你拿什么去捐?"

他讨厌拿自己生命当儿戏的人,无论出于什么原因。

"别说了……"女人痛苦地背过身。

看着这女人羸弱的背影,商陆犹豫了一下。

那一刻,向南星感觉到他攥着她的那只手,微微失了力,他的表情,像是想抓牢什么却偏偏错失。

"我妈当年就是套塑料袋自杀的。"

商陆说得很平静,怔住的却不止向南星一个人。

"她是癌症晚期不想活了,但我还是恨她,把我一个人丢下。"

女人忉然之下,还是回了眸。

"你是解脱了,但那是因为爱你的人替你背负了痛苦——这种痛苦比你承受的,要多几倍几十倍。"

商陆看着这个女人,眼里分明有恨。

商陆终于找到药放在哪儿了,包括抗抑郁的阿米替林。

药瓶上贴有开药时间和应服剂量——按照这两者推算,这女人起码已经停药半个月,药瓶基本是满的,没动过。

商陆几乎是半逼迫着让她把药吃了,药效起来没多久女人就陷入昏睡,向南星也好不到哪儿去,连挪到一旁凳子上的力气都没有,直接一屁股坐在床边的脚踏上。

反观商陆,一点都不累似的,正折回桌边,看着桌上的手机和器官捐赠协议。

手机关机了,看来这女人并不想被任何人找到,捐赠协议上透露了一部分信息——

第一章 天真有邪

女人叫邢璐，受捐的是浙医二院，执行人一栏写的是她丈夫的名字叶志伟，捐赠协议三年前就已公证有效。

一个丈夫肯在妻子的捐献协议上签字，商陆原本觉得这是个思想境界极高且大无畏的男人。可如今，商陆只觉得他就是个放任妻子去死的混账。

虽然如此，商陆还是按照捐赠协议上留的联系方式，准备给叶志伟打个电话。

不料电话还未拨出去，门外就传来一阵气势汹汹的脚步声，脚步声猛地一停，紧随其后的是钥匙开门的声音——

门外动静这么大，分明不止一个人，开个门而已，门锁被弄得刺耳响，吓得向南星立马从床边站了起来。

她离房门近，跑过去开门的同时门外人却已破门而入，向南星被突然打开的门撞得顿时眼冒金星。对方却压根没注意到她，一行人横冲直撞地进了屋。

向南星捂着肿起的脑门，痛得眯眼看去，破门而入的人里除了她见过的前台，其余都是生脸，为首的那个穿着打扮不像本地人，一身西装，他赶到床边，确认邢璐还活着，终于松了口气。

商陆远远瞧着，还以为这个男人就是邢璐的丈夫叶志伟，便收了手机没再拨号，不料那个男人却冲邢璐毕恭毕敬地喊了一声："叶太……"

可惜他口中的"叶太"已陷入昏睡。

就算对方不是邢璐的丈夫，总归也是她的自家人，商陆能做的都做了，是时候把这个自杀未遂的女人交接出去了，于是他直接走过去，对西装男说："看好她吧，别让她再自杀了。"

西装男正准备打电话，被商陆突然打断，不得不把手机从耳边拿下来。

直到这时，他才发现屋里还有一个看似格格不入的年轻人。

这里差点死人，这年轻人倒挺淡定，嘱咐完一句之后，手插着兜朝门边的向南星走去，西装男的目光也追随而去——

"你们是？"

他不解的目光反复落在这两个年轻人身上。

商陆懒得回答，拽下向南星捂在脑门上的手，见肿起一大块，皱了下眉，说：

"回去我给你擦药。"

得不到答案的西装男快步上前拦下他们,看表情挺烦躁的,不让他俩离开也不告诉他们理由,只顾在一旁打电话。

向南星在心里打鼓,难不成真是吃力不讨好,他俩被当成怀疑对象了?

西装男和电话那头说的方言,向南星一个字都没听懂,她瞄一眼商陆,他分明听得一字不落,但也不能现场翻译给她听。

向南星就这么悬着一颗心,直到对方打完电话,问她和商陆:"能不能跟我们回一趟杭州?"

面前的两个年轻人看看彼此,都不开口。

"叶先生想当面问问你们他太太的情况。放心,这一切都是有偿的,不会让你们白跑一趟。"

有偿?

"不去。"

"多少钱?"

前者是商陆说的,后者则是向南星说的。

商陆回头瞪她,向南星咽了口唾沫,马后炮地改口:"不去。"

西装男显然已经弄清形势,直接忽略商陆,对向南星道:"随便你开。"

"一……"向南星竖起一根手指,她知道商陆还在瞪她,索性不去看商陆,"一千?"

向南星就这么把见义勇为变成了一次有偿服务,商陆上车前忍不住骂她:"笨蛋。"

"我哪儿笨了?一千啊大哥!我这次旅游的钱全赚回来了。"

商陆真不知道她沾沾自喜的劲儿从哪儿来的,说:"我骂你笨不是因为你见钱眼开,而是你既然见钱眼开,为什么不多开一点?"

向南星傻眼。

商陆再补一刀:"你没发现你跟那人开一千,那人愣了一下又笑了才答应的?"

向南星仔细一想，还真是。

刚要开口，西装男已低身坐进驾驶座，向南星赶紧收声，只在车子启动时忍不住懊恼地拍大腿，亏了亏了。

从乌镇到杭州一个小时的车程，邢璐在另一辆车上，西装男负责载商陆和向南星，对他俩说了不少信息。

西装男是叶志伟的助理，姓林，和叶志伟一样都是香港人，邢璐则是杭州人，他俩婚后没多久就移民了。叶志伟是做生物制药的，几年前公司最忙的时候，邢璐融入不了异国生活，性格开始变得阴郁，叶志伟也没察觉。

直到他俩一岁的女儿意外身故，一切才彻底爆发。

邢璐有哮喘，她女儿也有。是基因缺陷，因年龄太小没做筛查，睡觉时哮喘发作被床围闷了口鼻。

孩子出事时夫妻俩在楼下吵架，照顾孩子的用人忙着劝架，等他们发现的时候为时已晚。

讽刺的是，叶志伟之所以那么忙，正因为公司在做基因检测技术的升级。新技术若投入临床，能挽救数以万计的基因缺陷患者，他们的女儿却回不来了。

夫妻俩接受不了现实，开始互相责怪，直到邢璐第一次自杀未遂，所有人才知道她其实早在产后就患上了抑郁症。

经历过太多变故，叶志伟终于想通，邢璐却一直没走出来。

经过一年的反复疏导，邢璐的病情开始好转，也终于肯配合治疗，这次叶志伟来杭州参加研讨会特意带上她，也是希望她能回来散心。

叶志伟此行不止杭州一站，他这两天不在杭州，邢璐就抽空来了乌镇。没想到才到乌镇第二晚，浙医二院就接到邢璐的电话，让医院派人来乌镇取遗体。

邢璐算好时间，提前通知医院，之后就关机再也联系不上，分明是一心赴死，她之前的配合治疗，现在看来不过是烟幕弹。

叶志伟作为执行人，第一时间收到医院的电话，此刻正在赶回杭州的航班上。

林助理的一番话够商陆和向南星消化好一阵了。

向南星想起他俩救下邢璐之后，商陆那样谴责邢璐，有些替商陆后悔："她好可怜,当时你还那样说她……"

商陆的表情多少有些凝重,看不出是不是在自责,只说道:"他俩的事还教会我们一个道理。"

"什么?"

"不要互相责怪。"

向南星撇撇嘴,不就是想让她别怪他吗?说得还真是迂回。

抵达杭州没多久,他们跟车把邢璐送到医院,向南星和商陆见到了事故里的另一个可怜人——

叶志伟发鬓露白,一脸憔悴,穿着打扮也不像个企业家,样子很随意,甚至不如一身西装的林助理讲究。

见到向南星和商陆,这个看起来年过四十的男人上前感谢他们,一口不太标准的普通话,情绪又激动,向南星虽大半没听懂,但能看出来,他真的很在乎他的妻子。

商陆和叶志伟交流起来则容易多了。

商陆把自己了解到的情况都说了,包括邢璐那些动都没动过的抗抑郁药——她分明是在抗拒治疗,叶志伟作为丈夫却一点都没发现。

以及,一个人但凡有一丁点求生欲,套塑料袋自杀的这种方法都不会成功,身体的应急机制会令她在窒息的最后一刻扯破塑料袋。

这是人的求生本能。

邢璐却连本能都舍弃了,她的抑郁症只会比医生诊断的更严重。

向南星没听懂商陆对叶志伟说了什么,只见叶志伟突然懊恼不已地双手扯着头发坐在走廊的长椅上,而商陆,面无表情之下,仿佛有一丝感同身受的痛苦。

他是不是想到他妈了?向南星无从得知。

时间不知不觉已至后半夜,林助理把他俩从医院送去酒店。

车停了,向南星却睡着了。

商陆正要拍她的肩膀叫醒她,就见下车去帮他俩办入住手续的林助理从酒店大堂又折了出来,很快来到车边。

商陆这边的车窗降着,林助理便直接站在车门外躬着身对他说:"你俩身份证给我一下。"

商陆扯过向南星的包,翻出她的身份证,递到窗外。

"你俩就带了一张?"

"对。"

"那给你们开一间房没问题吧?"

商陆的喉结微微一动:"没问题。"

已经睡着的向南星被商陆无情拍醒,魂都睡散了,只一路机械地跟着商陆下车,进酒店,上电梯。

安静上行的电梯里,只有她打哈欠的声音。

商陆站在她前方,透过光可鉴人的电梯壁将她的一举一动尽收眼底,他突然不知道待会儿要怎么对她解释。

房卡在商陆手里,等他划开门,向南星走进去时只顾哈欠连天:"终于可以睡了,你都不知道我有多困……"

直到察觉屋内昏暗,再一看墙边插卡才能供电的卡槽,向南星这才停在明与暗的分界线上,回头找商陆。

商陆却似乎没有要把房卡给她的意思。

"你不困啊?"

怎么突然这么磨蹭?

商陆的脸上没什么起伏,说:"我没带身份证。"

"我知道啊。"

"一张身份证只能开一间房,杭州比乌镇管得严。"

这……向南星可就不知道了。

向南星有些不知所措,但很快就被困意打败,懒散地一挥手,说:"那就睡一间呗。"说完便伸着懒腰走了进去,"我不喜欢睡靠墙的床,靠窗那张你可别跟我抢。"

既然她不拘小节,商陆也就放心进了屋插上房卡,道:"要求还挺多……"

房间的灯瞬间亮了。

正准备先行抢占床位的向南星愣了，随后走进房间的商陆也愣了。

哪儿有什么靠窗靠墙的区别，只有正中间的一张大床。

"我以为林助理会给我们开个标间。"

商陆的声音乍一听还算平静，细听，分明已经拧在了一起。

本来还哈欠连天的向南星突然不困了，林助理似乎默认他们是一对情侣，直接开了个大床房，向南星却始终想不明白他俩究竟做了什么才会让林助理有这种错觉。

商陆拨给前台要求换房，却被告知国庆期间所有房源已满，要换只能等明天。

明天？明天他们都回乌镇了……

向南星坐在床尾，姿态很明显，反正她是不会睡地上的，先霸着床再说，以防商陆跟她抢。

直到被商陆的一个虚咳唤回神，他似乎在用这种方式提醒她赶紧给个解决方案。

向南星义正词严地一抬脸，说："我睡床，你睡地。"

她毕竟是女生，他怎么也得让着自己吧……

虽然商陆很少把她当成女生优待，除了前晚在列车上破天荒让她睡了一次他的上铺。

向南星可从没奢望能接二连三从这小子身上占便宜，不料她话音刚落，商陆便接道："那你帮我弄床被子铺在地上，我先去洗个澡。"

他本以为她坐在床尾摩拳擦掌是准备撵他出去。

还以为要上演一出抢床大战的向南星有点傻眼，竟然就这么爽快地同意了？

见他确实掉头去了洗手间，向南星顿时激动地翻在床上划桨，直到耳边传来流水声，才终于止住她的得意忘形。

两人虽然熟，但一想到他在隔壁洗澡，向南星还是拿出了非礼勿视的架势，正了脸色，翻箱倒柜地找出备用被子，往床边的地毯上一铺。

两人手机都没电了，向南星从北京出发就带了一个随身包，如今也只找到一根充电线，充电头却不见了，看来救人那会儿她弄丢了不少东西。

这也难不住向南星，房间配有电脑，她直接开了电脑，把线连在电脑上充电，顺便查下叶志伟。

百度没能查到，谷歌倒是很快出了检索，令向南星惊叹的除了叶志伟名下那一串专利技术，还有叶志伟的年纪。

才三十六岁？她还以为他起码四十五岁了。

网页上叶志伟在照片里挺年轻的，大概因为孩子的死，这个男人才苍老成如今这副模样。

网上关于叶志伟的最新消息，是他这次回国和国内多家企业展开合作，进行婴幼儿基因缺陷筛查技术的临床试点，可以想象有多少和他女儿一样的基因缺陷患儿能因此受惠。

相比脆弱的邢璐，向南星更佩服叶志伟，他把失独的悲痛变成了救人的动力。

向南星莫名觉得自己被激励了，以后从医，她也要做一个有情怀的医者。

可惜重新开机的手机瞬间把气氛破坏得一干二净，向南星关机的这段时间漏接的短信一股脑地轰炸过来，她都来不及继续往下翻网页，赶紧丢了鼠标拿起手机先调成静音，这才心有余悸地点开查看。

全是迟佳发来的信息——

"你真跟商陆私奔啦？"

"快回我消息啊，商陆没对你做什么吧？"

"好吧好吧，你俩玩归玩，注意做好措施。"

字里行间分明能读出迟佳的心路历程，从最初的震惊到最终的成人之美……

向南星每个字都看得懂，却依旧傻了眼。

她的手机一早就没电了，商陆的手机还能坚持一会儿，在来杭州的路上，她分明看见商陆和赵伯言发短信，她还以为商陆把这一切都和赵伯言说了，当时还不忘提醒商陆让他告诉赵伯言她是怎么靠针灸救下邢璐的，商陆为此还睨了她一眼，怎么到头来……

向南星抱着手机跑去敲洗手间的门，急声不带喘地喊："商陆商陆！"

她敲得急，商陆豁然拉开门的那一刻，脸上还带着和向南星差不多的不解和仓促。只不过向南星是不解那帮同学怎么会以为他俩是私奔了，商陆则是以为她出了什么事才这么着急。

商陆刚想问她怎么了，回应他的却是她陡然僵住的脸。

商陆浑身上下只有一条浴巾系在腰上，系得不怎么牢，摇摇欲坠，身上没擦干的水珠正顺着肌肉的纹理徐徐滴落在地。水珠似有魔力，向南星的目光不知怎的就顺着它滑落的方向而去，一路理所当然地检阅着他的身体，却不自知。

直到被她盯得浑身不自在的商陆打着响指提醒她魂魄归位，她才终于回过神来。

"你衣服呢？"向南星几乎是尖声责怪，背过身去。

"这也能怪我？"商陆有点冤，"你敲门敲得这么急，我还以为出了什么事，哪儿有时间穿衣服？"

向南星不敢回头瞧半眼，嘴上磕绊着说："我手机刚充上电，全是迟佳发给我的消息，你没跟他们说咱俩救人的事？他们都以为我跟你私……私自跑出来玩了……"

"私奔"这两个字如果不是和"注意做好措施"串联在一起，或许还没那么难说出口。

她鹌鹑似的背对着他，没发觉商陆已经开始套T恤了，他说："今晚发生这么多事，三言两语压根说不清楚，我直接告诉他们咱俩既没走失更没出事，只是单蹦儿了，让他们别管。再说了，你学医的没听过一句话？不能泄露病人隐私……"

此等移花接木的辩论技巧向南星还没掌握，正不知如何反驳，听见他窸窸窣窣穿衣服的声音，向南星的胆子回来了，直接扭头进浴室跟他犟："那你也不能说咱俩单蹦儿啊。"

北京土话还是向南星教他的，不论字面上是什么意思，他们从小可都是默认男的和男的单蹦儿，基本上除了打架就是打游戏，男的和女的单蹦儿，基本就是背着老师谈恋爱去了。这么说可是会被全班起哄的，他怎么会不懂？

商陆却跟她用粤语胡诌："我外地嘅，唔识单蹦咩意思（我外地的，不知道单蹦是什么意思)。"还一脸无辜。

这句话向南星听懂了,都快随之气绝了,刚想好要怎么反击,又被他一句话堵了嘴——

"你怎么还不出去,难不成想看我换裤子?"

向南星这才意识到他手里拿着裤子已经很久了,可她一心想辩个高下,就不信他真敢在她面前扯了浴巾换裤子,索性无视他,说:"你怎么会不懂单蹦儿什么意思?你高二那会儿和你们班班长成天单蹦儿黏在一起,全校都知道你不知道?"

真是哪壶不开提哪壶……

商陆捏了捏眉心,以此隐藏自己忍不住皱起的眉,索性一不做二不休,作势解开浴巾,要直接当着她的面换裤子。

向南星这回真的傻了。

当然,在解开浴巾的死结之前,他还是很隐秘地顿了下,留给她投降的时间。

他连这都算到了,向南星哪里是对手,他手上一动,吓得她闷头逃窜而出,一路跑回床上用被子全副武装蒙住自己,脸红了个透。

等商陆从洗手间出来,床上已经安静得不像样。

他知道她没睡,坐在地铺上问她:"这就睡了?"

床上离他最远的一角的那一块凸起一动不动,商陆一笑,翻身睡了。

其实商陆也没睡着。

虽然成功把人救下了,但回想起今天的这一切,他还是皱紧了眉。

不如暗示自己想些开心的,比如床上那个傻子。

但商陆很快意识到,脑子里真的不能胡乱想人,他刚被她在洗手间里的那个样子逗笑,耳边就传来被子的窸窣声——

床上那人以为他睡着了,这时轻手轻脚地起了床,压着声去洗手间洗漱。

她大概不知道洗手间的那扇门虽是磨砂玻璃,但光线斜映过来,她洗澡时的剪影就落在了他的眼前。她把水声压得再小有什么用?那剪影早将他的困意搅得支离破碎。

所幸商陆还有自制力，一头栽回地铺上，闭上眼，眼前却全是那个剪影，又睁眼看着天花板。

天花板上交错的光线微微变动，是她洗完澡打开了浴室门。

商陆又不得不闭上眼。

她趿着酒店的拖鞋踩在地毯上，本该是悄无声息的，但商陆分明能听见她靠近的声音——

她没去床上，而是来了他这边。

商陆听见自己的心跳声，却无暇顾及，因为他感受到她在地铺旁蹲了下来，一点一点靠近他。

他能感觉到她的体温。

"商陆？"她试探性地唤了他一声。

商陆不为所动。

她更近了，对着他的唇。

商陆的唇下意识一抿，或许……

迎向商陆的，却不是预想中的甜软嘴唇。

向南星趁他睡着，隔空给了他一拳，泄完心头恨，这才心满意足地直起身准备回床上睡觉，手却忽然被猛地一拉。

向南星吓了一跳，以为他醒了发现她在冲他挥拳，刚要主动承认错误，就被他翻身压在了地铺上。

糟糕了。

他吻上她的那一刻，向南星还没反应过来，只觉嘴上一重，眨眼的工夫，他的脑袋已依着惯性侧到一旁。

他闭着眼，分明睡着了。

向南星却全程睁着眼，什么情况？

她能感觉到他下巴磕在她肩头的重量，向南星推他一下，又不敢太用力，怕他突然醒了。她可不知道该怎么向他解释眼前的这一切——

她为什么会在地铺上,在他……身下?

可他太沉了,向南星这么推根本推不开,她忍不住加了力,却又加过了头,商陆直被她推得斜侧过去。

一声闷响。

向南星根本来不及爬回自己床上,商陆就已经睁了眼,和她面面相觑。隔着,一段睫毛的距离。

向南星听见自己咽唾沫的声音在这个安静的房间里被无限放大。

关键此时此刻她的手还攀在他肩上,分明是想趁夜非礼他的架势……

难怪商陆突然锁了眉,一半睡意一半警惕地看她:"你干吗?"

向南星一缩手:"我……路过。"

商陆眼里的那丝警惕却更甚:"你怎么会在我地铺上?"

"被你……绊倒了。"

向南星说话时眼睛恨不得瞟天上去,压根不敢和他对视,自然没瞧见对面那人快要忍不住漾起却又生生绷回的笑意。

"以后小心点。"

他起床气还挺大,竟还怪她?

向南星却陡然失了勇气呛声,只胡乱应着,跌跌撞撞爬回自己床上,慌忙侧到最角落。

地铺那边传来被子摩挲的声音,看来他也侧到了另一边去睡。

向南星这才敢抬手摸摸嘴唇。

周遭静谧得仿佛一切都不曾发生,却明显,她唇上还有他的气息,即便十分浅淡。

这……应该不能算吻吧?

博览群书的向南星可知道,动个舌头辗转个三五百字的那种才算。

接受不了自己的初吻给了商陆,倒不是因为觉得和从小认识的人接吻有什么奇怪,而是这小子高二可是跟班长单蹦儿过的,高三又有过女朋友,初吻肯定早没了。

初吻换初吻才公平，不然她多亏。

自我心理建设一番之后，向南星终于能心安理得重新酝酿起睡意来。

林助理中午来接商陆和向南星去和叶志伟吃了个饭，之后就派车把他俩送回了乌镇。

叶志伟看起来比昨晚精神多了，想必他妻子并无大碍。向南星也算不辱价值一千块的使命。

席间听闻他俩是阜立的学生，叶志伟还挺热心："我团队就有一个本科阜立、研博U.C.Berkeley（加州大学伯克利分校）的高才生，有机会引荐你们认识，你们以后也可以考虑来我们公司。"

"好啊好啊。"向南星满口答应。

却被旁座的那位拆了台："她学中医的。"

"中医？那可惜了。"叶志伟笑笑没再继续这个话题。为了顾及向南星的面子，也就没问商陆是什么专业、有没有机会来就职。

向南星这人一向容易原谅人，自行把叶志伟口中的"可惜"理解成了专业不对口，而不是对方瞧不上中医。但是，商陆这么说就绝对是故意的。

向南星冷瞥一眼旁座，戳起面前那盘茶香鸡中的其中一块就往他碗里塞："吃你的鸡屁股。"

商陆眼都不抬，默默用筷子拂开。

二人回到乌镇已是下午，下车前商陆刚和赵伯言通完电话，知道了大部队的大概位置，下车后二人却还是在烈日下兜兜转转了许久，才和大伙成功会合。

一伙人正挤在小店外买冰棍，个个被热得面红耳赤。见到商陆和向南星的当下，赵伯言手扇着小风，优哉游哉地啃着冰棍走过来将他俩上下一打量："你俩这黑眼圈也是够了……"

赵伯言是典型的南城腔，配上他那意有所指的坏笑更是痞得不行。

商陆压根不准备搭理他，偏偏向南星没听懂深意："昨晚我才睡了几个小时，黑眼圈能不重吗？"

赵伯言可没料到向南星会一本正经说这话，简直有些意外之喜，兴奋得搓了搓胳膊上刚起的鸡皮疙瘩，又用手肘撞撞商陆："可以啊兄弟。"

为了不让赵伯言在这件事上多纠缠，商陆放眼一望，随口一问："怎么就你们几个，邹然呢？"

"邹然身体不舒服，中午吃完饭就回客栈待着了。"

向南星在一旁默默听着，不禁撇嘴。迟佳不也没见人影，他怎么就顾着问学姐？其心可诛。

不承想下一秒就被打了脸——

被其他人挡住，正弯腰在冰柜前挑冰棍的迟佳当着她的面起了身。

向南星的腹诽就这么吊在嗓子眼里，噎得她话都不会说了，好在迟佳很快发现了她，一手拎着两个冰棍一手遮着眉挡住刺眼的阳光，一路小跑而来："你俩可算回来了！"

向南星刚接过迟佳递来的冰棍，迟佳就凑过来小声说道："邹然学姐早上起来见你俩还没回来，这一天可都不在状态。"

"什么意思？"

"还能什么意思？恭喜你拿下商陆呗。"迟佳冲她直挑眉。

向南星当即否认："我可没有！"

迟佳的眉依旧挑着，却已由兴奋变成了诧异："都睡了还没拿下？"

两个女生只顾咬耳朵，全然未觉其他人已顺着羊肠小道往前走了大半，赵伯言发觉一群人越走越少，回头一看，果然是她俩掉队。

赵伯言也不催，直接曲肘一顶商陆，窃喜道："她俩指不定交流什么经验呢。"

商陆不仅不应，脚步都不停。

赵伯言却依旧热情不减："没给咱临床医学的男生丢脸吧？"

商陆终于脚下一顿，却没冲着赵伯言，而是回头冲着后边的向南星和迟佳，说："咱们现在去参观染坊，赶紧的。"

向南星一听，立马拉着迟佳快步跟上："来了来了来了！"

赵伯言来回看看再两厢一琢磨，懂了。肯定是商陆昨晚"表现"上佳，不然向南星怎么突然变得这么听话？让她赶紧，她就立马撒丫子跑过来，那小媳妇样……"睡服"，古人诚不欺我……

赵伯言顿时对商陆的敬佩之情再升一级，却强忍羡慕，拍拍商陆的肩："不错，没给咱临床医学的丢脸。"

那边厢，向南星和迟佳人虽已跟进了宏源泰染坊，漫天的蓝印花布之下，却还是那个旧话题——

"谁跟他睡了？"

从高处直挂而下的蓝印花布将中庭分割成一段一段相对私密的空间，实在太适合聊八卦了。

"没上本垒？"迟佳啧啧可惜，又忍不住好奇，"那上了几垒？"

"什么几垒？"

还真是什么都不懂……迟佳摇头，捏捏嗓子，科普时间到："一垒，牵手。"

向南星摇头："当然没有。"

"二垒，接吻。"

"当然……"

后面两个字却突然卡壳，迟佳顿时眯眼瞅向南星，已经不是疑问："你俩接吻了。"

向南星尽量让自己显得见过大世面，分明脸在发烫，偏要一嘴满不在乎："不小心的。"

迟佳才不关心这个，赶紧又问："他吻技怎么样？"

"就……碰过了下嘴唇。"嘴唇倒是挺软……如果这也能算吻技的话。

向南星用力摇摇头，干吗非逼她回忆……

迟佳却瞬间大失所望："这算哪门子接吻？"

这想法倒和昨晚临睡前向南星的自我安慰如出一辙，然而此时向南星的反应却截然不同："怎么就不算接吻了？那个……反正……"

向南星说不下去了，掀开垂在身侧的染布就溜到了另一边，偶然抬头一望，正见到在二楼参观的商陆的面无表情的侧影。

那侧影自古色古香的阳台走过,伴随着迟佳隔着染布传来的一句鼓励:"没关系星仔,再接再厉。"

可这又不是考试,怎么个再接再厉法?

商陆姥爷出院没多久就搬了回来,两家又成了邻居,商陆和向南星每周末都得一起回家,这可煎熬坏了向南星,她索性减少了回家次数。

毕竟她课业确实重了不少,回家耽误学习,理由很冠冕堂皇。

向南星也不知道自己究竟怎么了,从乌镇回来之后就哪儿都不对劲,每次见到商陆她都莫名别扭,却又说不上来具体原因。

她却偏偏拿墨菲定律没办法,原本拼命想和商陆一起上大课却不能如愿,国庆后两个系竟然正式宣布并课,她终于可以和商陆一起上解剖、病理和药理课,她却又不乐意了。

当然,不乐意的不止她,更有临床医学系的领导们。临床医学系的领导们向来反对和中医系有太多同课的机会,无奈院里已经下了文书,只能硬着头皮并课。

结果证明,领导们的担忧不无道理,相比之下,中医系的学生确实更容易落课,随堂测验的成绩也落后于临床医学。

毕竟两边的入学分数线差了一截。

向大夫没少听向南星抱怨老师教学进度太快她跟不上,幸好他们家还有个学霸邻居,这不,周末又一次被向南星放了鸽子只能独自回家的商陆,刚进家门就被姥爷喊了过去。

"向大夫让我问问你,课余时间能不能帮他们家南星补补课?"

商陆自己一摞专业书都还没啃完:"没空。"

虽然嘴上说着没空,但隔周回校的商陆傍晚下了课,还是直奔女生宿舍楼。

宿舍楼下的长椅还没坐热,电话也还没打出去,就见向南星和她寝室其他人有说有笑地出了楼。

关键她还换了身衣服。

要知道十月下旬的北京已经有寥寥寒意,今天的病理课上她倒是裹得严实,怎么现在从宿舍楼里走出来的她,却是一件牛仔衬衣,还在腰上系个小鬏,配条破洞牛仔裤还挺冻人。

商陆起身走过去,迟佳先发现了他,转头提醒向南星。

向南星不知刚和室友在聊些什么,神采飞扬的表情一顿:"这么巧?"

商陆低头一瞅她那件遮不住腰的牛仔衬衣,抬头没什么表情:"干吗去?"

"陈默让我们去看他打篮球。"

难怪,一整个寝室都特意打扮过了。

商陆"哦"了一声,还是面无表情的模样,向南星就真以为他只是路过,自然准备就此别过,商陆却直接把手上抱着的那一摞病理课专业书往她手里一塞。

"干吗?"

"补课去。"

"补课?"

"你爸交代的。"

多么有理有据。

没承想这一补课就一路补到了学期末。

向南星解剖学成绩还可以,毕竟自从解剖课上不再研究骨结构,而是直接上其他系统器官之后,很多胆小的女生落课情况就变得很严重,尤其那些进校之前天真地以为中医不需要学这些的女孩子。

毕竟第一次见到大体老师之后还能正常吃下饭的,临床和中医这两个系的女生里,也就只有向南星了。

她的药理学倒真是差了点,商陆只能重点补她的药理,当然还有高数。

她高中那会儿数学最差的传统分毫不差地延续到了大学,尤其微积分,按她补课前的水平,这学期铁定挂科。

商陆的补课方式很简单粗暴——做题,做错了就打手心,做对了却没奖励。

陈默所在的院篮球队的赛季都快结束了,向南星光顾着在自习室里被打手心,一场也没看着。

决赛前一天,向南星还在自习室里做最后的争取:"决赛是明天下午,比完了也才七点多,咱们明晚的自习延后到八点怎么样?"

商陆正在批她刚做完的卷子,头也不抬:"不行。"

"为什么不行?平常补课是七点到九点,明晚八点到十点,晚些回宿舍不就行了?"

"我要早睡。"

"你怎么可能早睡?你们寝室那个赵伯言成宿成宿找我们迟佳侃大山,你睡得着吗你?"

批完卷子的商陆这才把笔一放,抬起头来。她是有多想去看陈默的比赛?理由一个接一个的。

商陆的手指索性一下接一下地点着她的错题,意思很明显——就你这错题率,还好意思和我讨价还价?

向南星看看自己的卷子,错得还真挺多,没办法硬气了,变脸速度倒是无人能及,径直凑过去赔笑脸,讨好意味十足:"你知不知道现在院系比赛都有黄牛了,陈默给我留的票在黄牛那儿可值钱了。"

商陆挑眉。那又怎样?

向南星眼珠一转,又有了新招:"要不我让他也给你弄一张?明天下午咱一起去看。"

商陆原本不客气地点着她错题的手,忽而一顿。

向南星立马嗅出有戏,急忙看一眼时间,九点了。她赶紧起身收拾书包:"就这么说定了,明天等我的票。"

丝毫不给他反悔的时间,拎上书包就跑。

商陆其实伸手还是能拽到她书包带子的,却故意手一慢,让她逃了。

向南星却以为是自己跑得快才没被他拎回去继续听错题讲解,一出自习室的门就忙着给陈默打电话。

这个点,陈默应该刚结束赛前训练,声音还带点喘:"怎么了?"

陈默一向好说话,向南星也向来无须客套,直接道:"能不能帮我再弄张决赛的票？"

"我一会儿问问，应该没问题。"

"那好那好，明天中午我请客，五道口下馆子去。"

陈默的浅笑声轻震着听筒："你们宿舍楼又是哪个女生托你弄票的？"

"不是我宿舍楼的，是商陆。"

"商陆？"陈默适时地收了诧异，语气分明比刚才更上心了些，"放心，包在我身上，我这就问人去。"

可没一会儿陈默回电话过来，却只有抱歉："球队经理说没余票了。"

向南星顿时心凉。

看来也没有明天五道口下馆子一说了，陈默索性直邀："我们队准备去校外吃夜宵，要不要一起？"

"不了，我明天一早还有课。"向南星难掩失落。

挂完电话禁不住感叹，想看个决赛怎么就这么难？

隔天中午在一食堂，全寝都在讨论一会儿要不要去买点加油助威的东西，毕竟医学院去年决赛输给了计算机院，今年又是两院会师决赛，自家气势上绝不能输。

向南星却全程蔫着脸，哪有气势可言。

一问之下才得知向南星被商陆下了禁足令。

室友赶紧出主意："要不你直接先斩后奏，难不成商陆还能把你吃了？"

向南星却悻悻道："不光吃，吃完还不吐骨头那种。"

迟佳失望地摇头："你看你这损样，作为咱们院的备选院花，能不能给咱长点脸？"

向南星一听，总算提起点精神："我什么时候成备选院花了？"

"咱们篮球队的队员之前提到你，说等大四的老一届院花退了，你可是强有力的院花备选。"

迟佳起了个头，再朝其他人使个眼色，下一个便再接再厉，继续给向南星灌迷汤："咱们的老院花现在正在校外实习，不能回来坐镇。他们计算机的院花，就那个邹然,我可听说她铁定出席。你不觉得你作为咱这边的备选院花,有义务扛起这个责任?"

看来中医系的女生思修课学得不错,直接在食堂里开起了动员大会。

被动员对象向南星琢磨着乌镇那会儿邹然还只是个系花,怎么这么快又升级了?作为备选院花的自己似乎真的任重道远。被商陆轻易牵着鼻子走,她还怎么当好一个备选院花?

等她真的坐在球场观众席上,四周的助威声一起,向南星就更顾不上其他了,两队水平相当,你篮板我就三分,比分一直咬得很紧。前三节结束时,向南星嗓子都哑了,脸红脖子粗的,连备选院花的形象都不顾了,自然更感觉不到手机的振动。

七点,本该是她出现在自习室的时间。

最终陈默三分绝杀,医学院以两分优势险胜,终场哨响,球场两侧观众席顿时陷入两重天。大汗淋漓的陈默冲着她们这边鞡然一笑,激动得向南星全寝室都站了起来。

不止她们,这一侧的观众席上此起彼伏地喊着的也全是陈默的名字。

邹然一直坐在对面首排,此时正忙着安慰输球的队员,向南星不禁琢磨起来,她作为备选院花,是不是也该给自己的队员们一点爱的鼓励。

陈默像受到了感召一般,竟径直朝她这边走了过来,可向南星在给出爱的鼓励前,却已先行一愣。

一看时间,八点了。向南星顿时一拍脑门,挂在颈上的哨子都没得及摘下,直接掉头跑了出去。

与陈默擦肩而过时,只顾得上打声招呼:"我先撤了!"

完全没顾上听笑容顿时僵在脸上的陈默说的那句:"你不去跟我们一起庆祝了?"

她哪儿还有心情跟去庆祝。比赛时商陆给她打了个电话,她没接到。商陆那脾气,一个电话不接,绝对不会再打第二个,但这并不意味着可以相安无事。

向南星火急火燎地赶到自习室,却不敢进去,只能站在教室后门偷偷往里瞧。

期末自习的人倒是很多,唯独不见商陆,一直是她和商陆坐的角落此刻正坐着两个陌生人。

向南星探头探脑半天,终于缩回门后,心头那点忐忑令她不安地咬着指甲——要不给商陆打个电话?

可半天也没鼓起勇气,索性拨给赵伯言,问问商陆在不在寝室,再想下一步对策。

不承想赵伯言那孙子听她说完,扬声就是一句:"商陆,向南星问你在不在寝室。"

如果她现在就能隔空揍死赵伯言的话……

"他说他不在。"赵伯言大言不惭地回道。

向南星白眼都快翻到天上去了,偏又自知理亏不敢造次:"那你问问他,陈默他们准备去唱歌庆祝,他去不去?"

赵伯言又扬声问了一句,继而遗憾地告诉向南星:"他说他不去。那……我可不可以去?"

"不可以!"向南星对赵伯言可不客气。

赵伯言对她自然也不客气:"哦,那我不帮你俩传话了。"说完就把电话挂了,任向南星气得再吹胡子瞪眼也无济于事。

以为这样就没招治他了?

向南星憋屈地到了KTV,也不乐意玩,她唱歌五音不全,陈默找她合唱她也只能推给迟佳。

赵伯言每晚都找迟佳聊天,迟佳本就烦赵伯言,尤其正和陈默合唱的时候赵伯言发来短信,迟佳就更不乐意回了,直接把手机甩给向南星:"你就说我喝醉了,没办法回他。"

向南星接过手机正要按迟佳的说法打发赵伯言,却见赵伯言问:"这么晚了你们还不回宿舍?我记得你们女生宿舍有门禁时间的。"

向南星脑子一琢磨,心里起了坏水。

"向南星喝醉了,我正愁怎么把她弄回寝室呢,被舍管发现可是要挨处分的。

向南星他爸得气死。"

向南星编辑完又字斟句酌了一番,删掉了提到她爸的那最后一句,这才确认无懈可击,点击发送。

没一会儿赵伯言就回了信:"那你把她丢在KTV,自己赶紧回去得了,你一个女孩子大晚上在外头不安全。"

向南星握着手机愤愤不平,敢情赵伯言从没把她当女的?

她压着心中怒火,模仿迟佳的语气继续:"向南星是我铁瓷(死党),我怎么能把她一个人丢在KTV?她一个弱女子,很危险的。"

向南星坚信赵伯言那个大嘴巴,绝对会把这事抖搂给商陆。

可惜等了半小时,竟没等来半点进展,商陆一个电话都没打给她。

真生气?还是她模仿迟佳的语气露了破绽?

等待越发焦灼。

向南星不敢离开,偏偏憋得慌,终于忍不住,去洗手间之前还特地嘱咐迟佳:"如果商陆一会儿来了问我在哪儿,你就说我去洗手间里催吐了。"

迟佳正玩得兴起,随口应了一句,向南星就当她听见了,出了包厢直奔洗手间,图个快去快回。

以最快的速度上完洗手间,在洗手台前匆匆洗了手,准备抽纸擦干,手边的纸巾盒却是空的——越是赶时间越是事事不顺,她越发担心自己回到包厢时商陆已经到了。

那她可怎么装醉是好?

恰逢此时,对面洗手台那人从缝隙里递过来两张纸巾,向南星因为赶时间,想也没想对面怎么知道她这边缺纸,直接接过纸巾擦了手,透过缝隙说声谢谢就走。

对面那人只字不回,倒是伴随着她的脚步一同走向了门边。

这家KTV男女厕共用,只以背挨着背的洗手台作为分隔,向南星绕过洗手台刚走到门口,对面递纸那人也正绕到出口。

狭路相逢一抬头,向南星的脸就僵住了。

站在她面前的商陆还是那副毫无表情的脸,将她上下一打量,似是还没摸出门道,只眉一皱,问:"酒醒了?"

向南星也不知道自己怎么想的,就这么作势一抚额,两眼一闭,顺着墙栽了过去。

被商陆背着走出KTV的向南星,已默默夸了机智的自己一百遍。

KTV虽离学校近,但步行也起码一刻钟,他还背着她这么个累赘,更拖慢了脚步。

向南星倒挺享受,虽说寒冬格外刺骨,但她手心竟出了汗,这夜里的风正好吹散她心慌的热。

终于回到女生宿舍楼外,门禁时间刚过,向南星眼看宿舍楼大门在自己目之所及的地方轰然关上,瞬间冲到嗓子眼的"等等"二字被硬生生憋了回去。

都这种时候了她还得演个醉鬼,想翻墙进去都不行。心里苦。

也不知道商陆会怎么安置她。该不会把她带回男生宿舍吧?这操作难度可大了,应该不可能……

向南星刚默默否定这个可能性,就感觉到商陆停下的脚步又起,就这么背着她朝刚关上的女生宿舍大门走去。

向南星还没闹明白,人已被他往大门口一放,向南星忍不住掀开一条眼缝,只见商陆放下她之后,径直去了一旁的告示区,拿着挂在那儿的小黑板和粉笔又走了回来,边走边低头在小黑板上写着字。

商陆在她面前一弯身,直接把黑板往她脖子上一挂。

向南星借着发丝的掩映低眉一瞧,黑板上详尽地写着她的姓名、所在院系以及哪一届。

她一向羡慕他字写得好看,行云流水,顿点落拓,如今再看他的字,却哪儿都透着危险。他这是要干吗?

向南星还没找着机会抬眼瞄他,耳边已响起一记清脆的按铃声——

商陆按响了女生们口中的"死亡召唤"。

刚准备收工的舍管就这么被门铃召唤了过来,向南星分明听见那脚步声带着给她的处分越逼越近:"谁?又晚归!"

说时迟那时快,向南星站起来撒丫子就跑。

向南星的速度堪比短跑选手,商陆看着她从自己眼前一道烟似的转瞬无影无踪,脖子上还挂着黑板——还没来得及被逗笑,舍管已经杀到。

商陆当即闪身一避,避到了另一边的柱子后。

舍管阿姨从门内朝外张望了半天不见人影,以为自己最近抓晚归抓出了幻听,顶着一脸狐疑一步三回头地走了。

商陆这才从柱子后出来,双手插着兜,优哉游哉地循着刚才那道烟而去。

向南星躲在小花园里,一把摘了脖子上挂着的黑板,扔到一边,回头就是一句:"你是不是故意的,知道我没喝醉故意整我?"

她听见他跟来了。

商陆既不否认也不承认,只双眼突然一眯:"所以说,你刚才一直在装醉?"

向南星顿时不占理了,可支吾半天还是不服气:"要不是因为你不让我去看球赛,哪会有我装醉这一出?"所以罪魁祸首还是他。

他一不说话向南星就顺杆爬:"你还差点害我被舍管发现,你给我道歉!"

她这会儿还挺有气势,偏偏商陆不吃这一套,淡然看她一眼,直接身体一侧绕过她,走了。

向南星反手去逮。其实也不是非得逼他道歉,但总得趁机讨点好处不是?

"你也知道自己理亏了是不?这样吧,你帮我翻进宿舍楼后门,我就原谅你。"

商陆脚下一停。他略作思考,竟真的折了回来,重新朝女生宿舍楼走去,看得向南星直发呆。

突然这么好说话,这可一点都不符合商陆的性格。

好在向南星留了个心眼,赶紧跟过去确认:"这么说,你答应了?"

"我去告诉舍管阿姨,中医系07届的向南星说她现在要去翻宿舍后门。"

果然,这才符合他的性格。

向南星照着他后脑勺就是一巴掌,可惜在挨到他头发丝之前就犯怂收了回来,转而双臂一剪,死死抱住他的胳膊:"哥!哥你最好了!哥我错了!哥别跟我一般见识！哥……"

天知道他还比她晚出生半个月……

向南星人生之中第一次翻铁门就献给了今晚。

可惜就算有商陆做垫脚石她也半天没翻过去，急得在铁门外来回踱步："你就不能扶稳点？"

商陆可不背这锅："就你这肢体协调能力，给你个梯子你都翻不过去。"

向南星不甘示弱："你光出张嘴皮子，当然说得轻松。"

没承想商陆被她这么一激，抬眼看看铁门上几个可供落脚的旮旯之后，直接当着她的面，没用任何辅助就一路翻了过去。

全程不过三分钟，轻松落地的那一刻，向南星站在铁门外傻了眼。

"你按我刚才的方法翻过来，我在这边接着你。"

他刚才的方法？也不看看他腿多长，臂展多宽……

向南星低头再瞧瞧自己的腿长，摇头道："我不行。"

"快点，现在被舍管逮着咱俩都得完蛋。"

商陆已经做好接住她的准备，向南星也只能照做。可惜她刚迈出一只脚，头顶上方就传来一声撕裂般的惊叫。向南星吓得差点一屁股坐在地上的同时，一个不锈钢脸盆紧随其后，稳准狠地砸在了商陆脑袋上。

正在二楼阳台晒衣服的别系学姐见大晚上宿舍楼下出现一个男的，当即一声尖叫，"哐当"一个脸盆砸下来。

眼看这位学姐受惊之下随手又是一个脸盆，已经被前一个脸盆砸趴下的商陆哪受得了再来这么一下，向南星赶紧压着嗓子冲学姐低叫："学姐学姐别动手，他……他是在给我示范怎么翻铁门。"

学姐终于在最后关头停手。

再往楼底下一瞅，这对男女分明是谈恋爱误了门禁时间。学姐作为过来人，自然不复方才的花容失色，只斜眼批评道："早说啊。"

商陆可不敢再浪费时间哄向南星翻过来了，三下五除二又翻出了铁门，翻出来后还心有余悸地回望一眼二楼，这才松了口气——刚刚拿脸盆砸他的学姐已经没了踪迹。

"哈哈哈哈瞧你这怂样!"

他这破天荒谨小慎微的样子简直人间奇观,不怪向南星笑得直捂肚子。

她的笑声堪比魔音灌耳,商陆用眼神警告:"你再笑?"

向南星哪儿听得见。

"这学姐练过铅球吧?砸得忒准了。"

"再笑我可动手了。"

直到商陆彻底拉下脸来,向南星这才撇撇嘴,虽说半点不信他会对她动手,可还是勉强止住了笑,给他留点面子。

恰逢这时,身后铁门内,学姐跑下楼来捡脸盆时不小心发出"哐当"一声,背对着铁门的商陆连学姐的面都没见着,光是听那"哐当"一声,已下意识一缩脖子。

此等条件反射,看得向南星实在忍不住,扑哧一声又笑了。

果然商陆被她笑得脸色瞬间铁青,向南星赶紧闷下头去捂住嘴。

身边却十分诡异地突然没了动静。闷头半响的向南星觉得不对劲,忍不住抬头看了一眼。

商陆的脸却就在她眼前——

凑过来,吻住她。

直到这个吻结束,向南星也没来得及从愣怔中回神。

商陆直起身,面不改色:"我都说了,你再笑我可动手了。"

向南星脑袋持续发蒙,不明白为什么自己一个字都没说,就这么直接迈着机械的步伐,走了。

不仅步伐机械,连给自己洗脑的话都十分机械:"没动舌头都不算,没动舌头都不算……"

"然后呢然后呢?"

凌晨时分,迟佳翻后门成功溜回寝室,见向南星失魂落魄地跌坐于寝室外,就这么获得了第一手资讯。

迟佳追问起细节来,向南星哪儿记得那么多,今晚在宿舍楼后门发生的一切都是那么不可思议。

然后……他就追过来,动舌头了。

此时此刻的迟佳和向南星席地坐在宿舍的楼道内,墙角亮着的逃生标识的绿光折射在二人脸上,各自的表情都有些变形。

惊掉下巴的迟佳好不容易把下巴收回去,大呼不可思议的同时又忙不迭问:"现在关键问题是,你回吻了没?"

向南星回想起当时的情景,忍不住懊恼地抓头发。很明显——她回吻了。

向南星可算把自己的三观毁透了:"你说我是不是一个放荡的女人?"

迟佳煞有介事地摸摸下巴:"你这词用得也太重了吧。"

"可我当时竟没觉得跟他接吻有多么难以接受……"

她现在倒是后知后觉地难以接受了,可吻都吻完了……

迟佳脑中重温一遍经过,不禁问:"你是不是喜欢他?"

"喜欢"的释义那么多,她对商陆……

"可我对他明明是那种对朋友的喜欢。"

这点向南星倒是很肯定,因此更是忍不住抓头发,今晚发生的都是些什么事,只希望迟佳能帮她解开这一团乱麻。

"换做是你,你会去亲你朋友吗?"

这个问题迟佳想了许久,最终认命地两手一摊耸耸肩:"如果我朋友有商陆那么帅的话……"

而此时此刻,私下改了电路、彻夜不拉闸的男生寝室内,正躲在被子里戴耳机看片的赵伯言突然被拽了被子。

赵伯言吓一跳,面前的商陆却顶着一张特别正经的脸,若无其事问:"借一部(步)说话。"

原本紧张地攥着裤子的赵伯言这才肩膀一松,取而代之的是狐疑的审视:"你不是向来鄙视我们私下传片的行为吗?"

商陆依旧淡定:"江湖救急。"

赵伯言看商陆这架势,简直跟自己平常找商陆借笔记来抄时一般理所当然,对他的敬佩很快换作三部新片拷给商陆。

可惜商陆看了两眼就关掉了,似乎不满意:"有没有不这么直奔主题的?"

赵伯言一猜:"含蓄点的?"

商陆点头。

"有是有,但……"赵伯言作为一个过来人,不得不提醒他,"那种接个吻能拍几十个镜头,恨不得出个接吻七十二式可一到关键时候就黑屏的,说实话,没劲。"

商陆却指明:"就要这种。"

"这种有什么好看的?"赵伯言嘴上虽菲薄,可还是把那些他高中就已经不爱看的文件夹翻出来,拷给商陆。

商陆接过他递来的移动硬盘:"还是稳扎稳打点好。"

赵伯言还以为自己听岔了:"什么?"

"没什么。"商陆直接拿着移动硬盘撤了。

嗯,稳扎稳打——先从掌握接吻技能开始。

商陆没想到隔天一大早向南星就在寝室楼下等他了。

实验楼在这个学期末要统一更换新器材,导致医学院学生的各科实践考试都不得不提前,商陆他们今天就有一场组织胚胎学的实践考试,实验楼离宿舍比较远,所有人都尽早赶去考场占据有利地形,商陆他们寝室已经算起得最早的那一拨了,可现在再看向南星那架势,分明更早就在楼下等他了。

姑娘那表情,还破天荒地带点怯。

赵伯言发散力惊人,远远瞧见向南星,当即联想到昨夜种种情况,语气顿时暧昧起来:"哟,昨晚到底发生了什么?人家女生非一大早上门堵你。"

赵伯言知道商陆昨晚为她跑了一趟KTV,夜里十二点多回了寝室也不睡觉,非找他"借一部说话",今天还起了个大早,一点也不像个只睡了不到五个小时的人,贼精神。莫非昨晚吸取了什么精华?

赵伯言好生羡慕。

可惜商陆那张脸上始终看不出破绽，商陆也没给赵伯言继续研究他的机会，直接撇下一众室友下了台阶，走之前不忘嘱咐赵伯言一句："早餐我恐怕没时间吃了，帮我买个面包带到实验室去。"

还真是你侬我侬，连早餐时间都不放过。

眼看商陆的背影朝向南星走去，赵伯言羡慕得没脸看。

至于向南星为何一大早上门堵人，商陆还以为她昨晚被他亲蒙了，反射弧长到今早才想起来要兴师问罪，骂他一顿再让他负责也不是不可以……

可惜商陆已经在她面前站了近一分钟，她也没骂他半句，不知在心里组织着什么语言。还以为这一分钟里她能憋出个长篇大论，没承想她最终开口却只有一句："我们……还是朋友吧？"

商陆的唇线微微一紧。

虽只是短短一句话，却是向南星想了一宿的结果。当然这其中少不了迟佳那位军师的功劳。

按迟佳的话说，如果她有个长得倍儿好看的朋友，可能气氛太好的时候，她也会忍不住亲对方。

这话或许也能套在商陆身上。或许……他昨晚被学姐那一盆砸蒙了？觉得她没心没肺笑起来的那一刻还挺好看，于是就亲她了？真正喜欢一个人，应该会忍不住成天想她，成天找她，商陆对她明显不是这样，他连和她一起上大课都不是太乐意。

或许商陆也正懊恼昨晚为什么要亲她，一旦他俩关系陷入尴尬，没准商陆又跟以前一样，靠半年不理她把她彻底冷处理了。那还不如她赶紧把话说开，或许还能挽救一下友情。

至于她为什么会回吻他……

"而且，你也知道我昨天喝多了，假酒误事。"

他昨晚吻她时可一点也没尝到她嘴里有酒味，商陆却没拆穿，倒想听听她接下来还能诌出什么花来。

第一章 天真有邪

"然后呢?"

然后?向南星没想到他竟把所有难题都丢给她了,只能硬着头皮提议:"昨晚的事彻底翻篇,咱们还是朋友?"

商陆本以为她一大早找他只是兴师问罪来了,如果她问他"你是不是喜欢我啊",没准他会承认。可现在她却只是问他:"我这提议怎么样?"

不怎么样。商陆在心里回答,嘴上却问:"彻底翻篇?"

"对。"

"还是朋友?"

"没错。"

他虽然性子冷点,但其实对人挺好,就像她小时候看过的《没头脑和不高兴》里的不高兴,是种古怪的有趣。

关键不了解他的人还发现不了这份有趣,一旦发现,就等于独享他的另一面,向南星可不想失去这份独享。就像……养了只脾气拧巴的猫。

她从小就想养猫,可惜她妈不肯。她现在不就在顺这只脾气拧巴的大猫的毛吗?

这只大猫还非得问她:"你就那么想和我做朋友?"

向南星没听出来这句反问有什么别的深意,当下表忠心:"当然。"

"那你觉得我为什么会突然亲你?"

原本审视着她面部表情的商陆突然直视起她的眼睛来,向南星莫名一怵。

虽然迟佳帮她分析过了,大概是因为那一刻他发现了她的惊人美貌,所以不小心就用下半身思考了一下?可真当他把这个问题堂而皇之地摆上台面时,向南星却突然不知怎么回答。

就在她屏息凝神之际,商陆突然伸手,不客气地弹了下她的脑门:"因为我被你学姐那盆砸傻了。"

说完就直接绕过她走了。任由向南星捂着自己被弹红的脑门,目送着他的背影消失在眼前。

从这个角度看他后脑勺,真的是肿着的——看来他真是被学姐那盆砸傻了。

似乎为了印证他真的被砸傻了，商陆这次的组织胚胎学实践考试竟然不及格。

好在组织胚胎学的期末成绩实践部分只占三成，理论占七成，不然商陆这门课铁定要挂。

商陆这门课的最终成绩排到了系里二十多名，跌破众人眼镜——要知道他平时上实践课，连完成一张有髓神经纤维的切片都只需要其他同学三分之一的时间。

向南星倒是全院第十七，系里第三。

虽然觉得有点对不起商陆，但当她爸问起她考试成绩时，向南星还是很大言不惭地告诉她爸，她比商陆考得还高。

向大夫差点开心哭了，要知道商陆自从搬来和他们做邻居，就彻底抢了向南星"别人家孩子"的美名，院里的其他孩子都开始主动对比商陆的成绩，就连向南星她妈都不能幸免。"你怎么比商陆低了二十多分？是不是上课分心了？"诸如此类的话也成了口头禅。

只是向南星没想到，她只是冲她爸嘚瑟了一下，寒假一回家，大院里几乎所有人都知道她考试成绩比商陆还高。

向大夫的医馆向来很多邻里生意，向南星用脚趾都能猜到消息肯定是从她爸嘴里传出去的，向南星生怕这消息传到商陆耳朵里，赶紧让她爸别再给邻里看病时瞎吹嘘自家女儿。

可惜为时已晚。

商陆姥爷也听闻商陆成绩退步，同样放寒假回家的商陆被姥爷问起这事，倒是很淡定："我比她考得高的时候就一点感觉都没有。"因为早就习惯了。

商陆姥爷可不如商陆淡定，尤其在得知商陆考砸了是因为考前被盆砸了之后。

当然这同样是从向大夫口中得知的。

向南星当时告诉她爸商陆被砸，只是为了让她爸知道商陆是因为身体欠佳考试才没发挥好，好让他爸理性看待她这次偶然的逆袭。没承想她爸这个大嘴巴又把这事告诉了商陆姥爷,商陆被他姥爷逼着连喝了两服活血化瘀的药,这回可得找向南星算账了。

大年初四,向大夫邀请走完亲戚的商陆姥爷来家做客,正是算账的好时机,向南星还全然不觉,只顾躺在床上和迟佳通电话。刚拿了压岁钱的两人正商量着过了初七去哪儿挥金如土一下,她的房门就被人敲响了。

向南星鲤鱼打挺起了身,趿上拖鞋去应门:"我爸喊我吃饭了,咱们待会儿聊。"

一开门却傻了眼。商陆抱着胳膊站在门外,来者不善。

向南星却还不知危机已近:"你怎么在我家?"

"向大夫邀请我姥爷来吃饭。"前一句不是重点,后一句才是,"顺便再给我开点药。"

向南星明显在云里雾里:"什么药?"

一提这茬商陆就隐隐的满嘴苦味,眉头也随之皱起,没回答她的问题,只说:"我已经连吃了四天中药,能不能让你爸和我姥爷打住?"

向南星一向知道商陆讨厌中医,偏偏商陆姥爷信这个,商陆小时候被逼吃过不少中药,这也形成了恶性循环,导致他对中医更有偏见。

实在想不通这回商陆姥爷怎么又开始逼他吃中药了,直到这时向延卿端着一碗刚煎好的药循声而来:"来来来,刚煎好的,晾温了喝。这可比你在医院开的复方丹参和银杏叶片疗效好。一会儿吃完饭消消食,叔叔再给你扎两针。"

光中药还不够,一听还得针灸,商陆脸色都变了,嘴上虽说着"谢谢叔叔",可等向大夫一离开,他就把药碗直接往向南星手里一放。

向南星一听复方丹参和银杏,吓一跳:"你咋了?"

这都是些活血化瘀、理气止痛的药,可看他这样子也不像生病。

"你是不是告诉你爸我被砸了脑袋?"

向南星坚决不认:"没有。"

"没有?"商陆眼睛眯起来了,"那你爸跟我姥爷说了什么,我姥爷带我去医院照脑部CT不说,还在你爸这儿开了一堆药。"

向南星心里暗叹:向延卿,你以后再把我跟你说的悄悄话传出去,我就再也不和你分享了。

嘴上却依旧揣着明白装糊涂:"还有这种事?我……不清楚。"

她爸之前似乎提过,他给商陆姥爷免费开了几服药,她原本以为是开给商陆姥爷服用的,现下也只能硬着头皮道:"我爸也是好心,他免费给你开药还给你针灸,你就……收下吧。"

商陆这回竟点了头。

向南星还以为他终于赞同她的话了,却不知他赞同的只是"免费"二字——

"是该免费,毕竟我是因为他女儿才被人砸了脑袋。"商陆略作思考,突然意有所指地低了眸问,"对了,向大夫还不知道我为什么被人砸了脑袋吧?"

向南星当即双眼一瞪。

他这么说肯定没好事,果然下一句就是:"看来我得去告诉向大夫才行。"

眼看他真的转头就走,向南星终于不淡定了,赶紧拉回他,锁上门:"别别别!"

她爸她倒是不怵,但万一被她妈知道她大一就敢晚归,估计会让她直接搬回家住,以后都索性走读。

一紧张她就一股脑全招了:"我爸问我期末考得怎么样,我就把分数给他看了,他问我你考多少,我就跟他说了,他一听我比你考得好立马就得意忘形了,我怕他再到处瞎传我考得比你还好,就告诉他你是因为被砸了脑袋才发挥失常……"顺便再找补一句,"再说了,没有你给我补课,我也不可能考这么好,你说是不?"

最后一句商陆勉强受用,但随即脸色又回到最初的平静之下暗藏杀机:"所以你报恩的时候到了。赶紧让你爸打住。"

"我爸是个热心肠,根本不可能让他停手的,难不成要告诉我爸以后由我来帮你扎针?"

向南星只是随口一提,商陆却似乎开始思考起这个可能性。

这时,门外响起一阵嘈杂声——分明是什么东西重重倒下的声音,隔着门传来都那般沉重。

向南星还没反应过来,商陆已听见门外依稀传来向大夫卡紧了嗓子的一句:"快把他扣子解开!"

商陆夺门而出的下一秒,向南星赶紧也冲了出去,随二人脚步而去的视线一经转过拐角,两个年轻人都顿时白了脸。刚才还好好的商陆姥爷此刻面色尽失地躺在客厅地板上。

向大夫正跪在地板上紧急施救,向南星她妈的声音则在客厅的另一端响起,分明是在叫救护车。

商陆姥爷最终被救护车拉走了。谁也没想到商陆这个年就这么提前终止了。

那一刻的向南星更想不到今天发生的一切,最终会令商陆这么一个天之骄子,成为院领导们以及所谓医学界权威口中的医闹。

不复平静。

商陆姥爷因上一次的心脏搭桥以及二尖瓣置换手术发生纵隔感染,进行了第二次手术。

依旧由阜立大学第一附属医院的心胸外科主任汪洋及副主任操刀。

术后全麻未苏醒的姥爷就这么带着气管插管,被送到了心胸外科的监护病房。

至此,商陆每天三分之二的时间都耗在医院,住也住在医院——就在走廊空地支了个临时床位。

向南星虽从没经历过与亲人的生离死别,但她觉得她能感同身受。对于商陆来说,姥爷已经是他在这个世界上唯一的亲人。如果姥爷这次没扛过去,向南星不敢想象未来的商陆会变成什么样子。

商陆的舅舅一家光是照顾老人家已手忙脚乱,向南星家离医院近,她又正好在放寒假,便每天骑她爸的旧自行车来给商陆送饭。

商陆偶尔回家洗澡换衣服,向南星妈妈不忙的时候就帮忙洗一筐子,忙的时候就交给向南星。

向南星知道商陆最近睡不好,就私自把她妈平时用的薰衣草精油往洗衣机里滴。

她听说薰衣草可以安眠才这么做的,虽不知安眠效果到底有多少,但可知的是,商陆最近走哪儿都是一股熏鼻子的香味,住院部的护士但凡闻见这味,就知道是商陆来了。

自此,商陆多了个外号——香妃。

商陆就算再心系姥爷的病情,也注意到了自己近来的"香妃"体味,不得不让向南星传话给她妈:"能不能让阿姨换种洗衣液?"

"哦。"

向南星就这么让妈妈给自己背了锅。

向南星经常来给商陆送饭,却很少碰着商陆姥爷清醒的时候。难得这次老人家醒了,向南星听见老人家气若游丝地自嘲:"别担心,老王八活千年。"

那一刻,向南星这个外人都忍不住鼻子发酸。

而商陆,始终咬着牙不说话,只紧紧握着他姥爷的手,垂着的眼睫隐隐发颤。

她知道他在自责——姥爷上一次大手术他不仅全然不知情,甚至还跑乌镇玩了一趟。

有一次向南星正好赶上护士给商陆姥爷的伤口敷料。

那时候商陆就站在她旁边,和她一起隔着监护病房外的视窗,看着护士手上的垫衬迅速被血水淌透,那一刻,向南星觉得商陆就是个浑身绷紧的刺猬。

似乎是第一次看懂他往常的平静之下究竟藏了些什么,向南星突然有点心疼。

寒假就这么悄无声息地走到尾声,2008年的开端如此糟糕,各地的新闻都在报道那场几十年不遇的雪灾,商陆的脾性也明显比之前更冷。

他突然忙了起来,甚至把笔记本电脑和书都搬到了医院。

向南星起初还以为他是要趁最后几天把寒假作业补完,其实她已经偷偷帮他做了一部分作业,仅限于他俩同课的那几个专业,临床医学的其他几门专业课向南星也爱莫能助。但很快向南星发现,他看的这些书和资料压根就和专业课无关。

向南星甚至好几次见他通过MSN(一款即时通讯软件)接收着不知是谁传给

他的资料,很多还是外文资料,终于忍不住问:"你怎么突然研究起心胸外了?"

此时的商陆正席地坐在住院部外的走廊,忙着翻译资料,没听见她的问题。

任他英语再好,资料里的那些专业词汇也得靠字典。

向南星就没打搅他,只自顾自地回想:商陆究竟是什么时候开始这么废寝忘食的?似乎是在他要来了他姥爷的住院档案之后。

姥爷的住院档案上明确写着上一次手术的详细描述:"在全麻下行主动脉瓣置换术,术中见主动脉增粗约7.5厘米,主动脉二叶畸形伴穿孔,术中置换25毫米ATS机械瓣,手术顺利。"

"手术顺利"四个字,阜立大学附属医院的心胸外专家可是盖棺定论过的。然而事实却是,商陆姥爷至今还躺在病床上。

所谓"手术顺利",就是个笑话。

陪床的大部分时间里,商陆都抱着电脑看他通过不知名途径得到的资料和文献,包括国内外对同类疾病的手术方案。

几天后,商陆正式向医院提出质疑——

"我姥爷是在心肌梗死后发生的二尖瓣病变,恢复冠脉血运后,瓣膜病变常就能逐渐恢复,根本就不需要同时做搭桥和二尖瓣置换手术。如果不做二尖瓣置换手术,就不会导致心包积液,也就不需要再受二次手术的苦。"

商陆要求院方给他一个合理解释。

院方又怎么会去搭理一个小屁孩?在他们看来,病人的命他们既然已经救回来了,病人家属就该闭嘴。就算商陆是阜立大学的医学生,在权威专家的眼里也不够格。

直到几年后向南星首次经历职业生涯的重创,她才真正读懂商陆当下那份看似毫无道理的坚持。而当时只是大一学生的她,完全不明白商陆为什么要这么做。毕竟他姥爷的命已经救回来了。

商陆却俨然一条道走到了黑——

2008年初那会儿还没有微博,"博客"和"校内网"还是热词,商陆用两天时间汇总了一篇文章发在自己的博客和校内网上,实名质疑阜立大学第一附属医院心胸外科专家汪洋的手术方案。

此时正值阜立大学新学期开学,向南星在学校里还算活跃,再加上迟佳和赵伯言这两个社交积极分子的帮忙,大家各自行动,号召同学们转载商陆的博文。

或许连商陆都不知道他的帖子怎么突然就火了。

可惜事件未能真正发酵,就先行引来了学院领导的关注。向南星眼看着转载的热度刚起来,学院的各大QQ群就统一发了公告,让学生们删帖。大概在院领导看来,他们作为医院的兄弟单位,有必要维护医院的名誉。

尤其博文里被点名的汪洋本身就是阜立大学毕业的,不仅荣获过阜立大学的杰出校友,更是阜立大学博士点的导师。

与之相比,商陆不过是个名不见经传的大一学生。

没有听话删帖的,只剩向南星几人。

向南星同寝的室友虽在向南星的威逼利诱下保留了转载的帖子,无奈杯水车薪,转载的热度迅速消退,商陆的这篇博文眼看就要石沉大海。

而当这件事就快被所有人遗忘时,却在海外引发了关注。

开春后,新一届的国际医学论坛在匹兹堡拉开帷幕,匹兹堡作为北美的医疗中心,每年承办不少相关会议,2008年的医学论坛之所以时隔很久依旧常常被国内的医学界提及,是因为在这一年的医学论坛上,出现了一个十分有趣的插曲——一个名叫蒋方卓的人当着各大权威的面,直接引用商陆的这篇博文,当众质询同样参会的阜立第一附属医院的院长。

在此之前,向南星从没听过蒋方卓这个名字,但蒋方卓任职的公司——叶氏生物医疗公司,向南星可是很耳熟。

这是叶志伟的公司。

蒋方卓就是叶志伟曾经一度想引荐给这两位年轻人认识的、本科阜立研博U.C.Berkeley的高才生。

在匹兹堡发生的插曲发酵回了国内,向南星才知道一直在MSN上给商陆传资料的,就是这位蒋方卓。商陆其实早和他们这位学长接触上了,只是一直没告诉向南星。

歧视她是学中医的?

最近因为商陆姥爷的病情反复,商陆请假没来学校,向南星因为生气罢工了几天,没去医院给商陆送饭。

直到迟佳突然神神秘秘地问她:"你知不知道商陆要退学了?"向南星才知道她没去送饭那几天,商陆都经历了些什么。

在国际论坛上丢尽颜面的医院院长回国后做的第一件事不是自我纠错,而是第一时间联系学校,让学校出面说服商陆删帖。

学院领导的立场也很明确,几次派人来医院找商陆谈话,希望商陆能认错低头。

商陆做这一切的目的不过是希望院方能有一个合理解释以及道歉,可惜到头来,却要他给医院道歉。

商陆拒绝删帖,更拒写检讨,院里以下处分威胁,商陆沉默多天之后,终于回了学校。

院领导本以为他是来送检讨的,这才是成年人世界的游戏规则。商陆送来的却是他的退学申请。

规则就是用来打破的。

商陆用这种于他这个年龄段而言近乎惨烈的方式告诉所有人,他没错。

众人愕然,包括向南星。

谁也没想到商陆有生以来第一次做刺头,就产生了这么大的蝴蝶效应,甚至搭上了自己的前程。

商陆的退学申请被院里压着迟迟没有上报,毕竟是个年轻气盛的孩子,院里还想给他一次机会,或许他想通了,低头了,这件事情就还有转机。

然而让所有人跌破眼镜的是,商陆自己办不了退学,竟直接联系了他高三在深圳就读的高中,走对公渠道逼阜立放人。

商陆的高中显然也乐意冒这个险,这个学生是上清北的料,他的复读如果能为学校多争一个清北的指标,何乐不为?

至于向南星,扪心自问,她是不乐意的。

很不乐意,甚至想撒泼耍赖让他留下。

赵伯言他们也并不想失去这个哥们。

可惜决定已下。

商陆决定退学而学院不放人的那段时间,就连向大夫都撺掇向南星劝劝商陆别意气用事。

或许在大人看来,他这是为了一口气赔上自己的未来,得不偿失。

为此,商陆回学校收拾行李时,向南星还特意跑去男生宿舍楼底下堵他。

商陆分明已猜到她的来意,在她开口前就制止了她:"劝我的话就别说了,听腻了。"

他回寝室收拾行李半小时,赵伯言就花式劝了他半小时。

向南星却忽然眉一竖:"谁说我要劝你了?"

商陆的表情微微一怔——

不仅因为她这句话,更因为她话音落下的同时,突然给了他一个大大的拥抱。

"你如果考不到比阜立更好的学校,我以后都瞧不起你。"

她在他耳边,郑重无比地说。

她尊重他的坚持,即便她那般不乐意。

他终于笑了。

那一刻,世界破冰。

商陆复读的这半年,姥爷的身体一直没能彻底恢复,商陆也就没回深圳上课,只在北京自习,高考那几天直接回深圳考试。

这半年里商陆的所作所为已经惊掉了所有人的下巴,商陆复读考上清华生物医学工程的消息不胫而走的那刻,或许所有人都觉得天方夜谭,向南星却不这么认为。

她始终记得她送他离校那天,他留在博客的最后一句话——

"我就算不拿手术刀,照样治病救人。江湖不再见。"

第二章

悄悄的喜欢

成功升为大二学姐的向南星放假回家一见到商陆,开口就是一句:"快!叫学姐!"

商陆本就比她小一个月,如今又比她低了一届,向南星为了偶遇他再嘚瑟这么一下,连续一个月每周末都回家住,可惜商陆不知是课业太忙还是新朋友太多,这段时间愣是一趟家都没回,直到今天,终于被向南星逮个正着。

向南星从她爸口中得知商陆姥爷今天出院,心里琢磨商陆就算再忙肯定也会亲自接姥爷回家,周六当天一早就陪她妈去了趟菜市场,她妈买了只老母鸡炖了一上午,给商陆姥爷送鸡汤的活自然就指派给了向南星。

向南星那个积极的,自己中午饭还没吃,就端着保温壶夺门而出下楼去,直到站定在邻居家门口,才顺了口气捋一捋头发,摆出随意的架势,轻巧地按下门铃。

商陆开门当下稍稍一愣。

太久没见,姑娘似乎又变好看了。

大概因为她把头发留长了,前段时间半长不短的发尾翘得跟什么似的,确实有点影响美观。

她是发现他在看她头发了吗?

突然这么嗫嚅地一甩发,商陆避开视线的下一秒她却开口就是一句:"快!叫学姐!"

这才是她嗫嚅的原因。

除了头发长了,她根本没变。

商陆敛了敛眉,放开门把手自顾自往里屋走,径直把她撇在了门外。

"别高兴太早,没准我提前读完大学而你……"商陆脚下不停,嘴上却一顿,"成绩太差延毕。"

向南星被他吓得赶紧喊:"呸呸呸!"

但毕竟商陆这人因上次事件一战封神——起码在她心里是这样的——向南星还真怕他一语成谶,直到想方设法弄来了生物医学工程系的课表,才松了口气。

虽然她没能弄来清华的课表,但她一心想着清华的课表和阜立的应该大同小异,便从同校的生物医学工程系的同学那儿弄来一份仔细研究。

整整四页纸,向南星忍不住惊叹:"你们怎么这么多课?"

中医系的课业已经很重,一周三四十节都是小意思,相较之下,生医的课表简直是非人类的。

生理学、生物医学工程概论、数字电子技术基础、模拟电子技术基础、高级语言程序设计、微机原理与应用、计算机图形学、信号与系统……

生医的同学却已然习惯:"这还只是我们大二的课表,你再去看看大三的,吓不死你。"

一个专业学遍生理化,鬼才信商陆能提前毕业。

相反她自从升了大二之后,优势开始渐渐变得明显。方剂、内经、伤寒这些课,她从小在她爸那儿耳濡目染,和同系其他同学相比也算赢在了起跑线上。她这个"学姐"的名号没那么轻易被剥夺,向南星也就放心了。

向南星开始理解最近商陆为什么总见不到人影,估计已经上课上疯了。眼看又一年的国庆节要到来，向南星本还想喊上商陆他们一起去哪儿玩几天，也只能作罢。

陈默倒是约她一起去澳大利亚。

陈默家在澳大利亚有亲戚，向南星跟去的话可以住在他亲戚家，省一笔钱不说，还有了免费地陪。这对于从没出过国的向南星来说，诱惑真不小。

再者陈默已经申请到了院里的交换生指标，下学期就要去墨尔本大学交换半年，这次去玩也算提前探探路。

向南星羡慕得不行，国内外的医疗体系相差很大，就连临床医学的学生都很难申请到交换生名额，更别提向南星还是中医系——国外压根就不认中医是门医学，她这一辈子都甭想做交换生了。

向家和陈家虽是老相识，但向南星她妈总归不放心闺女一个人出远门，就一起办了签证，两家结伴出国游，留向大夫一人在北京看家。

向南星暗暗地在校内网上发了个状态："澳大利亚现在是不是还很冷？要不要带羽绒服？"

还自以为嘚瑟得不着痕迹。

已经快成失踪人口的商陆第二天现身了，打电话喊她周末吃饭。

向南星一看手机屏幕上备注"学弟"二字的来电，接电话的速度与开心程度成正比，偏偏开口又是一句揶揄："怎么突然想起请我吃饭？我还以为你忙到一辈子都出不了清华校门了。"

电话那头的商陆却纠正道："不好意思，我是请一个远道而来的朋友吃饭，他让我叫上你。"

向南星可就纳闷了。

如果是她和商陆共同的朋友，应该会先联系她而不是商陆，毕竟她才是更平易近人的那一方。

"谁？"

"等见面你就知道了。"

话虽这么说，可真当向南星周末到了王府井，坐上桌她也没认出对面这位是谁。

明显是生脸。

这是个比她和商陆都年长的哥们，休闲衬衫，西裤白鞋，打扮随意之中又透着点正式。向南星可不记得自己认识这人，只能朝坐在她斜对角的商陆使眼色。

那人自然接收到了向南星发出的疑问的信号，微笑时就像个有些亲切又有些生疏的邻家哥哥："你好。蒋方卓。"

向南星当即震惊地拉长了人中。

商陆轻咳一声示意向南星赶紧把人中收回去："地震后叶氏往灾区捐了钱和物资，学长是当地人，这次从北京转机去灾区派发物资，顺便见见我们。"

蒋方卓刚准备朝向南星伸出手，就被向南星虎里虎气地上前双手一把握住："终于见着活的了！咳……我是说，终于见着真人了。"

向南星在网上查过他。

蒋方卓虽看着没什么架子，但毕竟比他俩大八岁，又是第一次见面，被向南星一把握住的手似乎有点想往回收。好在向南星不是那么迟钝，感觉到的同时立即撒了手，有点不好意思地摸摸鼻子。

蒋方卓这才又笑了："我和商陆一直在网上交流，已经很熟了，倒是你，我早就听我老板说过你救过我老板娘的命，只是没想到，你们都这么年轻。"

他这么一说，向南星自然把他归为了叶志伟的同辈，不由客气起来："那我们该管你叫学长还是叫叔叔？"

正喝茶的蒋方卓差点被呛着。

一旁的商陆也瞬间有点想抚额——她这不是在变相损人老吗？

商陆欲言又止，显然已在内心深处萌生了一种近似于带着丑媳妇见公婆的无力感。

蒋方卓毕竟第一次见她，不好反驳什么，索性绕过这个话题："一会儿你们把身份证号发给我，我让人订机票，我们应该会在国庆节前一天启程去成都。"

向南星一听，愣了。

商陆这才想起自己还没来得及告诉学长："她国庆要去澳大利亚玩，不跟我们去成都。"

向南星本就一头雾水，如今更加不解。商陆怎么知道她要去澳大利亚？毕竟他这一个月都待在学校没回过家，不可能从他姥爷那儿听说这些。或许……他看到了她在校内发的那则状态？

可自从退学事件后他的校内主页就再没更新过。再说了，商陆怎么会有闲心关心她的动态？

向南星只能先把最关心的疑问解了："你俩要去成都？"

"商陆会和我们团队一起去派送物资。"蒋方卓替商陆回答道。

但这并不妨碍向南星冲商陆兴师问罪："你怎么都没告诉我？"

商陆倒觉得是为她好："告诉你干吗？你妈放心你一个女孩子跑灾区去？"

说来也是，蒋方卓表示赞同："倒也是，现在灾区还不时有余震，女孩子还是别去了。"但转念一想，蒋方卓又纳闷了，不得不转头问商陆，"那你之前跟我提过的，有个女孩主动要求和我们一起去，是谁？"

"我一个学姐。"

商陆面色如常。向南星却耳朵一凛。

虽说她如今自诩是商陆的学姐，但此刻商陆口中提到的，显然不是她。

蒋方卓看来并不知道商陆口中的那位学姐是谁，但很是赞许："现在还能有这种奉献精神的小姑娘已经很难得了，替我谢谢她。"

向南星本还在猜商陆口中那人是谁，经蒋方卓这么一夸，向南星竟不知怎么就被点醒了，问商陆："邹然？"

商陆点点头。

当晚向南星躺在床上左思右想半晌，终是开了电脑，默默删掉了校内网上那则关于去澳大利亚的动态。

大地震发生那会儿，包括阜立在内的全国各大院校都举行了悼念仪式，那阵子商陆刚与强势的院领导周旋完毕，必须用最快的速度补上他落下的功课，姥爷的病情又总是反复无常。

如今回想起来，对于向南星来说，整个五月都是灰色的。可对于那些身处灾区的人来说，恐怕直到现在，他们的世界也还没有转晴。

澳大利亚对于向南星的吸引力，也在这个念头萌生的那一刻消散殆尽。

等向南星删完状态，一看时间已近零点。

明知商陆已经睡了，她这种心里藏不住事的性子，还是促使她发了条短信给他："我也想跟你们一起去。"

只能等商陆明早起床回复她了。

不承想向南星躺回床上刚合眼，她的手机就振动了。

两个字："不行。"

向南星抱着手机研究了半天也没研究出来商陆是以什么心态发来的这两个字。

她又发过去一条："你放心，我说服我爸妈让我去。"

五分钟后商陆才回复，还是两个字："不行。"

向南星这回可是火了，直接一个电话拨过去："凭什么邹然可以去我不可以去？"

商陆在电话那头一顿。不知是因为刚被吵醒思绪还没接上，还是单纯地不想告诉她。

向南星直接从床上站了起来："你不给我个合理的理由我就不挂电话，谁也甭想睡。"

商陆思索半晌，还真给了她一个理由："邹然是真的想去帮忙，你是因为被学长的话刺激了才想去，性质不一样，别勉强自己。"

向南星拿手机的手一僵，半晌没再吱声。

再开口时，她突然很平静："商陆，在你眼里我就这点斤两是吧？"说完就把电话挂了。

她拉开床头柜把手机扔进去，眼不见为净。他以为她是听了学长夸邹然，才想要东施效颦？

与其说是平静，不如说是失望。但转念想想，她那么在意商陆的想法干吗？商陆还能绑着她不让她去不成？

第二章 悄悄的喜欢

她妈倒是可以。

先集中所有火力对付她妈才是重点。

向南星可不能提她要去灾区，但又不能骗她妈说学校里有什么活动她不得不参加，思来想去只能"祭出"迟佳。

至于她为什么非得留在北京陪迟佳，连澳大利亚都不乐意去？国庆节前的最后一个周五，向南星在离校前，迟佳还一直在帮她出主意："你就跟你妈说我摔断了腿没人照顾，你得留下来陪我。"

这理由倒是没什么破绽，可是……

"你这么咒自己真的好吗？"

向南星小时候图新鲜非得跟着商陆去上什么辅导班，上了几天觉得没意思就撒谎说自己肚子疼去不了，结果第二天真的肚子疼。这种事发生过不少次，向南星信这个邪。

迟佳想想也对，思考半天又说："那你就告诉你妈我失恋了，成天寻死觅活，你得留下来看着我。"

向南星抚额。有谁诅咒自己断腿不成，又开始诅咒自己失恋的？

奈何过两天就是国庆节，时间紧迫，向南星只能勉强先拿这个理由应付着。周末一回家，向妈刚挂了和陈默他妈的电话，向南星的电话就响了——

迟佳按照向南星刚发过去的短信指示，给向南星来了电话。

向南星接听电话的当下就把音量调到了最大，导致迟佳在手机那端一开口，向南星的耳膜就被震得嗡声直响，站在向南星一米开外的向妈自然也听见了迟佳哭天喊地的第一句："星仔！我不想活了！"

向南星忍着耳膜的生疼瞅一眼她妈，果然正准备去做晚饭的向妈背影僵在了厨房门口，在偷听。

父母对这个年纪的子女总是格外关心，向妈也不能免俗。

迟佳编不出来后话，索性在电话里哭，可劲儿哭，全靠向南星撑起整场演出。

"佳佳你别哭了，他不珍惜你是他的损失。"

"那女的没你漂亮没你瘦没你高，他瞎了眼了才会选她。"

"别别别!你千万别做傻事!"

或许向南星演得太投入,电话那头的迟佳突然笑场,向南星被她带得也编不下去了,索性焦急地呼唤两声:"佳佳……佳佳!"然后赶紧挂了电话,径直跑回自己的卧室。

她的行李已经收拾得差不多了,向南星拉上拉链,拎上行李包就从房间冲了出来。这时,向妈也早跟到了向南星的卧室门口,连问:"怎么了这是?"

"妈我国庆去不了澳大利亚了,我得去陪迟佳,我怕她做傻事。"

向南星一口气说完,不等她妈反应过来,已经先行夺门而出。

这天之后向南星就住在了迟佳那儿,每天还得给她妈实况直播迟佳的状态——

"她最近都吃不下饭。"

"她爸妈出差不在家,家里就我俩。"

向妈挺担心向南星这位失恋的小伙伴:"要不我去给你们做顿饭?"

向南星一听,正不知如何是好,凑在电话旁全程偷听的迟佳果断带着哭腔来了一句:"都别管我!我只想自己待着!"

演技满分。

向南星被迟佳这么一提点,赶紧附和道:"妈你就别过来了,她正封闭自己呢,不想见外人。"

向妈终于打消了过来帮忙的念头,向南星心惊胆战地挂了电话,听迟佳在一旁感叹:"我当初怎么没去考北电?我这么有演戏的天赋……"

搞定了她妈,向南星总算可以安心启程。

商陆不让她去,她索性绕过商陆直接联系蒋方卓。

第一次见蒋方卓时她就厚着脸皮要来了对方的联系方式,订票前,蒋方卓好心道:"我把你的座位安排在商陆旁边,你俩熟,还能互相有个照应。"

向南星却分明不乐意:"不用了学长。我不跟他坐一块,我俩……不熟。"

最后两个字说得格外斩钉截铁,连蒋方卓都信以为真,加之商陆自己提到向南星的时候也说只是老同学,蒋方卓在北京的最后几天忙于前期调度,也就忘了提前知会商陆一声。

商陆在机场见到向南星的那一刻，表情几乎和他去年同一时刻在去乌镇的候车厅里见到她时一模一样。就连和商陆前后脚出现的邹然也和去年一样，极其短暂地皱了下眉，随后又恢复一脸挑不出毛病的笑。

倒是向南星这回脸上少了笑容——

面对邹然她依旧笑吟吟地打招呼，转到商陆那儿反倒一眼都不瞅，直接绕过他，和团队里的其他人混脸熟去了。

除了他们三个，团队里就只有蒋方卓这么一个会说中文的，剩下三个华裔两个白人一个黑人，向南星虽然四级分考得挺高，但口语真不行，和他们只能磕磕绊绊地交流。

向南星本还挺担心，出人意料的是邹然的口语竟也不太行，向南星可算找到陪她一起垫底的人了，底气也瞬间足了。操这么一口蹩脚的英文也敢和人聊得这么开心，商陆不远不近地看着，放弃了上前去当翻译的念头。

站在落地玻璃前的蒋方卓核对完物资运送方走陆路的行程后，挂了电话正准备回头找地方坐，就瞧见离他最近的商陆和邹然两人。

邹然几次看向商陆，分明想聊些什么打破此刻的沉默，商陆却只顾低头摆弄他团队里的人从美国带来的复眼相机。

邹然几次欲言又止，最终只能勉强挤点笑容出来，和团队里陌生的哥哥姐姐们练口语去了。

相反另一边的向南星，早已和这帮肤色各异的新朋友打成一片。

蒋方卓走到商陆身边挨着坐下时忍不住感叹："你这老同学生存能力应该不错。"

如今这社会谁对谁防备心都挺重，此等不惧生的人已经很少见。

商陆这才从相机的操作界面中抬起头来，看着此刻蒋方卓的视线方向，才明白过来蒋方卓说的是谁。

这点商陆倒是很赞同："她这人丢在荒岛上都死不了，没准和动植物都能聊得很开心。"

蒋方卓被这个说法逗笑了,笑着笑着,又不禁好奇地一弯眉——

商陆评价这姑娘的语气,可不像是和她不熟。

登机后,向南星见自己座位和蒋方卓挨着,还挺开心,脆生生地叫了句:"学长。"

她座位在窗边,蒋方卓座位在外侧,蒋方卓应了一声,起身给她让位置时偶然一抬眸,与从前方走来的商陆打了个照面。

商陆也不知在想些什么,目光在蒋方卓和向南星之间游移了一下,才继续往机舱深处走去。

蒋方卓总觉得这气氛有点说不出的古怪,但很快就被别的吸引了注意力——

见向南星关手机前最后一刻还在打电话,蒋方卓本以为她是在和父母报备,不料她最后一句却是:"我准备关机了,万一我妈打我电话发现我关机,再打到你那儿去,你可千万别露馅。"

等向南星挂了电话,蒋方卓才开口:"瞒着父母出来的?"

刚按下关机键的向南星一惊,抬起头来便是心虚地一笑。

向南星没打算瞒他,直接把前因后果都说了,反正蒋方卓不认识她妈,向南星不怕他去打小报告。

她倒是没想隐瞒,无形之中却给了蒋方卓压力,蒋方卓不得不预先提醒她:"那从现在起我就是你的监护人了,到了灾区一定要跟牢。"

蒋方卓说得严肃,向南星倒不怎么怵,她出发之前查过新闻,灾区目前已在重建,叶氏生物这次组团主要是去捐赠物资和药品,和当地红十字会合作,又不是单枪匹马入虎穴。

向南星嘴上自然答应得很好:"没问题学长,从现在起你走哪儿我就跟哪儿,厕所也跟。"

蒋方卓笑着摇头:"你啊……"

向南星琢磨着聊点别的:"对了学长……"

刚开口,却被后头传来的熟悉的声音打断:"学长。"

是商陆的声音。

向南星脖子梗住，不动了。

蒋方卓循声回头，商陆才又道："我能不能换到你旁边？我有个试验参数想请教你。"

显然在学长眼里，讨论学术比闲聊更有价值。

向南星的座位就这么被商陆有理有据地换了去。

她起身往后走，商陆起身往前走，二人错身而过时，向南星忍不住朝他龇牙："就你刻苦，作业带飞机上来做。"

"我乐意。"

面无表情的三个字，撑得向南星气都没处撒，只能灰溜溜地去后排和邹然同座。

邹然见到她倒挺开心，笑着问了句："你刚和学长聊什么呢？我坐在这儿都听见你笑了。"

"没什么。"向南星顺嘴敷衍道，更多心思则用来看着前方刚坐下的商陆，生闷气。

团队此行的目的地是汶川和绵阳，一行人到了成都之后待了一晚，等物资和药品装车后，跟车队去了汶川。

车队沿着蓉昌高速一路向北，直达汶川的路段还未开通，等车子下了高速，颠簸就没停止过。

这里的条件远不比成都，向南星一路被颠得魂都快散了，不知谁传过来一瓶晕车药，向南星接过来赶紧拧开盖子，回头准备说谢谢才看清伸着手的是谁。

她拧盖子的手不自觉就停了。

向南星什么话也没说，直接把晕车药又塞回了商陆手里，自个儿枕着车窗装睡去了。

他都不知道她这次会跟来，晕车药也不是为她准备的。向南星被晃得不行的车窗震得脑门儿疼，她撇撇嘴忽略掉了。

斜后座的商陆看着手里那瓶被嫌弃的晕车药，有生以来第一次发现女人惹不得，太记仇了。

向南星其实早就打算好了，接下来的七天都不再搭理他。等到了汶川之后才发现，她压根没时间搭理他。

和当地的红十字会成功接头后，向南星他们就连轴转没带停，红十字会缺人手，向南星派药的活得干，发物资的活得干，给人看病的活也得干。

精神高度紧张到这份上，竟也不觉得累，即便一天只能睡三五个小时。

因为最近余震不断，各台的记者也在轮拨来灾区采访，叶氏生物的物资队最有新闻卖点，记者一提出想采访，向南星刚要躲，就被蒋方卓逮了个正着。

逮着她不算完，蒋方卓还这样把她介绍给记者："我们这儿就数这小姑娘最能说，她来代表我们接受采访。"

不承想小姑娘这回倒怯场了，吓得直接拽过一旁毫无准备的邹然塞给记者，自己则脚底抹油，转眼就躲进帐篷里不出来了。

万一被她妈在电视上瞧见她……后果向南星不敢想。

邹然顶替她接受采访，向南星又忍不住透过帐篷的缝隙朝外看。学姐落落大方，侃侃而谈，向南星说不羡慕那是假的。可一想到她妈，向南星还是悻悻然缩回脑袋，摆摆手作罢。

没承想采访当晚就播了，向南星接到迟佳特意打来的电话，说在电视上看见邹然了。

"邹然真厉害，她不是学计算机的吗，还懂怎么给人包扎？"迟佳佩服得不行。

向南星听得一头雾水："没啊，邹然中暑两天了，都没怎么出帐篷。"

迟佳只得把她在电视上看到的内容简单重述一遍。

记者采访了余震中受伤的大叔，大叔提到余震发生的那晚仍心有余悸，但一提到救助队里的小姑娘如何一夜没合眼，帮所有伤者包扎，又忍不住万分感动。因医院人满为患，轻伤的、能咬牙扛过去的基本去医院也没人管，当下的绝望和无奈可想而知，这个时候却意外获得了救助，心情可想而知，性格内敛的大叔背过镜头去抹泪，谁能不触动？

镜头再一转，记者开始采访邹然，镜头下的邹然俨然是年轻人的榜样，默默做了这么多，却只轻描淡写地说这都是她应该做的。

"明明是我包扎的……"向南星终于忍不住说了一句。

却因周遭嘈杂，电话那头的迟佳也没顾得上听，还在感慨："我都快看哭了，真的，我以后也要成为一个救死扶伤的好医生。"

挂了电话的向南星哭丧着脸站在帐篷外，看了会儿天。

余震后的这两天，团队换进了临时搭建的帐篷，把宾馆让给了房子被震毁又携家带口、只能露宿街头的当地居民。

余震后的夜空平静无澜，星光璀璨，仿佛一切灾祸都不曾发生。还挺讽刺。

都是救人，功劳是大家的，她没必要这么小家子气，说服完自己不忘暗暗点头称是，向南星这才把心里那点不甘心压了下去，正准备回帐篷，却差点撞上刚从帐篷里出来的人。

向南星刚要退后一步说抱歉，看见商陆那张没表情的脸，又硬生生地把话咽了回去，也学他一脸冷淡，转身靠回了帐篷外的支架旁。

一个帐篷能睡二十个人左右，大通铺，睡眠质量不好的自然容易醒。

向南星知道商陆一向睡得浅，换做以前，她或许还会拉着他天南海北地夜聊解乏，现在……理都不想理他。

这大概是商陆认识她以来，第一次得他主动找话题吧。这可比任何一门考试都难。

沉默半响，眼看她就要绕过他钻进帐篷里睡觉，商陆终于开了口："能不能帮我包扎一下？"

向南星脚下一顿。

"我不小心划伤了。"

"创可贴缠一下不就行了？矫情。"

向南星没好气，说话的同时回过头去，本想给他个鄙视的眼神，却被眼前的一幕惊住了。

商陆刚把外头那件冲锋衣脱了，里头穿了件白T恤的他，手臂连着肩胛那一处，衣服早早被血水染红。哪是一张创可贴就能搞定的？

向南星偷偷从帐篷里抱出了急救箱。

商陆的T恤粘在伤口上,只能剪开。再看这凝血的程度,他起码受伤超过三个小时,却压根没人知道。

向南星小心翼翼地帮他消毒清创,麻药用完了,他疼得直冒冷汗却一声不吭,可他越是安静向南星越是心慌意乱得不行:"怎么回事?"

多少有点责备的意思。

她平常那么毛手毛脚的一个人,到这儿之后都打起十二万分的精神确保自己不受伤。他倒好,平时看起来严谨,如今却成了这副模样,还瞒着不说,真让人讨厌。

"被钢筋划伤了。"

他回答得倒是轻描淡写,苦了向南星还得把记忆搜刮一遍,这才想起来今天下午,有个大爷跑回破房子里拿银行存折,结果被天花板上的石砖掉下来砸了腿,商陆是第一个冲进房子里救人的,却是最后一个出来的。他大概就是那时候被残垣上的钢筋划伤了。

整个团队就他一个人受了伤,也难怪他没脸告诉其他人,或者……没脸告诉邹然?

小学弟非得在学姐面前装"大头蒜"……向南星挥苍蝇似的挥挥手把这个念头赶走。

向南星手上越是小心翼翼,嘴上越是不留情面:"学长还说要把我拴裤腰带上带着,不然不安全,现在看来,该被拴裤腰带上的人是你才对。"

商陆垂着眸子。

她还真听蒋方卓的话,走到哪儿跟到哪儿,小跟班做得格外称职。

"放心,我不跟你抢学长的裤腰带。"

向南星清完创面才发现切口挺深,必须缝合。可当下手边没有新的一次性吻合器,库存的医疗器械都在他们之前住的宾馆里放着。

向南星放下工具,转身摘了挂在帐篷口的那串钥匙,扯下其中一把:"你在这儿等我,我回趟宾馆拿东西。"转眼就骑着摩托车消失在了泥泞的尽头。

就近处其实还停着辆陆地巡洋舰,但小镇的路况压根开不了大车,这几天

第二章 悄悄的喜欢

向南星抽空教会了团队的老外们骑自行车,至于她是怎么学会开摩托车的——感谢学长的手把手教学。

但那手把手教学的画面,商陆并不想回想。

商陆收回目光,低头瞧瞧被摊了一桌的急救工具,伤口阵阵钝痛,心情倒是不差,他垂着眉眼看手表,等她回来。

这次受伤确实是由于他自己的疏忽。

他是第一个听见大爷奄奄一息的呼救声冲进那间破房子的,压在大爷胫骨上的砖半米见方,必须一次性抬起,不然会造成二次伤害。蒋方卓随后冲进来,二人很快合力把砖抬走。接下来其实只要把人抬到安全的空地上,处理完伤口,上完固定支架直接送去医院就行了,向南星偏偏这时候跑进来送急救箱。

房子本就是危楼,眼看天花板上又在往下掉砖,商陆急忙起身推她出去,就这么忙中出错,被残垣上的钢筋划伤。

蒋方卓后来教育了她,先确保自己的安全再去救人。学长的话她倒是听的,开始严格按照这句指示行事。

学长的那一套她学得贼快,见商陆最后一个走出危楼,她竟摆出学姐的架势:"怎么这么磨蹭?危楼里待这么久,万一出事了怎么办?"

商陆懒得搭理她。他一辈子都不会认这么笨的人当学姐。

邹然都知道装中暑歇一阵子,谁也不会要求一个姑娘拼尽全力,只有她,哪儿危险往哪儿钻,笨死了。

然而还不等这个笨蛋回来,原本宁静的夜就这么被突如其来的电话打断。

地震局预警了四到五级余震,帐篷内所有人都第一时间被叫醒。

上一次余震发生时他们还在赶来的路上,算是避开了,这一次碰上的却是近期预警过的最高震级的余震。以现有的监测水平,谁也不知余震具体会在什么时候发生,短则几秒,长则十几秒。

商陆哪儿还顾得上伤口,套上冲锋衣连忙给向南星打电话,铃声却从放着急救箱的简易桌上传来。

笨蛋把手机落在这儿了。

商陆咬着牙关挂了电话，地面在这一刻开始剧烈晃动。

蒋方卓紧绷但有条不紊的嗓音从帐篷里传来："所有人都先待在帐篷里，有部队负责当地居民的疏散，我们一切听他们指示。"说完又用英文重复了一遍，"Everyone stay here waiting for……"

商陆的耳畔还是蒋方卓的余音，人却已摘了帐篷口挂着的另一把摩托车钥匙。

等蒋方卓听见摩托车启动的声音，探出帐篷却只见那道车尾灯迅速消失在夜色下。

宾馆离这儿不到十分钟车程，车卷着夜风在商陆耳边迅猛地刮着，他充耳未闻，只是抓着车柄的手青筋暴起。

如今他的脑子里只有一个念头：这次余震别来得那么快，再多给他几分钟，再……

脚下的地面却再一次晃动起来，甚至比几分钟前那一次更加剧烈。

商陆本就刚学会开摩托车，根本无法在如此颠簸的情况下掌控好方向，眼看车头一歪，他就要连人带车顺着泥地栽下去。商陆赶紧减速，摩托车栽倒在路边，商陆顾不上肩侧的擦撞，起身拔腿狂奔而去。

周遭矮楼里的居民中嘈杂声有之，尖叫声有之，所有人都在忙着往屋外跑，商陆逆着人流的方向，不敢有半刻停歇。

喘息声几乎淹没了耳畔的一切，唯独一个声音越来越明晰——

她不能有事。

直到商陆站定在宾馆门口，看见不远处的残垣下压着之前被向南星开走的摩托车，摩托车的车身已经彻底被压变了形。

商陆脑子瞬间一片空白，脸上同样如此。

原来当前所未有的恐惧来袭时，人是会傻住的。

宾馆的墙体已经震出了肉眼可见的裂缝，仍有住客在拼命往外逃，商陆站在那儿，被人撞着了肩膀竟也感觉不到疼。

直到一个熟悉的身影搀着一位老人家从宾馆里匆匆逃出——这一老一少在

商陆面前经过的那一刻,商陆的脸上依旧是还没缓过来的一片空白,唯独指尖,不禁颤了下。

向南星只顾闷头把老太太扶到一旁空地上,丝毫顾不了别的。

老太太拉着她说方言,向南星竖着耳朵听也只听懂了最后一句——老太太想把屋里的财物也带出来。

向南星不禁想起下午那个回家拿存折结果被压断腿的大爷,只能劝这位老太太:"您就别管什么财物了,保命要紧。"

不承想老太太竟被她一句话说哭了,情急之下拉着向南星不撒手。

向南星左右为难,只能硬着头皮回头瞅一眼宾馆。墙体看着挺坚固,而且应该……不会再有余震了吧。

向南星这才改口答应了老太太,老太太喜极而泣,放开她的手催她赶紧,向南星揉着被老太太抓了一道又一道红印的胳膊,不得已闷头就往宾馆里冲,却被人一把逮住拽了回来。

向南星的胳膊本就快被老太太抓破,如今又被这么一拽,她刚要龇牙咧嘴,就对上商陆的脸。

向南星刚起了个龇牙咧嘴的范,如今又是诧异地一皱眉,表情杂糅在一块,要多丑有多丑。

难怪他看着她时,眉头皱那么紧。

向南星刚要问他怎么在这儿,被他抢了先:"你疯了吗?还想着进去帮人拿东西?"

向南星下意识地哽了哽喉。

这还是商陆头一回这么凶她。平常他连骂人都懒得骂,顶多一记眼神让你自行领会。

向南星抬眼一瞅,他虽嘴上凶悍,表情倒像挺担心她的。

向南星也就忍不住嘴欠了:"那老太太哭成那样,我有什么办法?再说了,这宾馆挺抗震的,你看……"向南星回头示意他看看她所言非虚,却在回头的那一刻,宾馆的外墙一角突然沿着裂隙轰塌。

飞沙走石仅在一瞬间，向南星当即被那声音吓得缩了脖子。

见商陆再一次把手伸向她，看样子是不想理论了，只想把她拽走，心有余悸的向南星这回倒是肯配合了，没躲。

他却没有拽走她，只是……一把抱住了她。

事发突然，向南星心跳一滞。

他却收紧了胳膊，将她紧紧搂在怀里，紧到向南星都能听见他脉搏的跳动声。

"向南星。"

"……"

"接下来几天你再擅自行动，我就宰了你。听到没有？"

到底是他的拥抱更令她窒息，还是他的威胁更令她窒息……向南星下意识地咽了口唾沫："听到了。"

可……她都说"听到了"，他怎么还不撒手？

向南星被他抱得真的快要喘不过气，终于忍不住挣了一下，可她这微小的抗争下一秒就化在了他越发收紧的臂弯里。

"别动。让我抱一会儿。"

前一句还是警告，后一句却倏忽间低到像在叹气。

向南星不动了，却不是因为他，而是因为被那尾音萦绕得头皮发麻，仿佛被电流击中，动弹不得。

切身经历过一场余震之后，向南星确实小心谨慎了不少。

作为学中医的人，她之前从未站到过临床一线，总觉得自己离死亡还很远，但如今每一秒可能会发生的意外都在告诉她，生命到底有多脆弱，而能够挽救一个人的生命又是多么伟大。

好在接下来的几天都没再发生什么紧急情况，所有人得以缓口气，团队里唯一的黑人小姐姐却病了。

这段日子的过度劳累导致所有人的抵抗力都在下降，黑人小姐姐皮肤过敏不能再睡大通铺。向南星本来满心为对方担忧，可到了晚上向南星发现，她该替

第二章 悄悄的喜欢

自己担忧担忧。

黑人小姐姐原本一直睡在她与商陆中间，犹如天然的屏障，如今屏障一走，向南星睡的铺位倒是宽敞了，可也变成她紧挨着商陆了。

对此商陆倒没什么反应，晚上到点就睡。

几天的连轴转下来，能安稳睡个好觉不容易，向南星确实也很困，可如果不曾有过余震后的那个拥抱，她或许真的能和他一样闭眼就睡着。

偏偏如今一闭眼，向南星就仿佛能听见某个人的脉搏声，沉着而有力地敲击着她的耳膜。

向南星倏忽间睁眼，周遭明明极其安静，安静到她一时没忍住，偏过头去。眼前的商陆平躺着睡，呼吸明明很轻浅。她刚才听见的那一声声扰人清梦的脉搏声到底从何而来？

向南星的目光不知不觉从他的唇扩散至他整个侧脸。

面前的轮廓在一片昏黄灯光下显得格外立体，像个被凌厉的刀锋裁过的剪影。

向南星忍不住伸手碰了一下他的鼻尖。却在成功碰到的前一瞬，他突然侧过身来睡，向南星赶紧缩了手，慌忙闭眼假寐。

心跳如雷。

半晌，周遭再没有动静，向南星才再一次睁眼。

商陆这么一侧睡，两人的距离近在咫尺。不得不说他从点到面都这么好看，线条分明但又不会太过锋利，向南星忍不住又多看了两眼。

她是什么时候发现他这么看不腻的？似乎就在前晚，他终于结束那个师出无名的拥抱，而她抬头的那一刻。

就在向南星满脑子遐思的时候，面前这双眼睛，竟幽幽地睁开了。向南星就这么再一次看见了他眼中的自己。

那个半夜不睡觉偷窥他被抓了个现行的自己。

"我……"

她总得解释她为什么大半夜不睡觉在这儿偷看他吧，话到嘴边却想不出来下一个字。

商陆的表情表明他已睡得迷糊，眼睛还是那般清亮，他就这么凑过来亲了亲她。

向南星瞬间浑身僵住。

他的声音却雾气氤氲："睡吧。"说完就翻个身背对她，继续睡去了。

留向南星一人愣怔着始终反应不过来，他刚才是……亲了她？

直到最后一天，所有人踏上从成都飞北京的航班，向南星也没琢磨过来那晚到底是怎么回事。莫非他睡迷糊了，亲了她却不自知？

眼看商陆就跟没事人似的，向南星想问都开不了口。那明明不是他第一次亲她，她的心烦意乱有口难开，却实实在在是第一次。

不过等落地北京一开手机，向南星就不得不把一切统统抛至脑后——比商陆棘手一万倍的事情已等她多时。

向南星关机的这段时间，迟佳给她来了四十多通电话以及二十多条短信，向南星都不需要看完全部的短信，光是第一条的内容，已够她吓破胆——

"你爸妈发现你不在我这儿，他们现在都赶来我家了，你下了飞机也赶紧过来。"

向南星连和其他人告别的时间都没有，行李也不取了，直接打车去找迟佳。

路上一个劲给迟佳打电话迟佳也不接，向南星都没办法事先和迟佳通通气。

历来大妞范的迟佳俨然成了小媳妇，给向南星开门的时候话都不敢说，只一个劲朝向南星使眼色。可任迟佳使尽了眼色，向南星进屋之后，面对坐在沙发上严肃的父母，依旧一个字都编不出来。

向大夫还想着给女儿一次坦白从宽的机会，趁老婆发火前，赶紧提醒女儿："说吧。"

向南星倒是想说，可她能说些什么？她压根就不知道她和迟佳究竟做了什么，才会令原本完美的骗局穿帮。

直接告诉父母她跑灾区去了？大概会被打断腿。沉默到底？更要被打断腿。

横竖都是同一个结局，就在向南星为难得不行时，迟家的门铃又响了。

迟佳可受不了眼下的气氛，赶紧躲开跑去应门。

随即客厅里的这三人就听见迟佳扬声一句："商陆？"

迟佳此言一出，客厅里的几个人也愣了。

循声看去，只见商陆推着他和向南星的行李，从门外走了进来。

只是来送行李的商陆抬眼一见向南星父母，蒙了。

向妈一看商陆手里那熟悉的行李包，脸瞬间绿了。

不可置信的目光很快回到向南星身上："你俩……"

向南星还没明白过来她妈是什么意思，向大夫已神情复杂地起了身，迈着沉重的步伐走向商陆，叹着气拍了拍商陆的肩，千言万语化作一句："女大不中留啊……"

向南星和商陆刚来得及面面相觑，僵坐在沙发上的向妈已起了身："商陆，你出来一下，阿姨有话问你。"

向大夫赶紧使个眼色让老婆退下，孩子的事大人不该管这么多，只可惜强势不过一秒，向妈反瞪向大夫一眼，向大夫就怂了，眼看向妈愠着脸色把商陆领走，向大夫也赶紧灰溜溜地跟上。

眼瞅着爸妈把商陆带出门去不知要说些什么，向南星赶紧把迟佳往屋里拉："怎么回事到底？"

"我说了你可别怪我。"

一听这茬，向南星就猜到肯定是迟佳说漏了嘴，向南星也不确定她爸妈什么时候会回屋，连忙催促："快说吧，急死我了姑奶奶！"

迟佳索性招了："陈默以为我失恋了，线上安慰了我几句，我……你也知道陈默平时都不太搭理我，他第一次主动找我，我一激动……就说漏了嘴。"

向南星听得直吹胡子瞪眼，迟佳赶紧补充道："我可没说你去灾区的事，我只说你人不在北京，而且我也让陈默帮咱俩隐瞒了，哪承想我跟他的聊天记录被他妈看见了，他妈转头就告诉了你妈，你妈就直接杀到我家来了。"

迟佳想到向妈一大早杀上门时的情景，至今还心有余悸："中年妇女好恐怖……"

向南星却只想感叹：色字头上一把刀。

向南星压根没时间怪她，耳边突然响起推门声的那刻，她和迟佳几乎同一时间火速归位——向南星滚回沙发前站好，迟佳滚回餐桌边坐好，仿佛之前的对话不曾发生，她俩乖乖目送向爸向妈开门进来。

二人后头还跟着个表情乍看平静、细看却十分复杂的商陆。

向南星眼看向妈向她走来，下意识缩缩脖子，如今只希望她妈给她留点面子，不要在她同学面前揍她。

向妈走到她面前站定，分明堵了口气。

向南星都已经做好挨骂的准备了，哪料到向妈开口竟是轻飘飘的一句："你也快二十岁了，爸妈是不该再管你太严。"

向南星惊得忘了接话。

方才在门外商陆到底说了些什么？她妈的态度竟然一百八十度急转？

向南星刚要偷瞄一眼商陆，爸妈又开口了——

"晚上记得回家吃饭。"向妈刚说一句。

"晚上十二点前记得回家就行。"向爸就唱反调。

直到目送着爸妈离开，向南星依旧被不可思议笼罩着。

从机场一路憋到当下的那口气总算可以松了，关门声前脚刚响，向南星后脚就逮住商陆盘问："你们刚才在门外究竟说了些什么？"

餐桌旁的迟佳也好奇得不行。

面对这两双"嗷嗷待哺"的眼睛，商陆沉了口气："一言难尽。"

为了将功补过，向南星早早地回家吃晚饭，吃完饭还破天荒地主动洗碗。

可她刚洗完一个碗，向妈就把一个购物袋塞进向南星手里："把这个给商陆送去。"

向南星瞅瞅自己一手的洗洁精泡沫："现在？"

向南星就这么被打发下了楼。

商陆姥爷来应的门，向南星本想直接让姥爷转交，想想还是亲自交到商陆手上吧，还可以顺便看看他伤口愈合得怎么样。

姥爷的精气神比住院那会儿好多了，还约了人饭后跳慢三，把向南星请进屋后姥爷就走了，走之前告诉向南星："商陆在洗澡，你等会儿他。"

向南星坐在客厅里等着，以为要等很久，没承想她刚要解开她妈让她拿给商陆的购物袋，看看里头到底装的什么玩意，洗手间的门就开了。

商陆一点不像洗过澡的样子，生着闷气走了出来。

见到向南星的那一刻才敛了嘴角原本向下的弧度，眉梢却扬了起来："你怎么在这儿？"

"你不洗澡着吗，怎么还是早上那身衣服？"向南星上下打量他。

不提这茬还好，一提，他当即冷着脸坐下："伤口疼。"

向南星忍不住取笑："你怎么跟个小孩似的，还自己跟自己闹脾气？"

他一记冷眼过来："就知道笑，也不知道帮帮忙。"

怎么莫名其妙把气撒在她头上了？向南星倒是有恃无恐："这我怎么帮？我还能帮你洗不成？"

五分钟后，向南星一脸不乐意地举着花洒站在商陆旁边帮他洗头。

他坐在凳子上，仰着脑袋后颈枕着洗手池，姿势看着并不舒服，却分明很享受差使她的快感："水太凉。"

"又太热了。"

"泡沫到我眼睛里了。"

"水进耳朵了。"

向南星终于打断他："平时怎么没见你话这么多？"

商陆睁开一条眼缝："我只是让你感受下平常你在我耳朵边聒噪的时候，我是什么心情。"

向南星撇撇嘴，直接手腕一歪，花洒的水柱直冲他的脸而去。

商陆急忙侧过脸避开，可还是被水滋了一脸，生气却拿她没办法。

向南星本还喜滋滋的，见他衣服也被溅湿了才赶紧敛了笑："你赶紧把衣服脱了，伤口沾水可就完了。"

他手臂受伤后为了方便穿脱，这几天穿的都是衬衣，这样能尽量避免抬胳膊，唯一的难处只剩下单手系纽扣。

如今衬衣已湿了一大片,眼看他单手解纽扣的速度慢到又要自己跟自己生起闷气来,向南星赶紧将功补过:"我帮你吧。"说完便把他的手从纽扣上扯开,速度飞快地替他解。

她满腹心思都在纽扣上,丝毫没察觉洗手间里突然安静得只剩她忘了关的花洒声。

等向南星终于把所有纽扣解完,一抬头才发现,太近了。

就和那晚他在帐篷里睡得迷迷糊糊亲她时,一般近。

只不过那时他亲完她之后又迷迷糊糊背过身睡了,而现在——他低眸看着她,不知已这样看了她多久。

而她此刻抬头的角度,正对着他的眼睛。

她分明能看见他视线的轨迹,从她的眼睛慢条斯理来到她的唇上。

他那样看着她的唇,仿佛下一秒就要吻她。

他朝她微微低下了头——

向南星几乎条件反射地松开了原本捏着他衬衣的手:"你赶紧换衣服吧,我先出去了。"

头也不回,脑子里却全是他看着她的目光。

没一会儿商陆就换了衣服从房间里出来。

他的表情是一贯的漠视,相较之下,方才他那样看她的目光就更像是假的了。

他自然是只字不提刚才洗手间里的一切,仿佛时间倒流回了她刚进他家门那会儿:"你到底找我干吗来了?"

向南星尽量收拾好心情——天知道她紧张些什么。在之前她见他可从不这么紧张的,也不知道最近自己是怎么了。

向南星索性闷头把她妈给她的购物袋朝商陆一抛:"我妈让我拿给你的。"

商陆稳稳接住:"什么东西?"

向南星耸耸肩表示不知。

向妈还真是神神秘秘的,购物袋里的东西专门用保鲜膜缠了一圈,商陆想看看里头究竟是什么，还得一圈一圈拆保鲜膜。

如此兴师动众——

"该不会是炸弹吧？"

"我妈给你寄炸弹干吗？"

向南星话音刚落，商陆终于解完了保鲜膜，手里的东西现了原形。

那东西竟比炸弹还恐怖。是几盒安全套。

吓得商陆直接把东西又扔回给了向南星。

向南星还是第一次见他这么手足无措的样子，原本隔得远，她都没看清那几盒究竟是什么，如今随手一接，再低头一瞧——

呆立了一秒过后，向南星立刻弹坐到沙发的另一角，把那几盒东西扔得远远的："我妈给你这个干吗？"

声音都是抖的。

向妈是妇产科的护士长，没少发放一些计生用品给患者，向南星记得自己小时候去她妈单位，好奇地拆过她办公室角落里堆着的那些印有"免费发放用"的纸箱，可惜等她拆完纸箱，准备继续拆纸箱里的小盒时，就被她妈从椅子上提了下来，还被打了手。

如今向妈把这些免费发放的东西送给商陆是什么意思？显然这个问题只有商陆能替她解答。

在向南星一动不动的注视下，商陆回答得倒是坦然："阿姨以为我俩在交往。"

刚被吓到沙发一角的向南星，险些被商陆的这句话又吓到沙发底下去："什么？"

商陆显然不打算再重复一遍。

向南星焦急地咬着指尖："下午在迟家，我爸妈到底跟你说了些什么？"

"他们问我你国庆假期是不是跟我出去玩了。"

"然后呢？"

"我说是。"

"你没说出去玩的不止我俩吗？"

"说了。"

"那……"

"他们不信。"

他说话就像过山车似的,刚给了向南星一波惊吓,紧接着又来一波。他的语气倒是一贯不见起伏:"他们不相信也有他们的道理。如果我俩没什么猫腻,你犯得着大费周章让迟佳为你打掩护?"

"那……"向南星瞅一眼被丢在沙发另一角的安全套,只敢瞅那么一眼,迅速收回目光,"我妈让我把这玩意儿交给你是什么意思?"

这个问题商陆也好好思考了一阵。

"阿姨在妇产科应该见过不少不懂保护自己的女孩子,她这么做也是为你好。"他自顾自琢磨着,末了竟还赞许地点了点头,"是个开明的妈妈。"

向南星深深叹口气:"接下来该怎么办?"

他也浅淡地叹了口气,踱到一旁的单人沙发上坐下,把被她乱扔一气的那几盒东西整整齐齐码好,放回购物袋中:"两个选择。"

"说。"

"要么顺其自然,要么将计就计。"

"怎么解释?"

原谅此刻的向南星只能一个字一个字地往外蹦,如今的她就只靠这点无力回天的挫败感撑着了。

"顺其自然就是,该干吗干吗,让他们瞎猜去吧。"

这算哪门子解决方法?挫败感一点一点叠加,向南星如今就剩半个身子还赖在沙发上:"那将计就计呢?"

商陆看了眼赖在沙发边上拿后脑勺对他的向南星——

"做我女朋友。"

回答他的,是向南星"哐当"一声彻底栽到沙发底下去的声音。

爬起来见他竟是一副理所应当的模样,向南星忍不住轻嗤。

"那你怎么不告诉我妈是你死皮赖脸追我而我没答应?我勉强跟你出去旅行

只是为了跟你说清楚，"她语气一顿，做出一副恶心人不偿命的样子，"我不爱你。"

他大概真被她恶心到了，表情微微一沉，甚至眉宇间都微微染了些说不清道不明的郁色，但那郁色只有一瞬间，转瞬他又恢复了之前的一脸理所应当："我觉得你爸妈会更相信是你死皮赖脸追我而我没答应。"

向南星转念一想，商陆一直是大人口中"别人家的孩子"，他追她肯定没人相信，她追他倒是挺符合人设。

癞蛤蟆想吃天鹅肉的人设……

向南星不由得唉声叹气道："那也只能这样了。"

她这话说得可真是恼人。到底是要按照她说的办，还是按照他的？

商陆自然是眉梢一凛："怎样？"

"当然只能按你说的办啦。"向南星有点无奈。

原本斜凛着的眉梢微微一怔，捏着购物袋的手也悄然收紧。

"我一会儿回去就告诉我爸妈……"

购物袋的一角已被他捏出了皱痕。

向南星扭头瞥一眼商陆，他怎么做到如此淡定的，坐在那儿眉都不抬一下？反倒她紧张到一句话恨不得拆成三句说。毕竟刚被她妈戳破了一个谎言，她又得用个新的谎言去圆上一个。

向南星索性坐直了："告诉他们，我追你，你没答应，我很伤心，所以让他们永远别再提这件事。"

"我这么说，我爸妈肯定能相信了吧？"她竟然还问他。

原本紧捏着购物袋的手豁然松开，商陆面无表情地起了身："随便你。"

走之前不忘把购物袋塞回给她。

"随便我？"向南星抱着一袋子安全套纳闷，"这不是按照你的提议说的吗，怎么又随便我了？"

商陆却已嘭地关上卧室门。

什么态度这是？

向南星就当她已经和商陆通好气了，原封不动地把她妈给她的购物袋拎回了楼上,眼观鼻,鼻观心,耷拉着脑袋进了屋。

向妈见闺女拎着购物袋回来:"怎么回事这是?"

正在厨房洗碗的向大夫也慌忙擦着手跑出来。

向南星看看爸,又看看妈,毕竟她不是迟佳,没有张口就哭的绝学,眼睛再用力也挤不出半滴泪,索性放弃,丢了手里的购物袋就往卧室跑。

向爸向妈眼见自家闺女借着抚额的动作遮住眼,莫非是……哭了?

果然向南星关上卧室门开始在里头号啕大哭。

向爸向妈赶紧跟过去,向妈紧张得直敲门:"到底怎么了这是?"

向爸在一旁,造谣全靠一张嘴:"是不是商陆欺负你了?我找他算账去!"

向南星一听商陆这名字,隔着房门号得更大声:"以后别在我面前提这个人!"

门外的爹妈就这么被自家闺女吓没了声。

向南星又带着哭腔来了一句:"商陆根本就不喜欢我……他答应跟我出去旅行,只是在找机会拒绝我……"

商陆提的方法果然奏效。

"好了好了闺女,你别难过了,以后爸妈再也不提那小子。"向大夫在门外安慰道,紧接着就没了声。

向南星估摸着她爸该不会真去找商陆算账了吧,赶紧蹑手蹑脚凑回门边,耳朵直贴着门板,才听见爸妈还在门外,这才放了心。

"瞎了眼了吗这是?我女儿哪点不好?"向妈的声音。

"能理解,商陆这孩子确实心高气傲了点。"向大夫的声音。

那一刻,扒在门板上的向南星心中暗暗决定,以后她爸再惹她妈生气,她绝不出手帮忙,还要第一时间送上搓衣板。

没多久向南星就切身体会了一把什么叫好事不出门,坏事传千里。

向妈肯定跟陈默妈吐槽了那有眼无珠没看上自家闺女的臭小子,陈妈便以这作为反面教材,教育陈默在学校里不是不可以谈恋爱,但也不能随便什么小姑娘都行,不够优秀的尤其是家境不够优秀的,都要敬而远之。

第二章 悄悄的喜欢

陈默从澳大利亚带给向南星的巧克力就这么阴差阳错地成了给向南星的安慰奖。

陈默在给她颁发这份安慰奖时，不忘安慰她几句："不是你不好，是商陆没眼光，你别往心里去。"

这话就这么被同系的人听了去，加之商陆因上学年的退学事件在老同学圈里出了名，仿佛一夜之间，所有人都恍然大悟，商陆之所以不顾所有人反对毅然决然地退学，除了和系领导的矛盾，是不是还为了顺便躲开某个人的穷追猛打？

消息传得如此像模像样，就连迟佳，明明一早就知道向南星和商陆国庆节一起玩消失是去了灾区，都被这"舆论"闹蒙了："你真的在追商陆？"

此时正值两堂中医诊断临床模拟训练课的课间时间，她们这段时间刚学完脉象切诊，向南星总琢磨不透细脉和浮脉的区别，眼看就要期末考试，她这几天又正好有点风寒加上火，索性自己给自己把脉。

可刚研究出来点门道就被迟佳打断。

一听商陆这名，多少同学手上事不停，耳朵全竖了起来。

向南星放眼一扫前排那一个个假模假式的后脑勺，上头分明写着：向南星，被商陆抛弃的女人。

连迟佳这个知道内情的都这么问她，向南星着实烦躁："没有！"

向南星就纳闷了，上学年商陆既不是第一名考进来的，期末成绩也只排在中段，单科还差点挂了，怎么大家偏就对他印象深刻？就因为一张脸长得好看？

比起商陆，迟佳倒是更关心别的："那你跟陈默又是怎么回事？"

这又是哪儿跟哪儿？

眼看前排那些正偷听的后脑勺背都挺直了，向南星抚额，跟旧同学的绯闻还没澄清，她可不想再来一段："没有！"

迟佳显然还没说完，向南星索性直接把脉枕收进书包，专心听迟佳还有什么高见。

"我国庆那会儿失恋陈默也就随口安慰下我，其余时间都在打听你，怎么你一失恋就有巧克力？还是两盒。你这次感冒陈默还特地给你送药……"

都是假失恋，差别怎么这么大？

向南星不得不提醒迟佳："那两盒巧克力最后不还是你吃了？"不等迟佳继续，向南星又说，"他给我的那些药我也没吃，吃的都是我爸给我开的中药。"

风寒上火，其实也就她爸几服药的事，陈默买的那些抗生素副作用大，疗效还不一定好。

这倒是实话，可迟佳多少还有些担忧："我不管，如果哪天陈默向你表白，你一定要像商陆拒绝你那样，狠狠拒绝他。"

"好哦。"向南星随口答完才反应过来，眼睛都瞪直了，"再说一遍，商陆没有拒绝我！"

显然迟佳还是不放心，过完春节没多久就是她的生日，她特地邀请了陈默。

这次的生日迟佳可是好一番精心策划，年初七刚过，她就拉着向南星出街买衣服。

向南星陪她跑遍了西单，最后她选了件织法松到几乎半透的小毛衣，正愁该搭什么样的裤子，向南星真怕她着凉："大冬天穿露肩的合适吗？"

迟佳手速飞快地在牛仔裤前翻着："我要在生日这天拿下陈默。"

"你这是要趁着生日向陈默表白？"

迟佳没回答，只神神秘秘地凑到向南星坐着的沙发这儿来："姐们，求成全。"说话时还双手抵在唇上，甚是楚楚可怜。

向南星头疼："你该不会还以为我跟陈默有什么吧？"

"我要说的不是这个。"迟佳终于收起了小鹿似的无辜眼神，竖起食指，煞有介事地一摇，"我是想让你在我生日那天带商陆一起来。"

还以为是什么了不得的事呢，向南星当即应承下来："没问题。"

答应得太早，迟佳话还没完："你和商陆一定要在陈默面前表现得亲密些。"

向南星顿时拉下了脸。

迟佳没瞧见，还沉醉于自己的计划中："要多亲密有多亲密那种。"

迟佳让向南星去约商陆还有一层考量，这样的话她就不用通过赵伯言去约商陆了。她并不想赵伯言来她的生日聚会。

第二章 悄悄的喜欢

赵伯言这种普遍撒网重点捕捞的摘果行为,迟佳向来鄙视。当然她更怕赵伯言坏了她的计划。

结果证明迟佳低估了赵伯言,赵伯言不知从哪儿听来的消息,一通电话打给迟佳,不仅表示"我一定会出席的,礼物都给你买好了",还顺便发表了一轮不满:"你每年生日都在KTV,不腻吗?"

迟佳对赵伯言向来不客气:"就你有嘴会叨叨。"

不承想赵伯言第二天就给迟佳送来了他制定的行程。

赵伯言不愧是名副其实的玩家,也不知从哪儿弄了辆八座商务车,拉上所有人奔十渡去了。

早上真人CS(一款射击类游戏),下午烧烤,晚上泡温泉,行程安排得紧凑又适宜,男女都照顾到。

可赵伯言俨然一副男主人的架势,一路全包干,迟佳生怕陈默误会,死活不挨着赵伯言坐。

赵伯言只能隔着三个座位问迟佳:"怎么样?这比KTV有意思吧?"

迟佳硬着头皮冲赵伯言甜笑,毕竟陈默也在车上。

托陈默的福,赵伯言这一路见到迟佳笑的次数,比过去一年半见到的还要多,于是更被迷得五迷三道了。

向南星却无暇关心这些,她满脑子想的都是迟佳布置给她的任务。

向南星忍不住瞄一眼坐在她一旁的商陆。她和商陆坐在紧挨着的双人座上,这可是迟佳精心安排的座位,可惜商务车都已经载着他们进山了,商陆却依旧只顾扭头看窗外的风景。

向南星急,迟佳更急,仅一排之隔的迟佳忍不住给向南星发短信:"你跟商陆是怎么商量的?什么时候开始互动?陈默都瞄你俩好几次了。"

向南星硬着头皮看完,硬着头皮收起手机,又忍不住偷瞄一眼商陆。她压根没跟商陆提前商量,她只告诉商陆,这次来是为迟佳庆祝生日。

迟佳发完短信见前排二人还没行动,焦急得直给自己扇风。这大冬天的,真是难得把她热成这样。

迟佳正着急上火得不行,就差亲自动手把前排那两人的脑袋扣一块去,这时,商务车突然一阵颠簸。

眼看向南星被这么一颠,身体直接朝商陆身上栽了过去,莫非求仁得仁?迟佳在后头看着,顿时心都提到嗓子眼,死死咬着手里那盒饮料上插着的吸管,就等最后一刻——

预想中的场景却并未发生,向南星就在即将成功栽倒在商陆怀里的前一秒,又硬生生挺直了背坐正了回去。

迟佳咬着吸管默默叹气,靠不住啊……

求人不如求己,就在车身开始第二轮颠簸时,迟佳瞅准时机大喊一句:"小心!"

就这么趁势把手里的饮料撒向了前排。

前排那两人,一个原本心思复杂地低着头,一个原本安安静静地看窗外,突然被迟佳这么一句"小心"惊回了神。再配合着车身持续不断的颠簸,向南星都不知道自己怎么就彻底栽倒在了商陆身上,也不知怎的,商陆就一把搂住了她的腰,更不知怎的,迟佳手里那杯饮料半点没泼到她身上,反而泼湿了她原本的座位。

向南星却顾不上看自己的座位,商陆的手还揽在她腰上,非常紧。她隔着卫衣都能感觉到。

那几乎令她动弹不得,不能呼吸。

而商陆全程都没有半点表情,即便她现在挨他挨得这么紧。

直到向南星下意识地扭了下腰,他才悄无声息地收回搂在她腰上的胳膊。就和他刚才紧紧搂住她时一样悄无声息。

局促却并未因此远离向南星。车上八个人八个座位,她看看自己湿了的座位:"那我现在坐哪儿?"

迟佳这一路以来可就等这句话了,当即笑道:"坐商陆腿上呗。"末了还不忘征求商陆的同意,"是吧商陆?"

了解商陆的都知道商陆不会搭这茬,可惜所有人都猜错了——

"放这么个一百斤的重物在我身上,你确定我一会儿还有力气打真人CS?"

此言一出,车上一大半人都笑了。商陆在清华的同学纪行书也跟着一起来了,因为是第一次见这帮人,纪同学赶紧扶了扶眼镜回过头去瞅商陆。

和商陆同窗近一年,商陆大多数时候话都不多,就更别提现在这般嘴不饶人了。

向南星尴尬得不行,谁乐意坐他大腿了?况且——

"我九十九点五斤!"

商陆说,四舍五入。

这下就连原本不怎么在状态的陈默都笑了。

而漫不经心逗笑一车人的商陆却只是嘴角微微勾起弧度,任向南星暗地里揪他。

唯一发现不对劲的是迟佳:"你怎么知道她多少斤?"

一问之下,所有人都愣了。

商陆嘴角的那点弧度也随之隐去。

突然之间的安静仿佛在催他给一个答案,向南星脸上那点被调侃的局促也被诧异替代。是啊,他怎么知道她多重,还是随便猜了个整数一百斤?

新加入的纪同学状态还不在线,扶了扶眼镜开始推演:"从力学的角度来说,就算她有一百斤,你的实际负重也只会在六十到七十五之间,考虑她坐在你身上的角度、她两脚作为支点的距离以及你们的实际接触面积……"

不愧是清华的学霸,其他人顿时听得一愣一愣的,转眼就忘了向南星的体重一事,纪同学很快算出,理论上来说单位面积内商陆的最低受力值只有71pa。

纪同学用数据证明了,一百斤的向南星压不死商陆。

没承想纪同学发言时,商陆也一直在跟着心算:"应该是71.35pa。"

纪同学又重新算了一遍:"哦对,确实是71.35,还是你精确。"

全车的人都在听这两个学霸说天书,表情各异,有佩服得五体投地的,有心不在焉的,也有迟佳这种赶紧找话题岔开的:"我们快到了!"

所有人这才循着迟佳指着的方向向窗外看去,果然都瞧见了CS场地的招牌。

一整天的行程结束，晚上再去民宿，四个男生倒还精力充沛，四个姑娘早已累得不行，迟佳都没力气去换那掐腰露肩的小毛衣，瘫在民宿一楼的木凳上，连陈默她都不想管了。

赵伯言还等着姑娘们换泳衣泡温泉，变相催道："你们还有脸喊累？下午全是我们四个男的在烧烤，完了还得亲自送到你们嘴边。"

熏得一身烟味，怎能不给点福利？

没承想四个男生在温泉池旁等了半天，等来的却是一支"游泳国家队"。四个姑娘清一色穿着从脖子一路遮到膝盖的泳衣，别提多保守了。

赵伯言大概想到了自己下午忙前忙后熏一身烟味的画面，分明替自己不值："你们这是要参赛去？"

可不是吗？四个姑娘这身泳衣，加一副泳镜再戴个泳帽，简直可以直接拉出去参赛。

迟佳撇撇嘴，泳衣带给她的震惊在她换衣服那会儿就已经消散完了："星仔负责买的，你敢有意见？"

赵伯言倒不是怕向南星，既然向南星被商陆拒绝，那就不是他嫂子了，只是见迟佳不是很开心，这才改口哄道："这泳衣多好，布料多能防寒。向南星，不得不说你的眼光真是……很特别。"

向南星连忙点头称是，顺便补充一句："对呀穿太少泡温泉的话，万一感冒，寒包火是最难治的。"

向南星也是有苦难言，她奉了迟佳的指示，前几天把陈默叫出来喝东西，打着逛街的名义溜进泳衣卖场，迂回地打听了一下陈默喜欢哪件。

这个从脖子一路遮到膝盖的泳衣可是陈默亲自挑的。

向南星买回去之后，特地拍了照片发给迟佳，迟佳当时也傻眼了："你确定陈默喜欢这款？"

向南星也不是很确定，她觉得这泳衣丑得不忍直视。

为此向南星还特意把照片发给了商陆。商陆问她："你这是买来过两天泡温泉穿？"

"对,怎么样?那谁说好看,但真的好看吗?"

商陆给出的答案竟也是还不错。

既然陈默喜欢,商陆的回答印证了男生的审美水平就那样,迟佳也就放心让向南星把泳衣带来了。

直到刚才在楼上房间第一次亲眼见到这泳衣,迟佳才发现,实物比照片还丑。

好在向南星她们寝室四个姑娘,丑也丑一块去了,大家就无所谓了。

赵伯言心里却十分不平衡。他订这家温泉民宿也是看中了这儿的两个温泉池紧挨着,虽男女分开泡温泉,但他一回头还是能大饱眼福的,可如今——

赵伯言回过头去问隔壁池的四位:"你们买泳衣的时候都不找人问问意见的吗?"

聊到这儿,迟佳语气倒是甜了:"问了呀,陈默说好看。"

被突然点名的陈默稍有些错愕,大概正诧异于向南星找他问意见这事,迟佳怎么会知道。

即便如此,陈默还是好脾气地附和了一句:"好看。"

陈默一句不走心的附和倒令一旁的商陆突然冷了脸。

前几天某个人大晚上问他,她买的泳衣好不好看。那时她的说辞分明是"那谁说好看,但真的好看吗?"。

商陆本以为她口中的"那谁"指的是迟佳,原来不是。

赵伯言听着迟佳和陈默一问一答,正琢磨着难道全世界只有他一个审美正常的男人,却陡然听见哗啦一声有人起身上岸的声音。

扭头一看,商陆已经朝屋里走去。

"你怎么就回屋了?"

赵伯言这么一问,其他人也都朝商陆看去。

"太冷,回屋里暖会儿。"商陆头也不回。

虽说温泉池在室外,但今年的北京可是暖冬,所有人都泡得面红耳赤,怎么就他嫌冷?

"不是吧?"姑娘们不禁面面相觑。

在半明半暗的光线下，商陆的背影看着瘦削但又有着流线型的肌肉线条，个儿高肩宽很是挺拔，怎么就这么弱不禁风？

赵伯言很快也兴致全无地回了屋，他本就意不在泡温泉，既然没有期待已久的福利，不如回屋喝啤酒。

没了赵伯言，剩下纪行书这个学霸愣子和温润骄矜的陈默，压根就热不起场子，大家陆陆续续地也都回了屋。

向南星和迟佳是最后一拨回的，眼看夜幕降临，迟佳算算今天自己和陈默说上的话不超过十句，耷拉着脑袋："这生日过得忒糟心。"

不过很快迟佳就忘了糟心，回屋换了露肩小毛衣，开始玩游戏，她终于坐在了陈默身旁。

陈默还帮她开啤酒。

见迟佳终于不再被那丑得出奇的泳衣拖后腿，盘腿坐着时一侧肩膀滑出领口，赵伯言也开心了，笑嘻嘻地提议："咱玩二十一点吧。"

当即被迟佳警告："你还嫌前年在去乌镇的路上输得不够？"

赵伯言这才想起来那时在火车上，第一次玩二十一点的商陆把所有人的钱都赢走了。如今再加一个纪行书，赵伯言担心自己底裤都要输给这两个高才生，赶紧改口："那我想个别的游戏。"

迟佳其实早就计划好了："我们玩'我有你没有'吧。"

游戏规则很简单，所有人抽牌，抽到国王牌的人必须说一件自己做过并且认为其他人肯定都没做过的事情，如果其他人也做过这件事，那抽到国王牌的人就必须喝酒。喝的还不是一般的酒，是其他人掺在杯中的混酒——偶尔混点醋、辣椒油什么的。

末了迟佳特地声明："如果输了赖皮不喝，就得接受惩罚。"

不承想迟佳一脸信誓旦旦地宣布了规则后，她第一个抽到了国王牌。

迟佳却一点都不意外似的，更没有半点怯场，她慢条斯理地环顾席地而坐的这一圈人，目光很快在陈默身上定住："我现在有喜欢的人了。"

其实这才是迟佳把大家叫出来庆祝生日的目的。

来之前迟佳就和向南星打好了招呼,这个问题一出,如果陈默没举手,证明他还没有喜欢的人,陈默和向南星之间的警报就可以解除,迟佳也就可以放心,继续对陈默展开攻势。

但如果陈默举了手,那向南星也一定得举手,并且,向南星第二轮还得去抢国王牌。

迟佳在国王牌上做了手脚,纸牌的一角被她稍稍折了一下,摸牌时能摸到。

等向南星第二轮抢到了国王牌,她就必须顺着迟佳第一轮的那个话题继续下去,向南星要告诉在座的所有人,她喜欢的人就在现场。

到时,陈默不举手自然是最好的。但如果陈默又一次举了手,那陈默喜欢的人肯定就是向南星了。

迟佳的这番逻辑推理完全说得通。

那样的话,向南星第二轮就输了,按照游戏规则,她得一口喝掉那杯掺了各种玩意的混酒。

向南星自然坚决不喝,迟佳就会第一时间出来主持大局,以"说出喜欢的人是谁"作为对向南星的惩罚。

向南星便顺理成章当着所有人、当着陈默的面,向商陆表白。

以上都是迟佳和向南星事先商量好的。

前两天听完迟佳的全盘计划时,向南星只有惊叹的份:"佳佳,把你搁在古代,绝对是宫斗的一把好手。"

"那当然了。"

按照迟佳原本的计划,当向南星当众说出她喜欢商陆后,商陆也会按照提前说好的,就这么当着陈默的面,假装也喜欢向南星。

迟佳研究过,陈默就算真的喜欢向南星,应该也还停留在好感阶段,不然早就捅破那层窗户纸了。

反正在座的都是自己人,她们寝室也都知道她的全盘计划,至于剩下的……赵伯言嘛,迟佳才懒得管他;纪同学嘛,等过几天商陆对纪同学解释下前因后果就行了。纪同学那老学究的样子,想来也不是什么八卦的人。

唯独陈默会将这一切信以为真。索性就趁这次机会，让陈默彻底死心，之后迟佳该如何乘虚而入，那就各凭本事了。

可惜迟佳千算万算，唯独没算到，向南星压根没事先和商陆通好气。

向南星心里想的是，陈默前两轮压根就不会举手，因为陈默压根就不喜欢她，她也就不用按照迟佳说的，联合商陆演戏。

实际情况却不如向南星所料，陈默第一轮就举了手。

也不知道迟佳会因此开心还是难过，毕竟她猜对了。

进行到第二轮时，成功抽到国王牌的向南星说道："我喜欢的人就在现场。"

所有人的目光几乎同时锁定在向南星身上。

知情的姑娘们，大概都在感叹向南星演得挺自然；不知情的男生们，倒是沉默之下表情各异。

赵伯言在迟佳第一轮说出有喜欢的人那一刻时，就已经不在状态，压根没去关心第二轮是谁抽中了国王牌，只是机械性地随大流看向了向南星。

第一次参加他们聚会的纪行书，俨然是还没摸清头绪的局外人，谨慎之余是好奇。

至于陈默和商陆，向南星已经没有多余时间去注意，眼看陈默搁在膝盖上的手动了一下，向南星真怕他会举手，腾地就站了起来。

所有人都席地而坐，向南星这么突然一站，坐在她一侧的迟佳差点翻了手里的啤酒罐，她赶紧稳住："怎么了这是？"

"我……尿急，等我上完厕所回来咱再继续！"向南星说完就拿起手机直奔二楼，头也不回，不管此刻焦灼在她背上、盯得她心烦意乱的那道目光，究竟属于谁。

向南星把自己反锁进厕所，给楼下的商陆发短信："你赶紧上来找我，十万火急！"

商陆竟然没回。

向南星又编辑了一条："你再不上来找我，我真的要跟你绝交了！！！"

三个感叹号，够说明问题严重性了吧，向南星点击发送。

手机刚显示发送完毕,一门之隔的走廊里就响起了一串短信铃声——商陆人已在门外。

果然绝交这招管用,向南星赶紧开了条门缝拉商陆进来。

门一反锁,向南星就双手合十凑到商陆面前:"你一定要帮我这个忙!"

商陆险些被她双手合十的动作戳着鼻尖,往后一避,就这么被她逼到了墙角。

他手里还拿着啤酒罐,罐身撞在墙上,溢出的泡沫沁得他指尖微凉。

见商陆扬了扬眉,倒是看不出有什么抗拒,只沉默地示意她继续说下去,向南星这才放下了合十的双手。

迟佳的全盘计划甚是复杂,究竟该从何说起……向南星鼓着腮帮吹口气,这才勉强获得说出第一句的勇气——

"我待会儿……会向你表白。"

"啪"的一声,啤酒罐掉落在地的声音。

那原本一片凉意的指尖,这一刻莫名隐隐发起热来。

向南星低头瞧瞧掉在自己脚边的啤酒罐。连她都能明明白白接收到他的惊讶,看来这话带给他的震惊着实不小,连一贯的喜怒不形于色都丢了。

向南星赶紧解释,免得吓着他:"放心啦,我不是真的要向你表白。"

向南星把迟佳的计划原原本本地告诉商陆。商陆听后,眉眼一沉,却没有对计划本身发表任何意见,只是很不解地问:"陈默怎么会喜欢你?"

他这话问得,那略带鄙夷的模样潜台词似乎是陈默怎么会看上你。

向南星偏要争这口气,下巴一扬:"我长得好看啊。"

"那你怕是对长得好看有什么误解。"他反撑得轻描淡写。

向南星悻悻然缩回下巴:"你今天怎么回事,总跟我过不去?"实在不明白他今天异常的火气从哪儿来,向南星拧不过索性放弃,"算了算了,说回刚才的计划,你就配合我们演完这场戏吧。"

毕竟有求于他,还是装得乖巧点好。

向南星挤出一脸真诚,静候他的答案,他却微微垂下眼眸想了想,突然又抬眸看定她:"对于陈默喜欢你这件事,你是怎么想的?"

向南星忍不住瞅一眼手机上的时间。她在厕所待了近五分钟，楼下都该等急了，反观商陆，倒是一副不紧不慢的样子。

时间紧迫，向南星没工夫犹豫，立马全招了。

"其实，起初迟佳要这么干的时候，我是不想答应的，毕竟陈默也没怎么着我们就这样把他耍得团团转，确实不地道。可现在……"向南星松了原本微蹙的眉头，转而很笃定地继续道，"我觉得迟佳做得对，得赶紧把陈默对我的好感掐灭在摇篮里，不然哪天陈默真的开口向我表白，我拒绝他，他只会更伤心，这个发小我也算彻底失去了。"

商陆一扬眉，不知是诧异还是赞许："想得还挺周全，不傻。"

他连夸人都夸得这么言不由衷，向南星龇龇牙："那当然啦，把伤害减到最低总是没错的。"

"那……"商陆抿了抿唇，音色不知怎么就低了几分，"你对陈默真的就没有一丁点喜欢？"

向南星歪头："此话怎讲？"

"毕竟……"商陆的眉宇间莫名染上了一丝忸怩，看来他并不怎么愿意承认，"他人又优秀，性格又好。"

向南星倒是回答得很利落："再优秀再好，我对他也没感觉，就是缺少那种……"说到这儿卡了壳。

"感觉"这事确实很难描述，大概她不能接受陈默最大的原因，是缺少那种心动的瞬间吧。

陈家和向家真的太熟了，她和陈默从穿开裆裤的年纪就认识，完全没有神秘感，又何来心动的瞬间？

向南星刚想好怎么把自己的这番想法总结出来，无意间抬眼，就见商陆正锁着眉等她后半句话。他似乎对这个问题挺感兴趣……向南星这才后知后觉，对面这人三言两语就把她的真实想法统统套走，还是那副不紧不慢的样子，而她，依旧没能让他点头答应帮忙。

向南星可不能再继续说出自己的内心想法，赶紧回到最初的话题："别那么多废话了，你到底帮不帮忙？"

商陆微微张开了嘴。

向南星几乎下意识凑过去，翘首期盼他即将给出的答案，却被一声敲门声打断——

"星仔，你掉坑里了还是怎么了？"

伴着敲门声传来的，还有迟佳的声音。

迟佳果然等不及了，向南星顾不上去听商陆的答案，赶紧开门。

向南星虽自认能说会道，但和巧舌如簧的迟佳相比，她还差一大截，她在厕所里说了这么久也没能说服商陆，索性把这块难啃的骨头丢给迟佳，指不定迟佳三言两语就能……

算盘打得再好有何用？开门的下一秒见迟佳身旁还站着个陈默，向南星瞬间什么想法都没有了。

迟佳刚说道："还以为你掉坑里了呢。"就越过向南星的肩膀看见厕所里还有个商陆，瞬间愣了，"你俩单独在厕所干吗？"

迟佳疑惑的目光在向南星和商陆之间游移不定。

此时的陈默站在迟佳身后，看不见迟佳的表情，看来迟佳这会儿是真的诧异，而不是为了在陈默面前装样子。毕竟商陆离开前给出的理由是，他得给导师回个电话。

这个理由得到了纪行书的盖章认可。清华生医和叶氏拟合作成立实验室，这本是属于博士点的合作项目，纪行书作为清华的博士参与其中，商陆和叶氏有点关系，他虽是本科生，但也被带进了团队。

正在和导师打电话的商陆怎么会出现在厕所里？

向南星见陈默在场，一个字都不能说，慢慢挪出厕所的同时，还在抓紧最后时间用眼神询问商陆到底帮不帮忙。

向南星这边一步三回头，迟佳那边是丈二和尚摸不着头脑，此时的陈默更是比他的名字更沉默。

气氛诡异。

在这时，商陆轻描淡写的一句话，将一切打破："我还没告诉你我的答案，怎么就走了？"

此话一出，门外三人分别驻足。

商陆跨出来一步，对另外两人说："二位能不能回避一下？"

迟佳倒是想回避，可惜脚已经扎了根不听使唤。

商陆见这两人没有要回避的意思，叹了口气，一把捏住向南星的手腕就把向南星又带进了厕所，合上门。

那扇门合上的角度如此刁钻，正好够门外人看见商陆将向南星抵在墙面，冲着向南星的唇，俯下脸去："我答应做你男朋友。那我现在可以……"

"啪"的一声，门合上了。

门外的迟佳从愣怔中回过神来，早已忘了身旁还站着个人，自顾自地搓着胳膊上起的鸡皮疙瘩，还跺着脚。

商陆关门前的最后那句话究竟是什么？那我现在可以……吻你了吗？那我现在可以……行使男友的权利了吗？

光是想想迟佳已头皮发麻，俨然看客误入奸情现场，眼睁睁看着那撩人的一幕在最后关头戛然而止。

迟佳头皮麻着麻着，突然一愣——她光顾着激动了，似乎忘了什么更重要的事。

直到机械地扭头看向一旁始终沉默的陈默，迟佳才表情一僵。她终于记起陈默的存在了。

他现在，应该很伤心吧？而她刚才还只顾着看好戏……

陈默微妙地看了看迟佳，却不等迟佳研究透他的表情，径直掉头就走。

迟佳虽没能看清陈默的表情，但从那快步离去的背影上看，陈默似乎被打击得不轻。

迟佳赶紧跟过去。终于轮到她登场了……

这栋民宿二楼总共就四个房间，原本迟佳和向南星一间，商陆和纪行书一间，陈默和赵伯言一间，眼看陈默要闷头走进他和赵伯言的房间，迟佳不由得加快脚步,却在这时碰见了刚上楼的纪行书。

纪行书手里还拿着手机:"看见商陆了吗?导师说他没接电话,打到我这儿来了。"

不等纪行书把话说完,迟佳已推着纪行书的肩膀让他掉头下楼去:"商陆办正事呢,待会儿再找他吧。"

迟佳也没时间再说别的,眼看陈默已经进了房间,就要关上门,迟佳一个箭步冲过去挡住门,泥鳅似的顺着门缝溜了进去。乘虚而入的时候到了。

此时此刻的厕所内,商陆的唇,停在了离她半寸的地方。

向南星明明瞪着眼睛看他,眼里却是一片空白。只有心跳声,扑通扑通,震着耳膜,哽着喉。

这一刻……大概就是心动的瞬间了吧。

直到商陆重新直起身,浅淡地落下一句:"他俩应该走了。"

那敲击着耳膜的心跳声才戛然而止。

商陆背对着她,开水龙头随意洗了把脸。

那潺潺水声究竟在掩饰些什么,向南星的心思全不在此,她脑袋里一片嗡嗡声,哪还顾得了这些?

直到用力拍了拍自己的脸,向南星才勉强挥去脑子里的一片嗡嗡声,不敢瞧厕所里的另一个人,只能小心背过身去拉开一道门缝。果然门外已没了人影。

只有迟佳的短信,飘进向南星紧握在手心的手机。

迟佳:"下血本了哦,演戏而已,还真亲啊?"

向南星准备回她一句,把手机换到另一只手上时,才发现两只手的手心都汗湿了。

谁能告诉她,明明没有亲上,她为什么心跳如雷?

原本安排好的房间分配就这么被彻底打乱。

迟佳在房间里安慰陈默,这两人占了一间。纪行书非常听话地不去打搅"办正事"的商陆,和今晚备受打击的赵伯言一块待在一楼喝酒。

而商陆，一时不知道能去哪儿，索性待在向南星房间里，抱着笔记本电脑处理导师派下来的任务。

向南星则坐在床沿另一边，第无数次按亮手机屏幕看时间——这都已经后半夜了，怎么迟佳还没安慰完陈默？

这时，有人敲门。向南星赶紧去应门，开门的那一刻却僵住了。

门外站着陈默。

只有陈默，迟佳不在。

见到陈默的当下，向南星多少有点尴尬，不知道第一句能说什么。

不承想陈默开口的第一句竟是："南星，谢谢你。"

不等向南星从愣怔中回神，陈默已经起了第二句："那副牌做了手脚吧？刚开始玩游戏的时候我就发现了。"

向南星的脑袋瞬间又嗡的一声，炸了。考试作弊被抓的那一刻，也不过如此。

那张做了手脚的国王牌，第一轮时险些被商陆摸去，是迟佳硬抢下来的，第二轮又险些被陈默摸去，向南星也是全凭手快抢到的。所以，陈默那时候就已经看出这个游戏有猫腻了？

似乎为了验证她的猜想，陈默抱歉地一笑，还是那么温润如玉："你知道吗？大一进校那天，我和迟佳是坐同一班公交车来的学校，但她并不知道。"

此话一出，就连坐在屋里飞快在键盘上敲字的商陆都不由停了手。虽是坐在桌边背对门口，但分明注意力都在门边。

更别提此刻就站在陈默对面的向南星，人已经完全傻掉了。

陈默继续道："当时在公交车上，我远远听她跟人聊起她是阜立中医系的，正好你也是中医系的，所以……"

向南星听到这儿终于醒过神来，暂时打断陈默，回头对商陆说："商陆，要不……你回避一下？"

其实商陆听了个开头就已经猜了个大概，既然陈默的目标一直是迟佳，那他也没有听下去的必要了，这就要抱着笔记本电脑起身，却被陈默制止。

"没关系。"陈默笑笑，"你俩就当故事听呗。"

第二章 悄悄的喜欢

陈默确实不介意商陆在场。

其实在那场游戏的第一轮，迟佳几乎是从商陆手里抢下国王牌的那一刻，商陆就已经发现了这两个姑娘有猫腻。陈默也是在看见商陆的表情后，才发现了不对劲，继而继续观察。

第二轮，向南星从陈默手里抢下国王牌，那一刻，商陆和陈默短暂地对视了一下。似乎从那一刻起，两个男生心里就达成了某种默契。

陈默敛了敛神，继续道："可惜迟佳真的太能招惹人了，似乎跟每个男生关系都很好，别说赵伯言了，就连今天我们第一次见的纪行书，她都能火速和人家打成一片。我真的看不懂她到底喜欢谁，又或者，她谁都不喜欢。说真的我挺生气的。"

"所以你……"听出了门道，向南星反倒觉得更加不可思议了，"你假装喜欢我，让迟佳把心思全放在你身上？"

不回答，看来陈默是默认了。

"还故意在玩游戏的时候两次都举手？"

这回陈默倒是笑着摇了摇头："我是两次都举了手，但我并没有撒谎。"

向南星仔细回想，他有喜欢的人了，于是举了第一次手。他喜欢的人就在现场，他又举了第二次手。他喜欢的人是迟佳，迟佳也在现场，这样看来陈默确实没撒谎，只是故意让迟佳误会了而已。

向南星此刻的表情，已经可以用兴高采烈来形容，陈默却正了正脸色："但我必须承认，我拿你当了幌子，这么做确实不地道，对不起。迟佳以为我现在过来找你是为了跟你做个了断，所以我刚才说的那些，希望你别告诉迟佳。"

意思是他还不打算向迟佳摊牌？

陈默人都已经走了，向南星还一直傻站在门口，商陆见状，兀自摇了摇头，起身过去替她把门关了。

商陆在她眼皮底下打个响指，示意她醒醒。向南星这才猛地回神。

她看着商陆，还是不愿意相信："我和迟佳……被人耍了？"

商陆这回真的忍不住笑了，这傻样，他不客气地弹她的脑门："现在你知道什么叫被人卖了还帮人数钱了吧?"

向南星揉着脑门,商陆则手插进裤兜,转身走了。

向南星愣着愣着,突然恼了:"害我还拉着你在他俩面前演这么一出戏,气死我了!"

正准备回到电脑前的商陆脚步一停,很快又若无其事地坐回桌边,重新翻开笔记本电脑。

身后,向南星气呼呼地把自己往床上一丢,加重语气道:"气死我了!"

商陆敲着键盘纠正道:"谁说是演戏了?"

语气堪比深潭水,不见起也不见伏,正准备把胳膊垫在脑袋下再发两句牢骚的向南星,却因此胳膊僵在了半空。

"我是认真的。"他说。

向南星见他那么随意的样子,还在键盘上敲字,仿佛正说着什么无关紧要的事,以为自己听岔了,腾地坐起来:"你,你再说一遍?"

商陆这才离了键盘,回过身来。她终于看见他的表情,七分郑重,三分紧张。

"我说,我是认真的。"

他看着她的眼睛,一字一顿地重复道。

第三章

我有个恋爱想和你谈谈

惊讶到了极致,向南星反倒哧的一声笑了,摆摆手似要把他的话挥回去:"我今天已经被骗得这么惨,你就别再……"

话音未落,坐在椅子上的商陆便将椅子一转,瞬间就变成了正对向南星。

她坐在床边,他坐在椅子上,彼此之间本还有一米多的安全距离,他却突然伸腿过来,脚尖钩住床底凸出的那块床板,再一弯腿,就这么把自己送到了向南星面前。

此时距离,不过十厘米。

商陆低头,气势逼近:"你觉得我在骗你?"

他眼里的真挚都快将她击溃,她哪儿还反驳得出口?

而他,伸手就快抚上她的脸。就在这时,耳边传来"叩叩"两声敲门声——

"星仔!"

迟佳在门外小声却恼人地唤。

而门内这姑娘,听他一番话反应那么慢,这回却是眼疾手快,转瞬工夫就已通过另一边的床沿溜下了床。

商陆差点就抚上她脸的手，在这一瞬间被逼得紧握成拳。

相比刚才陈默敲门打扰，这一次敲门的人，休想再得到商陆的礼遇。

向南星倒是顾不了这些，一溜烟跑到门边拉开门，门外新鲜的空气恰恰救了快要窒息的她。

外头站着的迟佳非常焦虑，陈默前脚刚过来一趟，迟佳后脚就跟过来打听情况："陈默刚来找你说了些什么？他本来心情可差了，可找完你之后，似乎情绪平复了很多。"

心情差？向南星差点没藏住一脸的悲怆，陈默不知正躲在哪儿偷笑呢，还心情差？

向南星也不知道自己该不该说。

毕竟如今的结果是最好的，迟佳和陈默都求仁得仁，她再说些什么，怕是会说多错多。可让她现编，向南星又编不出什么话来，只能慢吞吞道："呃……他说……"

向南星正脑筋飞转着想说辞，一边肩膀却是一沉。向南星不用抬头就意识到是谁突然揽住了她的肩，一刹那脑子卡壳，话也不会说了。

站在她一旁的商陆，面不改色心不跳地接过向南星的话头："他刚过来祝我俩幸福。"

商陆说完，不忘看向南星一眼。

向南星即便没回视，太阳穴却早因感知到他目光的热度，突突直跳起来。

迟佳见状，立即愁容换笑颜，开心到极致，没忍住伸手推了下商陆的肩膀："商陆，真别说，你演技可以啊，我差点都信了。"

尤其他现在看向南星的眼神，连迟佳都差点信以为真，也难怪陈默会被唬得一愣一愣的。

"那我回去继续陪他了。星仔，你一会儿晚点回来哦，多留点时间给我和陈默单独相处。"

迟佳说完，不等向南星回应，掉头就走，直奔心之所系去了。

商陆关上门的那一刻,向南星还没什么反应,直到紧随关门声响起了反锁声,向南星这才一个激灵低头去看——商陆的手将门上的反锁扣扣上。

他反锁门干吗?

不等向南星抬头,他已跨出一步。

商陆腿长,即便如此小幅度的一步,也足够将向南星逼到门边窝着。

她本想侧着头尽量不让彼此挨得太近,这反而促成了他一低头,气便呵在她的耳垂上:"你说你对陈默没感觉,你们女孩子,到底想要的是哪种感觉?"

他的音色分明清洌却又隐隐夹着热度,向南星耳垂发烫,有点想捂住耳朵,偏又不能动弹。

他留给她的空间就剩这么一隅。

商陆仿佛看出了她的难以启齿,慢慢抬手,顺着她的侧脸,将她的鬓发别到耳后。

他感觉到她抖了一下。

"是这种感觉吗?"商陆问她,仿佛真的在虚心求教。

向南星缩着脖子窝在这一隅,只是拳头和眉心都紧了。

什么感觉?只想赶紧溜走的感觉。

商陆仿佛从她的扭捏中寻到了鼓舞,语速虽还是不紧不慢,却分明藏了丝笑意:"还是这种……"商陆的手滑至她的下巴,指腹若有若无摩挲她的嘴唇。

他早就想这么做了。当然想做的还不仅于此。

向南星哪儿受得了这个?当即伸手推他,他却捏住了她的手腕。

"你、你干吗?"害她这么尴尬。

她试图收回手,没承想轻易就让她挣脱了。

商陆压根也没想强迫她什么,即便她挣脱了以后,他手心空落落的,并不怎么好受。

他甚至很耐心地回答她一个又一个的蠢问题:"你怎么还不明白我在干吗?"

"……"

"我在向你表白。"

商陆看着她，目光没有片刻偏离。他甚至看得到她眼里倒映出的那个目光一动不动的自己。

漫长的等待后，她终于开口了："你……你喜欢我？"

得。又是个蠢问题。

商陆敛了敛眸："我不喜欢你，为什么好好的实验室不待，陪你来这鬼地方，玩那蠢游戏？

"我不喜欢你，为什么要帮你补课？我不喜欢和笨人打交道的。

"我不喜欢你，为什么你第一次拒绝我的时候，我考试都没及格？

"我不喜欢你，为什么在阜立的时候，学院篮球队招了陈默我就不参加？我在四中的时候也是篮球队的，可你只为陈默加油。"

向南星依旧梗着脖子缩在那儿，没看他。耳畔、心尖全是他的声音，就像一圈一圈的线缠着她的思绪。他突然抬起她的下巴，让她看他。

"我不喜欢你，为什么要……"他看看她的眼睛，又低头看看她的唇，"亲你？"

商陆能看到她喉间微微一动——她在紧张。

他又何尝不是？

目光从她的双唇回到她的眼睛："所以，你对我是什么感觉？"

向南星垂着的手紧抓着裤边，连她自己都不知道答案的问题，又要怎么回答？

而他，突然说了这么多感性的话，又突然理性地告诉她："你不需要像对陈默那样也对我有愧疚，拒绝也没关系。"

向南星本就难以启齿的嘴，更张不开了。

"我可以做到不打扰你，不见你，不在你面前出现。"他说。

向南星终于沉默地张了张嘴。

这些……明明都是她之前在厕所里和他说的，要配合迟佳演戏逼退陈默的原因，她当时还以为商陆只是随口一问，没想到他全听进了心里。又或者，他在问出那些问题的时候，是在套她的话。

商陆的声音却很快将她的思绪从那间厕所扯回到当下："所以，你的答案是？"

商陆本以为她会让他等很久。

不料不过片刻，她突然做好了决定似的，说："商陆，你知不知道我真的很讨厌你……"

她眼里的游移不见了，刚才被他带出的那点意乱情迷也全没了踪迹，她只严肃而郑重地回视他。

"这就是你的答案？"

讨厌他。这可比她拒绝陈默的方式简单粗暴得多。

她正要说话，商陆却已退后一步，了然地点了点头，几乎是眨眼间就恢复了一贯的满不在意："没关系，我早该料到了。"

即便说得轻松，他还是下意识抓了抓头发，有点烦躁。呼了口气，更加烦躁。

但他确实信守了承诺，没有恼羞成怒，但也没再瞧她一眼，只反身倚到她身旁的墙壁，从兜里摸出手机，打给已经在一楼待了好几个小时的纪行书："师兄，你上楼吧。"

商陆拿手机的那一侧更靠近向南星，向南星依稀能听见手机里纪行书不确定地问："你俩办完事了？"

商陆淡淡回了一句："不是你想的那样，你先上楼我再……"

话没说完，商陆的余光里人影一晃。

到底是哪件事先发生的？是她先凑过来，踮起脚尖吻住他，还是他的手机先从突然僵硬的掌心"啪"地掉落在地？

此时此刻，还在一楼听着喝醉的赵伯言絮絮叨叨的纪行书，一边耳朵是赵伯言那笑比哭还苦的声音，另一边耳朵，却始终没能等来手机里商陆的后半句。

等了半天也没见手机那端有动静，纪行书不确定地问："喂，商陆？"

没有人回答。

纪行书挂了电话，皱着眉起身。虽然最终没能等到商陆的后半句，但他还是决定上楼回屋。

已经后半夜了,纪行书困得直打瞌睡。

不料纪行书刚转个身欲朝楼梯走去,就被赵伯言扑过来两手一抄,死死贴着抱住小腿:"师兄,再陪我喝两杯……"

纪行书被赵伯言的突击吓得背脊一僵,低头一瞧赵伯言那欲哭无泪的样,犹豫着没再走。

而此时此刻楼上的房间内,商陆又何尝不是僵立在那儿,半晌没反应过来。

直到向南星放下踮高的脚,重新变得矮他一大截。

唇上的润泽不会骗人,明明白白告诉商陆,他刚才被这姑娘强吻了。

强吻了人的姑娘倒先红了脸:"你说你讨不讨厌?"

他刚说什么来着——"我不喜欢你,为什么好好的实验室不待,陪你来这鬼地方,玩那蠢游戏?"

"告白就告白吧,非得损一句我订的地方烂,选的游戏蠢。"

一宗罪。

以及那句——"我不喜欢你,为什么要帮你补课?我不喜欢和笨人打交道的。"

"还非得挤对我一句,说我笨。"

二宗罪。

还有那句——"我不喜欢你,为什么你第一次拒绝我的时候,我考试都没及格?"

"你自己没好好复习考试不及格,这也能赖我头上?"

三宗罪。

包括那句——"我不喜欢你,为什么在阜立的时候,学院篮球队招了陈默我就不参加?我在四中的时候也是篮球队的,可你只为陈默加油。"

"你篮球是没陈默打得好啊,我不给进球的人加油,非得给你这没进球的加油?"

四宗罪。

尤其是那句——"我不喜欢你,为什么要亲……"

她刚才那个突袭的吻威力有多大，以至于商陆硬生生被她列了四宗罪出来，才终于回了神，一把搂过她，低头堵住她的嘴。

等向南星意识到眼前这人吻技进步惊人的那刻，她早已被吻得晕乎乎，更来不及疑惑，他到底从哪儿学来的这些。

那些小说竟也没骗她，此刻唇舌纠缠的美好，真的值得写满两页纸。

但她不得不凭借仅剩的那点清醒，自他唇下争取出一丝缝隙，特别毁气氛地问一句："你要亲到什么时候？我……"

向南星摸摸自己的嘴，嘴唇似乎有些肿了。

向南星事后回想起来，迟佳过个生日，还顺带给她包办了个男朋友，说出去都没人信。而她这个男朋友，如今跟上瘾似的没完没了地亲她，说出去就更没人信了。

之前那清心寡欲的形象呢？都是骗人的？

原本捧在她脸上的手不知何时滑到了腰上，向南星本还有心思把他的手扯开，可下一秒又被他吻得七荤八素，再没工夫去管他的手，究竟是怎么到她卫衣里的。

她是怎么知道他手指有些凉的？大概被他指腹划过的腰窝处的那一小块皮肤太过敏感。

当然，他指尖途经之处，哪一处不是敏感到向南星缩了脖子就想逃，却逃不掉。

直到身后的笔记本电脑突然弹出视频对话的声音，向南星才彻底被解救。

睁开眼，只见面前的商陆皱了下眉。看来他很不爽突然被打搅。

可他只是挣扎了一下，便放开了向南星，恢复清心寡欲只在一秒间。

向南星赶紧把卫衣理好，抬头就被商陆啄了下唇角。

她这么一抬头，倒像是配合。

他还恶人先告状："怎么总想偷亲我？"

"谁偷亲你了？"

向南星羞恼得推他，他才满意，噙着若有似无的笑意，掉头朝电脑的方向走去，一边走着一边后悔："我本以为表白完就能完事，早知道不和他约今晚的视频通话了。"

他这话说的，倒像是临时起意才这么对她又亲又摸。

向南星撇撇嘴不信，他肯定早有预谋，却来不及说什么，只顾赶紧搜罗哪儿才是电脑摄像头的死角。

已经坐回电脑前的商陆侧眸见她正满屋子找地方躲，看那唯恐被"捉奸"的模样，险些笑出声："你躲什么？"

"被你导师看见我多不好。"

向南星还记得下午烧烤时，纪行书说导师每晚都会找他们开会。

向南星好不容易找到个能藏人的桌子，眼看就要往桌底钻，商陆抓都抓不住她，连忙告之："不是我导师，是蒋方卓。"

半个身子已经钻进桌子底下的向南星倏忽定住："学长？"她回头问，脸上已不见紧迫。

商陆点头："他是这次联合实验室的牵头人之一。"

蒋方卓跟他俩都很熟，果然向南星一听，立马面露喜色，钻出桌底。

本来她大大方方过来和蒋方卓打声招呼，商陆是不拒绝的，但她钻出桌底走向电脑，又是整理头发又是照镜子收拾仪容，商陆耳边就这么回响起她刚才娇娇滴滴的那句"学长"，她似乎很期待和学长再次见面。

商陆面色虽不变，话锋却已一转："你还是回避下吧。"

向南星脚下一顿，不解地看过来。

"视频那边大概不止蒋方卓，还有叶氏科研组的人。"商陆脸不红心不跳地给出解释。

等商陆点开视频通话，那端的蒋方卓就只瞧见这端的商陆一人。

向南星躲进了桌底。

竖着耳朵听，蒋方卓那边还真有别的人声，那应该就是叶氏科研组的人了吧。还好商陆提醒得快，不然她和叶氏科研组的那些陌生人大眼瞪小眼的画面，想想就尴尬。

商陆其实也挺诧异自己竟然蒙对了，面上却始终不动声色，开始进入正题。

躲在桌子底下的向南星就这么开始了听天书。

叶氏和清华大学合作成立实验室，旨在研发全新的手持式医疗成像设备。手持式医疗成像设备能够大幅度降低MRI和超声波的成本，也更利于在医疗水平相对落后的县市推广。

以商陆本科生的身份，在博导带队博士云集的实验室里，他干的都是些边角料工作，比如翻译材料、汇总报告，但商陆的学习能力够强，想法也够多，有些甚至算是超前。比如他基于新的成像设备提出的进一步病理远程会诊，就是个极好的研究方向。

蒋方卓其实很清楚商陆这个想法的由来。

商陆姥爷因权威医生判断失误过度医疗，险些丧命一事，蒋方卓都知道，也在其中帮过不少忙，如果病理远程会诊真的能成功从实验室走进诊室，将足以减少数以万计的商陆姥爷这类的医疗事故。那是一个全球医疗技术共享的体系蓝图。

可惜，蒋方卓这次发来视频的其中一个原因，就是告诉商陆斯坦福的智能医疗实验室近期的研究方向和商陆的想法颇为相似。

蒋方卓只能遗憾地表示："你提出的这个方向是很好，但既然斯坦福已经先行一步，那么如果斯坦福成功了，我们这边就只能叫停；如果斯坦福没成功，他们的技术和人员可都是世界最顶尖的，他们都走不通的路，现阶段我们就更别想走通。"

在一片慌乱中开始的视频通话，却在一片沉寂中结束。

"出来吧。"

挂断了视频通话的商陆语气很平静，平静到向南星几秒后才意识到这话是对她说的，这才重新钻出桌底。

虽然她听不懂什么成像参数、多维数据，但通话内容大致上她还是听得明白的。

商陆此刻却是一副让人捉摸不透的表情，向南星瞅他好几眼，有点不确定：

"你没事吧?"

"放心吧,这不算什么打击。"

他的表情可不是这个意思。

"本来我提出的概念就不是单纯的生医范畴,已经踩到人工智能那块去了。学长说得对,我们怎么和斯坦福的科研能力比?目前国内的高校,连个正经八百的人工智能专业都没有……呵。"

商陆冷笑一声,又兀自摇摇头作罢。

向南星倚站在桌边,不客气地捧起他的脸。

商陆的脸被她捏得几乎变形,噘着嘴的样子有点滑稽。

他坐着,她站着,被她这么居高临下地捏着脸,商陆有点不明其意:"干吗?"

向南星却丝毫没有要放手的意思,反而捧得更紧。一来报复他把国内的院校说得一文不值,二来是真的想让他开心一点。

"喜提我这么一位集美貌与智慧于一身的女朋友,还不够你开心的啊?"

商陆一愣,把她的手从自己脸上扯开的当下,绷不住笑了。

四目相对间,他又有点想亲她了。

"你要不要回你房间去?"他突然说。

向南星不甘心地撇撇嘴,看来他的情绪还没从蒋方卓那番话里缓回来,难不成真要她说学逗唱一番,他才能开心点?

不料他的下一句却是:"我怕你再多待一会儿,我就不只想亲你了。"

他看着她的眼睛说。很正经。

商陆全程欣赏着她的眼睛从最初的疑惑,到很快读懂他的话,再到羞赧染过眉梢眼角的那一刻,她终于腾地直了身,头也不回地跑了。

"我先回自己房间了,明……明天见。"

她人影消失,关门声响起的同时,商陆终于又笑了。

向南星想不到自己第一回谈恋爱,就谈了场名副其实的地下恋。

商陆倒是无所谓,他的朋友都知道他谈对象了,向南星这边就比较麻烦。明明是她死皮赖脸"追"商陆被拒绝,怎么到头来两人又好了?

向南星既不知道自己该怎么向爸妈解释,又不知该怎么向朋友解释,索性就瞒着不说。

商陆反正也忙,见到两人的共同好友的机会少之又少,也就由着她了。

不过说真的,地下恋有时候真的挺刺激的。尤其是她周末从学校回家,他在楼道里堵着她捞过来就吻的时候。

可惜商陆升大二、向南星升大三之后,商陆周末回家堵她的机会就越来越少。商陆要顾自己的学业,又要忙实验室的项目,升大二后基本就没回过家。

向南星虽比他清闲多了,但也很久没回家了。至于她在忙什么——

大一大二时向南星她们的专业课,中西学比例是三比三,但到了大三,系里细分专业,向南星选了中医学而没有选中西医结合,她的课程中西学比例就调整为了五比二。

这对向南星来说可算是捡了个巧,她中医学的专业课比西医学的强很多,针灸和中药学又都是她的强项,进入大三之后,向南星分明没前两年那么忙了,却反倒一到周末就不见人影。

迟佳好几次周末打电话找向南星,向南星都说自己在清华,迟佳实在纳闷:"你这是准备考研考清华吗?"

中医系五年制,她大三就准备考研,是不是早了点?

向南星却总是嘿嘿一笑,避重就轻,并不解答迟佳的疑问。迟佳也没太多时间管她,毕竟开始修第二学位的迟佳,本身已忙得不瞻前不顾后。

就像迟佳弄不明白向南星最近怎么总跑清华一样,向南星也没弄明白,原本考试都得过且过的迟佳,怎么突然修起了第二学位?虽说中医系五年制,但大三才开始修第二学位,其实非常冒险,万一毕业前第二学位的课程通过率不高,迟佳就只能拿辅修证书,拿不到第二学位证书。辅修证书拿在手里压根没什么用,向南星也不明白迟佳折腾个什么劲。

尤其迟佳的第二学位还选择了护理学。

迟佳可是一早就说过,爸妈反对她学护理,不想她以后工作就是伺候病人。

等向南星终于得空问迟佳到底是怎么想的,已经是开学两个月后。

在迟佳突然这么发奋刻苦之前,可都是迟佳陪着向南星上晚自习,今天却成了向南星陪迟佳上晚自习,这对向南星来说简直是天方夜谭。

不过很快向南星就不觉得这是天方夜谭了,这明明是爱情的力量。

对于向南星的疑问,迟佳一边抄笔记一边回道:"陈默打算本科一毕业就出国,国外又没有中医学,我想一起出国的话只能换方向。学临床出国也困难,挑来拣去,就剩一个护理学了。"

向南星还记得今年年初,迟佳生日那天陈默的所作所为,不由地问:"你俩正式在一起了?"

想想又觉得不对。迟佳生日已过去半年多,也没见迟佳请大伙吃过一顿公开饭。陈默又去澳大利亚做了交换生,为期一年。似乎他俩并没有正式确定关系,难不成他俩也在地下恋?

迟佳只顾抄笔记,没工夫回答。这是从护理学专业的同学那儿借来的随堂笔记,明天就得还回去,今晚得赶紧抄完。

见迟佳没搭腔,向南星索性给商陆发短信,也不知商陆从实验室回寝室了没有。

迟佳却在这时放下笔,突然问:"对了,你最近联系商陆了没?"

向南星拿手机的手一抖,还没编辑完的短信就这么发送了出去。来不及懊恼,她赶紧把手机揣回去,正襟危坐起来:"有联系啊,怎么了?"

迟佳倒没从向南星脸上看出什么来,只顾问:"商陆本科毕业以后应该也会出国吧?"

一问之下,向南星脸色一沉。

"生物医学工程在国内可不好找工作。正好他是四年制,咱是五年制,能赶上一起毕业,一起准备托福考试。他应该也会申请美国那边的学校吧?"

迟佳问得头头是道,向南星却一句话都没接。商陆应该没打算出国吧,从没听他提过。

向南星突然的若有所思反倒令迟佳想到另一层面去了,这回她连笔记本都合上了,彻底转过身来问向南星:"商陆不会想申请英联邦国家的学校吧?"

向南星的沉默落在迟佳眼里，倒成了默认。

"不要啊，去美国吧，大家到时候都在一个地方，还能互相有个照应。"迟佳哭丧着脸，渴求集体温暖，"再说了，生医类全球排名前二十的高校，美国占的最多，无论M.Eng还是MS，他不去美国去哪儿？"

向南星顾不上问迟佳怎么已经把留学的事情查得这么清楚，她还在琢磨迟佳前一句里的"大家"。显然这个"大家"，并不包括打算在中医这行一路走到黑的她，听来多少令人郁闷。

向南星晚上回到寝室，特地上网查了一下本土生医专业的就业情况，结果好歹令她松了口气。

普通高校的生医专业或许真的难就业，但撇开学校谈专业就是扯淡，清华出来的哪儿都好就业，应届生一毕业就进迈瑞、飞利浦、GE通用这类大公司的情况很常见。

商陆一路在清华读到硕士压根不是什么难事，毕业后照样可以进他喜欢的研发岗，不一定要出国，看来迟佳了解得还不够全面。

向南星关掉电脑准备安心睡个好觉，手机却响了。

商陆打来的。

这个时间他应该刚从实验室出来，平常他在回寝室的路上都会给她发短信，这次却一反常态直接打电话过来，向南星以为是有什么急事，接起来，对面却是一句："看电影吗？"

上回见面，向南星冲他抱怨两人在一起半年多，就正经约过几次会，看过一场电影。

向南星说这话时，他俩正在清华的食堂吃饭，吃完饭他还得赶去设备运维中心。当时把商陆叫走的那通电话里说什么去噪预处理出了点问题，算法需要重建，商陆匆匆扒了两口饭就走了。向南星本以为自己的话他没听进去，没承想他还挺上道，这么大晚上问她，看来这两天他终于有时间看场电影了。

向南星倒是不掩饰自己的迫切："好啊，什么时候？正好我明天没课。"

"现在。"他的答案竟比她的还迫切。

"这么晚了哪儿还有电影看?"

"首映。"

"什么片子啊?"

"《暮光之城》。"

向南星一听,当即一个扑棱从床上坐起。

这电影的原著她高中看过好几遍,还借给商陆看过,可惜商陆没还给她,向南星估计他弄丢了她的书不好意思提,也就没追问过书的去向。

"要看的要看的。"向南星刚满口答应下来,又突然犯了愁,"可现在门禁时间快到了,舍管恐怕不会放我出去。"

向南星不死心地看看床头放着的闹钟,指针刚刚走过门禁时间十一点。好可惜。

电话那头的商陆似乎笑了下,语气却是如常:"我在你宿舍楼后门。"

等向南星跑到宿舍楼后门,商陆果真在铁门外等她。

原来他给她打电话时,人已经在这儿了。

"你怎么好端端地想起去看首映?"

"再不花点心思留住女朋友,女朋友被拐跑了怎么办?"

向南星刚想说"我坚贞不渝",想了想改口道:"那是,我这么貌美如花。"

"行,如花,翻过来吧。"

真是刁钻,这么断章取义。

其实有时候向南星挺羡慕他这种不经意间调侃人的能力,可惜她永远都学不到精髓,只能一会儿再找机会报复回来。

虽离首映还有一个小时,但商陆选的电影院在中关村那块,没多少时间可以耽搁,向南星有了两年前翻铁门的经验,这回没浪费一点时间,很快翻了出来被商陆稳稳接住。

现在距离这么近,向南星分明瞧见他接住自己时,还在偷瞄宿舍二楼——虽然瞄得很隐蔽。

向南星想起两年前他在这儿被学姐用脸盆砸过,坏心思一起,就这么作势扭头一看，当即冲商陆叫唤："小心！"

二楼宿舍此时统统黑着灯，阳台也不见晾着的衣服，向南星算了算，二楼住着的学姐今年应该正好大五，临毕业，学姐们都很少回校，宿舍自然也空了。但商陆显然还没看清楚虚实，被向南星这么一叫唤，当即条件反射。

向南星本以为他会吓得抱头，却没承想，他自己没避开，倒是下意识一伸手，将她的脑袋摁低。突然被他扣进怀里的向南星心里一咯噔，下一秒商陆就反应过来自己被骗了。

他看一眼铁门内的二楼，分明什么危险都没有，顺手把向南星推出怀抱，看着她的眼睛，带有警告地微微一眯。

向南星就这么忘了他刚才"救"她那一下，此刻有恃无恐地耸耸肩："谁让你叫我如花？"

"你记不记得两年前你在这里用同样的方式骗过我，我当时是怎么讨回来的？"

向南星仔细回想了一下。两年前他在这儿亲她，不是因为她骗他，而是他出糗之后她取笑他，所以他生气堵她的嘴，再说了——

向南星当即双臂环住他的脖颈，把他脑袋压低的同时凑上去亲他。

这回换他愣住了。

向南星却已轻飘飘地放开他，手插在裤兜里，特别大爷地走了："都亲这么多次了，你以为我还怕你？"

商陆看着她那女流氓似的背影，半天没反应过来。呵……长本事了。

两个小时的电影看完，向南星出场了还在回味："你不觉得男主角很帅吗？"

自己女友的审美怕是出了什么问题，那不就是个鞋拔子脸，商陆避重就轻："女的挺漂亮。"

向南星倒是挺宽容，赞同地点点头："我也想留她那一头长发。"

此时二人正一前一后地朝散场电梯走去，商陆一向腿长步子大，这回却不知为何落后了她几步，一直看着她在那儿拨弄自己的头发。

其实商陆就是随口夸了女主角一句，实际上他压根就没注意女主角长什么样，更别提什么长发短发了。观影的两个小时里，他除了在想Pocs重建算法的问题，剩下的时间基本就在琢磨——

"现在回学校吗？"

向南星还在自顾自研究如果她也染个女主角那样的棕色头发，她妈会不会揍她，毕竟向妈从不让她染头发，说是会致癌。对于商陆的问题，向南星随口一答："要不咱吃个夜宵再回？"

她确实有点饿了。

商陆没回答，只继续问："你今天白天没课？"

向南星点点头，突然意识到了什么似的，定住脚步回头瞧他。昨晚电话里他问她看不看电影的时候，她随口说了句"明天没课"，他怎么就记下了？

可她这么直愣愣地看他，他反倒不继续说下去了，只从她身旁绕过，去按电梯按钮。

电梯很快到了，"叮"的一声。

而他也终于开口了："要不，今晚住外边？"

电梯门开了，商陆就跟没事似的走了进去，仿佛刚才那句话压根不是他说的。进了电梯，商陆自然地转过身来，正面迎上还站在电梯外没动弹的向南星。

她如此踌躇不前，那张脸又僵得那么明显，商陆怎么会看不出来。

直到电梯门徐徐合上，向南星似乎也没想出个结果。商陆意识到自己有些唐突了，正准备按下开门键等她进来，她却突然开了口："我没带身份证。"

原来她在电梯门外杵了这么久，是在想拒绝他的理由。

商陆当下觉得挺好笑的，抿了抿唇，伸手将她拽进电梯："好啦，送你回学校。"

他胡乱揉揉她的脑袋，她却破天荒没有怪他揉乱她的发型。

显然，一句"没带身份证"虽然能终结话题，却未能终结一路下行的电梯里那诡异的沉默。

站得更靠近电梯门的向南星只顾仰着头，一动不动地看着逐渐下跳的楼层数。商陆破天荒地没有透过光可鉴人的电梯壁去看她的表情，只随便在电梯里找些别的来看。

直到走到路边等车，两个人都没再说过一句话。

她平常越是话多，如今这气氛就越是告诉商陆，他刚才那个提议有多愚蠢。

有点后悔。

心想着赶紧送她回学校，让这一切翻篇，老天却偏偏和他作对，半晌没等来一辆出租车，反倒先等来了去阜立的夜班公交。

公交到了阜立那一站之后，还得走十分钟左右才能到学校，商陆完全能预见那十分钟的路程里，他们相顾两无言的画面。

可向南星已经朝刚停稳开门的公交车跑去，商陆也只能跟上。

果然人一不顺遂，喝凉水都塞牙，商陆跟着她上了公交，所有兜都找遍了也没摸着零钱，有点烦躁，直接把百元纸币往投币口塞，还是向南星把他的手摁住。

"我好像有零钱。"

向南星说着开始掏兜。商陆也就收回了手。

本想等她投完币，再一起找地方坐，可似乎因为他站在她身侧，她紧张得连掏兜的动作都带着一丝慌乱。

后悔。十分后悔。

就不该信了赵伯言的话，什么姑娘就喜欢干脆直接的男生，磨磨唧唧惹人嫌。他倒是干脆直接了，却把人姑娘吓成这样。

商陆抚了抚额，索性自顾自先往车厢深处走去，免得给她压力。

不料刚走两步就被向南星叫住："商陆！"音色还挺激动。

商陆回头，只见向南星手里的那一把零钱里，夹了一张身份证。

"你看！我竟然带了身份证！"

商陆明明抿了唇，却没绷住，姑娘那副故作惊讶的模样真是让人无语又好笑，他甚至抚了抚额，却还是没止住，依旧在那儿兀自摇着头笑。

向南星糗得不行，硬着头皮就差把身份证又揣回兜里，当作这一切没发生过，却在这时被司机低喝一句："你俩到底投不投币？"

开夜班车的司机师傅脾气一贯不怎么好，眼看向南星就要把身份证收回去，商陆终于敛了笑,一个箭步过来,拉起向南星的手就下了车:"不好意思,没带零钱。"

他睁眼说瞎话的能力比她高多了。她手里明明一把零钱。

可向南星哪顾得上这些,司机师傅气得轰着油门启动了公交车,而此时的她,被商陆拉下了车,随着他一路而去。

她的心跳伴随着耳边刮起的夜风,扑通扑通直跳。向南星不确定他会带她去哪儿,但管他去哪儿,只要是和他,她就乐意。

向南星这回算是了解到了,开房最尴尬的不是走进房间那一刻,而是在前台服务员的凝视下,双双递上身份证的那一刻。

等服务员登记好,把身份证还回来的那一刻,向南星赶紧抄手过去把身份证摸回来,想着赶紧揣回兜里。

却不料一旁的商陆有点尴尬地点点她已经往兜里揣的那只手:"那个,是我的。"

向南星低头一看,果然拿错了,只得又把身份证从兜里拿出来还给她。

服务员把向南星的身份证还给她的时候,平静的脸上俨然藏着几分对菜鸟的鄙夷——小样,第一次开房吧。

反观商陆,倒是一直挺淡定,拿到房卡,进出电梯,刷卡进门,看着轻车熟路。

这经验从哪儿来的?向南星一想到商陆疑似在高三时交过一个女朋友,进了房间之后站在门边就没动。

商陆回头瞅她,还以为她突然停步是因为进了房间就剩下他俩,她紧张。

他又何尝不紧张?

其实都是临时起意,就像他突然提出住外边,就像她明明带了身份证却说没带,又突然心思一动说了实话,但现在这早就订好的五星酒店,这鼻尖沁着的高端香薰的气味,反倒把他这一系列举动都衬成了蓄谋已久。

酒店房间其实是赵伯言帮他订的。

因为他最近忙得都没出过校门,今晚首映的票只能托赵伯言帮他买。赵伯言一听他这么晚约姑娘出来,把电影票送到他手上时,可是好生建议了一番。

第三章 我有个恋爱想和你谈谈

因为赵伯言总是什么话都对迟佳说，即便如今的迟佳恨不得成天围着陈默转，所以商陆就没告诉赵伯言自己交往的姑娘是向南星。

赵伯言只知道商陆这回要约个姑娘看午夜场，但以商陆的个性，肯定不会随随便便乱约女的，真认定了这个姑娘，才会这么花心思，便借着送票的机会撺掇道："什么时候带姑娘来见见我们这帮兄弟啊？"

商陆实话实说："现在还不是时候。"

赵伯言却不这么想："看来人家姑娘心里还没认定你才不肯公开，我给你出个主意，干脆趁这次机会，直接'睡服'。"

"说服？"

"睡服！睡觉的睡。"

赵伯言自己从没谈过恋爱，理论储备倒是惊人地丰富。

对此，商陆不褒不贬，只随口两个字："龌龊。"

赵伯言跟他急："哟？那你有本事一辈子都这么纯洁下去，憋不死你……"

赵伯言又东扯西扯了一大堆歪理，末了直接甩给商陆一句，"房间的事就包在我身上，放心，绝对不让你跌分。"

晚上看电影那会儿，商陆还收到赵伯言的短信，一直问他："到没到酒店？"

他刚回一句："你把房退了。不去。"

赵伯言就直叫唤："是男人就不要尿！"

他现在倒是不尿了，可赵伯言压根没教他，姑娘进房间之后，他第一句能说什么。

你先洗，还是我先洗？

不行，太直接。

过来坐？

不行，好傻。

要不要先喝点酒？

可是这房间里有没有酒还不一定……

商陆正顶着一张若无其事的脸头脑风暴，却突然被打断——

"要不要喝点酒?"

向南星站在门边,绞着手指问他。

酒是好东西,看来她也这么觉得。

商陆点了点头,起身开始找酒,没承想随手拉开一个柜子,冰柜就在里头,没想到这么顺利。

然而房间里的另一个人似乎并不这么想。

当商陆拉开第一个柜子就找到了放酒的小冰柜时,向南星顿时眉眼一紧,他还真是轻车熟路。

刚才在前台核对房间预订信息时,服务员问他:"商先生订的房?"

早就订好了房,对房间里的陈设布局还挺了解,莫非他不是第一次来?但他平常那么忙,哪有时间开房?

向南星快被自己纠结死了,这时的商陆刚开好一瓶酒,准备找酒杯,向南星劈手夺下酒瓶,仰头就灌。灌了一口就辣到不行,又赶紧把酒瓶还给他。

商陆看她这样,大概是后悔跟他来了。

向南星冲着自己的嘴扇了好一会儿风,喉咙才没那么火辣辣了,刚要问他是什么酒这么呛人,就听他不知为何沉了口气,就这么突然弯腰,将她打横抱了起来。

这……这就开始了?会不会太快了点?

向南星诧异得压根来不及说出口,脚一离地她就下意识地双手环住他的脖颈。

也不知是他动作太冲,还是她刚才闷的那口酒突然上了头,向南星只觉那短短几秒天旋地转,再一沉,她就被他抱到了床上。

他把她的鞋和自己的都脱了,就这么侧卧而来将她搂住,向南星的心瞬间提到嗓子眼,原本抓着自己衣领的手都不知道是要再抓紧些,还是松开,好让他解她的衣服。

他却一把握住她抓着衣领的手。

这么猴急?向南星忍不住咽了口唾沫,他的动作却停了。

"睡吧。"他说。

然后就真的在她面前闭上了眼。

如果之前还是慌乱居多,那现在,向南星可算是彻底傻了眼。

她瞪着眼睛看面前这双已然合上的眸,他说睡觉,是……纯睡觉的意思?

不怪向南星反应不过来,她大晚上的纠结这么久,又是藏身份证又是假装发现身份证,可不是为了来这儿纯睡觉的。

"就这么睡了?"离得这么近,向南星都不敢大声问他。

他睫毛微微一颤,却没睁眼:"我不想看你紧张。"

那会让他感觉,是在强迫她。

"我?我不紧张。"

向南星睁眼说瞎话,反正他闭着眼也看不见。

商陆沉了口气,气息就这么均匀地扑在向南星的唇上,向南星缩了缩肩。

他感觉到了,将她搂得更紧,认命地承认:"我紧张。"

她不说实话,他倒是说了实话。

可向南星怎么会信?

"你紧张?"她可半点没看出来,"你明明每个步骤都很熟的样子……"

"我哪里熟了?"商陆闭着眼在那儿自嘲,"我都不知道是该……"

说到一半他突然烦躁地摆摆手,罢了,不说,又紧了紧搂着她的胳膊,这样睡也挺好,只是辜负了赵伯言这五星级酒店的好意。

他话说到一半,向南星自然不会罢休:"你都不知道该干吗?"

"……"

"说嘛。"

她推推他,他没理,她便挠他痒。

可她哪儿是在挠他的腰?分明是在挠他仅剩的那点自制力。

商陆终于被她挠得睁开了眼,一手抓住她的手腕,有点生气:"我都不知道是该先亲你,还是先解你衣服。"

生自己的气。

本以为这档事能有多难,他做题都能无师自通,显然这件事上,他并不能无师自通。

看吧,他说了实话,除了让她瞬间红透了脸,压根没别的用处,不如不说。

就在商陆重新合上眼的前一瞬,耳边她的声音制止了他:"先……亲我吧。"

被一个姑娘主导节奏,是不是挺丢人?

这个问题商陆没工夫寻思,她就躺在他眼前,唇上的唇珠把线条勾勒得带点娇媚,她的眼睛澄澈地睁着,五官很漂亮。

见他没动,她甚至慢慢凑了过来,在他唇上点了一下。

她还说不紧张,贴过来的时候,心跳分明那么快。

点在他唇上之后就没了下一步,都是纸上谈兵,商陆突然笑了,只笑了半声,便敛去表情,夺过主动权。

转眼间就溃不成军的向南星顾不上去想,这回他怎么就无师自通,知道吻她的同时去解她的衣服了……

这一切的感觉虽然都很陌生,向南星却莫名在他的攻势下卸下了防备,自己的呼吸声被他的吻吞没,神经也仿佛悬在他的指尖,随之游走。或柔软,或生涩,都交给了他。

若不是拉链拉开的声音,犹如一冽清泉浇在已然燎原的沉溺中,向南星或许还没么快一把按住他的手。

接下来会发生什么,向南星看过那么多小说,自然是懂的。她张了张嘴,却不知能说些什么。

商陆不知道她现在是欲拒,还是欢迎,放过了她的拉链,半侧过身去,不再那么紧密地压迫:"要不要再喝点酒?"

向南星拼命点头。

明明那么局促,偏还主动撩起开端,这姑娘……

商陆笑了笑,吻了吻她半纠起的眉心,起身,很快拿了酒回来。

向南星半倚在床头抿了一口他递过来的酒,发现他往酒里兑了红茶,酒味没那么呛,仰头一口饮尽,跟喝红茶似的没什么感觉。

然而，前三杯的时候她还羞答答地坐在床头，离他很远。第四杯的时候，她却已经赖在他身上不走了。他坐在床头，她躺在他腿上，仰头看他，开口就是一句"臭小子"。

她突然开骂的那一刻，商陆愣了一下，她却已不客气地伸手过来点他的鼻尖："你说你，到底带多少姑娘来开过房！"

商陆一皱眉。

她已把他手里的酒杯抢了去："红茶兑酒都兑得这么溜，看来没少灌醉姑娘……"

商陆就这么两手空空一脸疑惑地看着她一口干完了本属于他的酒。

向南星是被头痛痛醒的。

揉着重如千斤的脑袋从床上挣扎着坐起来，看看四周，昏暗一片，严实的窗帘外是白天还是黑夜都没弄清楚，她只随口唤了一句："商陆？"

没人应她。

等向南星终于拖着轻飘飘却又异常沉重的自己下床拉开窗帘时，才发现外头已经大亮。

床头柜上放着她的手机，向南星拿过来看时间，竟已早上十点。

手机下压着一张便签，上头写着：我早上有课，先回学校，你等我中午回来接你再办退房。

字有些潦草，但落笔干脆利落，是商陆的字迹。

向南星本还迷迷糊糊，突然就被"退房"两个字激了一个猛回神，立马低头瞧瞧自己。

衣服还好端端地穿在身上。怎么回事？

商陆一早赶回学校除了上课，还得去实验室。

纪行书收到了芯片的反馈，得和他一起写报告。可今天的商陆，分明不怎么在状态。

除了明显没睡好造成的黑眼圈，似乎还有什么心结，藏在那始终微蹙着的眉心。

但纪行书什么也没说,等商陆把电子报告打完,纪行书顺手把他打错的那个数值改掉,这时才问他:"是不是昨晚没睡好?"

此时二人坐在电脑前,商陆刚想说没有,却又心思一动开了口:"师兄,我能不能问你一个问题?"

"什么?"

"你当年为什么没选择出国深造?"

纪行书明显没料到他会突然问这个,他原本以为他这个学弟是学业上遇到了什么难题。

纪行书上下打量一下商陆。他这个学弟真的很少对这类个人私事感兴趣。

商陆曾有一次听纪行书的博导提起,他曾帮当年本科毕业决定出国的纪行书写过加州大学伯克利分校的推荐信。

博导之所以提起这茬,是因为联合工作室的牵头人蒋方卓就是从这所大学出来的,纪行书差一点和蒋方卓成了师兄弟,可最后纪行书主动放弃,留在国内读博。

提起这事,博导还有些惋惜。虽然清华生医在硬件方向的研究成果亮眼,但算法方向确实不如国外顶尖学府,纪行书又是算法方向的,博导觉得惋惜也属正常。

纪行书在为人处世上一贯十分敞亮,没什么不好意思地说:"因为女朋友呗。"

"就是前两天电话里找你吵了一宿的那个姑娘?"

纪行书想到这事还挺愁,嘴角是一星半点的苦笑:"也不算她找我吵吧。她被她爸妈逼着去相亲,她以为我会一哭二闹三上吊,但我只说尊重她的决定,她就火了。"

纪行书的女朋友是北师大日语系毕业的,本地人,两个人大学就开始交往,一直到现在。纪行书是上海人,为了女朋友留在了北京,说起来好听,一个大学老师,一个清华博士,然而读到博士又怎样,还不是买不起房娶不起老婆?

"说起来其实挺讽刺的,我跟过的课题,动辄几百万的课题费,这次和叶氏的实验室更是几千万经费,但有什么用呢?要我拿出几十万的首付来买房我都拿不出来。"

商陆真没想到,这等柴米油盐的事情能令纪行书愁成这样,但对纪行书来说,这就是他到了这个年纪跨不过去的坎:"我老丈人要我在北京买房买车才能娶他家闺女,已经算最低标准了。可惜我爸妈双职工家庭,我总不能让我爸把他们在上海唯一的一套房子卖了,供我在北京娶老婆吧?有时候想想,当初不如狠狠心出了国,国内搞科研的穷,成功之前唯一的进项就是那点补贴,国外不一样。"

见商陆一直不吱声,纪行书才想起来问一嘴:"对了,你突然问这个干吗?"

商陆却只是挥了挥手:"随便问问。"

顺便挥掉脑中那一幕——

后半夜,喝醉的姑娘抱着他絮絮叨叨说着:"你能不能不出国……我不想你出国……"

可既然商陆问了,就不怪纪行书发散思维:"你怎么一副感同身受的样子?我记得你女朋友才大三吧,这就催你结婚买房了?"

商陆随口否认道:"她家都不是那么肤浅的人。"说完才醒悟过来这话有歧义,只能补充道,"不是,师兄,我没有说你女朋友家肤浅的意思。"

纪行书倒是很坦然:"肤浅就肤浅吧,绝大多数人还是得为五斗米折腰的,包括我自己。"当然他更羡慕商陆,"你未来老丈人家这么开明,你还有什么好愁的?"

商陆看了看手表,快到他去酒店接她退房的时间了,索性关了电脑。

"师兄你是知道的,我申请了下学期交换留学的名额,但我女朋友似乎不太希望我出国。"

他现在也确实需要一个前辈帮忙理一理思路。终究还是年轻,再沉的性子,脸上还是有藏不住事的时候。

纪行书却来不及佩服自己预感如此之准,反倒先皱了眉:"看不出来你女朋友这么黏你,一个学期不见面都不行?"

纪行书见过向南星好几次,印象里那姑娘十分爽气,并不像个黏人精。

商陆也摇头否认:"她不希望我出国不是针对这事,我刚提的交换申请,都没来得及告诉她。我说的她不希望我出国,似乎是她希望我一直都待在国内。"

这可有点难办,连纪行书眉头都皱了:"她知道你学生医,还辅修数学都是为了给以后出国转人工智能打基础吗?"

"她大概都不知道生医、数学和AI有什么联系。"

"那倒是,一般人提到人工智能,都会觉得那是计算机的事。"

"所以我现在很愁要怎么跟她说。"

无论是下学期的交换留学,还是更长远的毕业后的问题,都愁。

在两个大男人为同一件事愁得相顾两无言时,实验室门外的向南星倒是从长久的愣怔中回过神来。

早知道就不提早退房来找他了,可向南星退房时哪儿想到这么多?

退了房拿了押金之后她直接坐公交去了清华。

她现在对清华的熟悉程度都快赶上对阜立的熟悉程度了,一进校门就直奔生医楼而去。

因为今年暑假期间太多人来清华参观,所以如今进出校门,保安都会要求出示身份证登记,向南星却一次都没被过。商陆特地把他的院服给了她,向南星每次都靠穿着他的院服,在保安眼皮底下堂而皇之地进出。

幸好她今天穿的也是商陆的院服,直接就跟着一帮本校学生进了校门,没承想没多久就被人叫住。

"这位同学,请问医学院怎么走?"

看来她因为身上这件外套,被不明真相的路人误认了。

向南星刚要回头,却稍稍一怔,叫住她的这个声音似乎有点耳熟。

向南星皱着眉回过头去,身侧的车道上正停了辆黑色轿车,从降着的后车窗里探出脑袋的那位,可不就是向南星的熟人?

"学长?"

向南星可没想过会在这儿碰见蒋方卓。

蒋方卓见到她,表情的转变与她正好相反。她是先诧异后惊喜,蒋方卓则明显是先惊喜后诧异:"你不是阜立的吗?怎么……"

蒋方卓抬抬下巴,示意她身上那件印有"清华医学"字样的外套。

向南星嘿嘿一笑,没解释,直接上了车:"你是要去生医的实验室找商陆他们吗?正好我也过去。"

虽然向南星什么也没解释,但蒋方卓这么聪明的一个人,见她穿着不属于她的男款院服,又是特地来找商陆的,不由会心一笑:"看来这个是给你买的了。"

蒋方卓说着从随身的包里拿出个没拆封的盒子,递给向南星。

向南星低头看看,没接:"什么?"

"商陆攒了几个月的补贴,托我在美国买了部手机带回来,说是要送女朋友。"蒋方卓直接把盒子塞进向南星手里,俨然已经认定这份礼物是给她的,"这台iPhone3GS是智能手机,跟目前国内的大部分手机都不是一回事,商陆挺会挑礼物。"

那是2009年的向南星第一次接触智能机这个概念,蒋方卓见她好奇地来回看包装盒正反面,却一直没拆封,一笑,决定逗逗她,作势一皱眉:"瞧你这反应……看来你不是商陆的女朋友?"

向南星刚要开口,蒋方卓作势要把手机拿回来:"误会了误会了,手机还是先还给我吧。难不成他女朋友是邹然?"

向南星一把挡下他伸来的手,倒不是有多稀罕这手机,只是条件反射地去捍卫自己的正牌地位:"什么邹然?是我!"

见她微扬着下巴,一副义正词严的模样,蒋方卓慢慢收手,噙着笑揶揄:"逗你玩呢,快给我们司机师傅指指路,找你小男友去。"

有了向南星这个活地图,司机很顺利地把车开到了目的地。蒋方卓跟着向南星上楼,一看她这架势就知道她常来,可惜蒋方卓来不及开口问,手机就响了。

蒋方卓看看来电显示,停在台阶上,对高他几级台阶的向南星说:"你先上去吧。"

蒋方卓接通电话后便开始说英文,看来是工作电话,向南星便用口型冲他说了个楼层数,自行先上楼。

鉴于昨晚发生的那一切，向南星总觉得见到商陆的那一刻会有些尴尬，但脚步却是藏不住地轻快——就是很想快点见到他，不问缘由。

可等向南星到了实验室门口，一边理头发一边准备叩门时，虚掩的门里却传出了纪行书略带诧异的声音："我记得你女朋友才大三吧，这就催你结婚买房了？"

向南星准备叩门的手就此僵住。

随后传来商陆的声音，仿佛就是为了二次证明，实验室里这两个人口中谈论的，正是此刻站在门外的她。

当听到纪行书问商陆"她知道你学生医，还辅修数学都是为了给以后出国转人工智能打基础吗"时，向南星莫名想到的却是，刚才在来时的车里，蒋方卓介绍那部手机时说的那句——

"这台iPhone3GS是智能手机，跟目前国内的大部分手机都不是一回事，商陆挺会挑礼物。"

那一刻，向南星第一次意识到，商陆心之所念的，是一个她全然陌生的领域。

两人间，几乎存在肉眼可见的差距。

向南星也不知道自己是被实验室里突然的沉寂唤回了神志，还是被此刻由远及近的脚步声。

她循着脚步声扭头看去，蒋方卓正绕过拐角走向这边。

向南星也没多想，赶紧迎上去，堵住蒋方卓的前路。

大概她的表情还没调整好，蒋方卓见她有点过于着急的模样，眉梢眼角刚透出一丝疑惑，就被向南星拖着手肘带走了："实验室没人，他们可能去紫荆园吃饭了，我们去紫荆园找他们吧。"

蒋方卓看看时间，确实已经快到饭点，就跟着向南星折返走了。

相比刚才上楼时她脚步的轻快，下楼时的她明显滞后了几步。一方面是因为不想让蒋方卓发现她的低落，另一方面是为了落后几步，好得空给商陆发短信，告诉商陆"我马上到紫荆园了，直接在紫荆园见吧"。

接下来很长一段时间里，商陆依旧忙得不可开交，除了他们实验室的手持式医疗成像设备在经过三次图像处理装置更新，影像质量却依旧不尽如人意外，学习和生活似乎都没什么波澜。

直到过去半月有余，只见过向南星一次的蒋方卓突然打趣地问商陆："你小女友最近怎么都不来找你吃饭了？"

商陆才首次意识到，他的女友似乎真的很久没来找他。

虽然他们照样每晚通电话，短信箱里也全是和她的往来。

"马上期末了，她在忙着复习。"

商陆虽是这么向蒋方卓解释的，但蒋方卓提起这个茬，商陆再一琢磨，还真是有点想她了，也不知道送她的手机，她研究透怎么用了没有。

今晚大家离开实验室的时间出奇得晚，蒋方卓的车一路把所有人送回各自宿舍楼，大家路上还在讨论成像的改进方案，商陆也没时间给向南星发短信。

直到回了寝室，商陆摸出手机，看看时间已接近零点，有些犹豫。既怕吵着她睡觉，又想听听她的声音。

想了想，索性先去向南星的微博逛逛。

她好几次失眠都会在微博上发状态，商陆也不确定是更希望她有个好觉，还是更希望她失眠了陪她聊会儿。即便不能通过微博听到她的声音。

2009年微博刚兴起，赵伯言这种尝鲜分子自然第一时间号召所有人互粉，向南星也被赵伯言招了安。

短短几个月时间，这些人的微博粉丝都破了几百，唯独商陆，赵伯言硬替他注册了账号，但他从没发过状态，粉丝目前也才十几个，活得就像一个"僵尸博主"。

上线一看，向南星三分钟前居然发了状态。

星仔很英俊："究竟什么时候才可以不学生化？下下周考试，现在还在背公式。"

商陆直接在这条底下留了言。

用户1009384："明天周末，回家吗？"

看来向南星是打算通宵复习，没一会儿他就收到了回复。

星仔很英俊:"回啊。初冬的外套我都收起来不穿了,得带回家洗。"

用户1009384:"我明天也回家,帮你补生化。"

星仔很英俊:"商陆?"

敢情她还不知道这位"用户1009384"就是他,商陆暗自决定一会儿就给自己改个微博名。

向南星周六一早就回了家。

商陆昨晚告诉她,他早上还有点事,下午才能回去。

但向南星这一早上也没闲着,看了会儿书,便分心照镜子去了,犹豫着见商陆之前要不要化个妆。

迟佳在她们寝室带头研究起了化妆,向南星也跟风买了几样化妆品,但一直没上脸试过。

向南星刚从镜子前回过神看了会儿书,又忍不住摸过手机,去看自己微博的最后一条留言。

用户1009384:"周末两天陪你。"

向南星抱着手机咬文嚼字半天,希望他的意思是和她约会,而不是陪她复习。

向妈进屋发现闺女换了新手机,没来得及问,就已经先行被闺女带回来的一堆初冬外套弄得很不情愿:"我怎么生了你这么懒的闺女……"

"冬天的外套很难洗的。"向南星作势拿起生化书,头也不回地说了一句,"谢谢妈!"

向妈也就只能任劳任怨了,把衣服抱到洗衣池,先分类,顺便清一清兜里有什么零碎物。

一边清兜,一边琢磨着哪些能丢到洗衣机,哪些得手洗,琢磨着琢磨着,却突然一愣。

向妈就这么从一件外套里摸出了一张酒店的押金条。

闺女兜里怎么有这玩意?

这已经够令向妈匪夷所思了,然而更匪夷所思的还在后头。

押金条的签名落款处，分明写着商陆的名字。

向妈冷着脸，差点拿着押金条去向南星房间，却在推门而入之前，被两下门铃声打断。

怎么专挑这时候来串门？

向妈一脸愠气，可犹豫了一下，还是掉头先去应门。不料门一开，罪魁祸首就站在外头。

还真是说曹操，曹操就到。

向妈拿着押金条的手背在身后，押金条一角早已被捏皱。

这位"曹操"偏还一副不觉危险将至的淡然面孔："阿姨，向南星在吗？"

向妈没吭声。

直到这时，商陆才从这不知何意的静默中嗅出不对劲，再看向妈的眼神，分明是在要将他千刀万剐，还是将他请进门去、好生语重心长一番之间摇摆不定。

僵持略久，商陆不得不开口又问了一句："阿姨？"

向妈这回终于动了，却是直接就把那张押金条塞进商陆手里："我去买菜！"

说完便撇下商陆，抄起门边玄关柜上的零钱包，这就要出门去。

看那怒气冲冲的模样，商陆侧身让出门前的道，目送向妈一路头也不回地下楼。

待向妈的身影彻底消失在一层层的楼梯间隙中，商陆才心有余悸地收回目光，低头瞧瞧向妈究竟往他手心里塞了什么。

摊开手心一看，一张有些熟悉的押金条，押金条上还有他的签名。

商陆当即两眼一黑。

卧室里的向南星，则早在向妈把一堆脏衣服抱出房间的那一刻，就已经扔了书，翻出她的小化妆包开始研究。

女为悦己者容这话不假，化得漂漂亮亮的去见许久不见的男友的心思，在这一刻早就打败了对期末考试的焦虑。可惜对于向南星这样的初学者来说，这瓶瓶罐罐可比生化书都难啃。迟佳的化妆水平向南星是不敢恭维的，所以她就没打电话去向迟佳请教。

印象里几次在学校偶遇邹然，邹然倒都是化着十分赏心悦目的妆容，可惜她又不能打电话去问邹然。没熟到那份上。

邹然现在大四，估计正忙着实习，没时间搭理她这点小事。

就在向南星对着镜子胡乱化到一半时，卧室门被人推开，向南星还以为是她妈，估摸着自己在脸上瞎捣鼓，她妈肯定要问，索性先发制人："我们系下午安排了活动，得带妆出席。"

回应她的却不是向妈的声音——

"这么糊弄你妈真的好吗？"

向南星手一抖，差点被眼线笔戳到眼睛。

定睛一看，门口站着的是商陆，正揶揄地看着她。

对向妈说谎眼都不眨的向南星，被对象挤对反倒有点不好意思，刚要抓抓头发，才想起向妈还在家，又忙不迭放下手里的东西，冲过去把商陆拉进门，顺便把门关上。

她一副谨小慎微的模样，就差伸手去捂他的嘴："你小点声，被我妈听见可不好。"

商陆脸上的愁容一星半点："你妈买菜去了。"

向南星不知道他怎么莫名绷着一张脸，只顾自己纳闷："她不是应该在帮我洗衣服吗？"

商陆脸上那一星半点的愁容终于在这刻化作一声叹气。

向南星见他叹气，正纳闷，商陆就把她的手牵了过去，往她手心里塞了一张纸。

"看来这个就是从你衣服里翻出来的。"

向南星一脸茫然地展开来看，押金条右上角的酒店LOGO一入眼，向南星的表情瞬间定格。

沉默半响，向南星再抬起头来时，嗓子眼已经紧到细若蚊鸣："我妈什么反应？"

商陆认真回忆了一下，向妈当时的表情太过复杂，岂是三言两语能描述清楚的?

他的目光在向南星脸上顿了顿:"她这会儿可能不是去买菜,而是去买菜刀。"

向南星当即人中拉长,一脸惊恐。

一直故意板着脸的商陆终于没绷住,一把搂过她,手臂环绕着那盈盈一握的腰,脑袋埋下去,鼻尖在她颈窝轻蹭,伴着笑。

"大不了新买的菜刀直接架我脖子上,让我现在就下军令状,毕业就娶你。"

这笑话真是够冷的。

向南星一方面被他鼻尖蹭得有些痒,就没配合着假笑出来;另一方面,又想到他在实验室里对纪行书说的那番话,更笑不出来了。

赶紧把思绪拉回来,不然肯定被他瞧出什么异样。

向南星推他,把他从自己的颈窝处弄开,语气也学着他:"你就放心吧,与其猜我妈是去买菜刀的,不如猜她会再送你几盒免费的安全套。"

商陆冷不丁被她推开,愣了一下才摇头道:"这次估计没这么好待遇。你不是跟你妈说我不喜欢你吗?不喜欢你还跟你在一起,你妈可不得砍了我这个渣男?"

不承想他一句自我调侃,反倒令向南星陷入沉思。连向南星都不知道他究竟喜欢她什么,而且喜不喜欢她,她妈又怎么会清楚?

向南星倒也不傻,眼珠一转,突然提议:"我妈待会儿肯定要拷问你,要不咱俩先演练一下?"

"兵来将挡,水来土掩。"

商陆倒是不入她的圈套,向南星想了想,索性耍赖,直接把商陆拉到写字台前,她坐下,让他站着。

向南星跷起二郎腿,学向妈的语气,张口就来:"说吧,你俩什么时候开始的?"

向南星心里还在盘算,应该是迟佳生日那天,也就是二月中下旬,至于具体是哪天……

商陆竟然想也没想就答道:"今年2月19号。"

向南星眼睛一眯,是真的诧异。不过想想他记忆力一向惊人,准确记得日子也不足为奇。

再者,她真正想问的也不是这个,向南星不动声色地抿了抿唇:"你之前不是一直都不喜欢她,甚至拒绝她了吗?怎么突然又喜欢上了?"

商陆本还低眉顺眼地配合她演戏,此话一出,他却豁然抬了头,挑起一边眉梢觑她,似乎在质疑她问这话的动机。

向南星保持着向妈的架势,并不退让。

商陆给出了一个模棱两可的答案:"我也不知道。"

向南星不干了:"认真点!"

商陆却一脸坦然:"我是真的不知道。"

向南星却并不罢休:"那你喜欢她哪点,这总说的上来吧?"

商陆显然已经没把她当作向妈了,只面不改色地反问:"这个问题,你自己不早就给过答案吗?喜欢你貌美如花。"

这回向南星可是不满到直接站了起来:"说正经的!"

太敷衍了!

商陆沉下来看她的眼睛。她眼里的不满他感觉到了,可她这个问题,三言两语哪儿说得清?

真要严格区分起来,他喜欢她的那些点,若搁在别人身上,他分明是很讨厌的,可为什么偏偏搁在她身上,一切又都成立了?这在逻辑学上简直是个悖论。

可她这么小心隐藏着急切,只为等他一个答案,商陆快速组织了一下语言:"其实……"

却在这时,二人耳边同时响起"砰"的一声关门声——向妈回家了。

向妈故意弄出这么大动静,就是为了提醒屋里那两个年轻人,长辈已经回来了,记得收敛着点。

屋里的这两个年轻人也十分配合,彼此都来不及交换一个眼神,已第一时间各自散去。

商陆转眼就出了向南星的卧室,向南星本想跟出去的,到了门边又陷入犹豫,最终任由商陆一个人"赴死"去了,自己躲卧室里"苟且偷生"。

商陆这一踏出卧室门,还真的彻底杳无音信了。向南星特地开了一道门缝,耳朵贴着门缝都没听见外头有任何动静。就算她妈真的把刀架在商陆脖子上,逼商陆下军令状,也起码会有点动静不是?

就在向南星快要忍不住探出脑袋去一窥究竟时,向妈终于打破了沉默。

"你俩什么时候开始的?"

果然知母莫若女,向妈开口第一句竟和她之前演练的一字不差。

向妈这么一问,向南星好歹松了口气。

屋外的商陆还是一贯地安之若素:"今年2月19号。"

向妈的态度却并没有因此缓和:"你之前不是一直都不喜欢她,甚至还拒绝她了吗?怎么突然又喜欢上了?"

在卧室门边躲着的向南星不禁咬手指,满心祈祷商陆别跟刚才演练时一样,说他不知道,随便编个理由先应付过去也行啊……

"我也不知道。"商陆说。

向南星忍不住翻白眼。

想必客厅里的向妈脸色只会比她更差。果不其然,向妈的语气中俨然已暗藏杀机:"那你喜欢她哪点,这总说的上来吧?"

他要敢说喜欢她貌美如花,那可真是渣男无疑,看她妈不砍死他。向南星已经开始为他默哀。

然而同一个问题,向南星问出口,他答得那么迅速,向妈问出口,商陆却沉默了很久。

"大概我就喜欢她,明明让我特别生气,却拿她一点办法都没有吧。"

向南星琢磨着这肯定不是什么好话,果然越琢磨越觉得他的潜台词是,她脸皮比较厚,惹他生气还有恃无恐。

让她妈砍死他得了,向南星绝不出去营救。

"就像第一次见面,她说我的名字是种治痔疮的药,我真的很生气,院子里的同龄人开始拿这事取笑我,她却跑去找人打架。"

咳……这事向南星倒记得，毕竟那一架曾让她在院子里一战成名。

向南星还记得被她抓破脸的那个小混混叫黄柏，最喜欢在同龄人里搞孤立那套。

那之后黄柏的家长就到处跟人说，以后见到向大夫家的闺女要绕道走，企图孤立向南星。殊不知她本来只是去找黄柏理论，希望他能向商陆道歉，是黄柏先推倒她，还踹她，她才爬起来抓花他的脸。

可惜黄柏直到搬走前，也没能成功孤立向南星。

向南星一旦心里起了坏水，想出的招一个比一个损，黄柏不是嘲笑商陆是治痔疮的吗？她就让全院子的小朋友都知道，黄柏是用来治脚气的。

院子里的小朋友们渐渐达成了共识——碰上向南星或许会被抓破脸，碰上黄柏可是会得脚气的。

想当年自己还真是幼稚，向南星有点不想再回忆这些，怎料商陆又开了口。

"还有一次，我把养的兔子给她照顾，她却让您把兔子炖了，我跟她绝交，她竟然开始每天给我画一幅兔子，一画就是一整年。"

这事向南星可不认，这事不能怪她。

有一年暑假，向爸打电话给在家做暑假作业的她，说商陆一会儿会送只兔子过来，商陆把兔子交给她时没解释清楚，她琢磨着商陆一点也不像会养兔子的人，商陆姥爷那段时间又经常往向家送点新鲜食材，有时是自己钓的鱼，有时是土鸡土鸭，向南星自然以为那只兔子也是送给她家吃的。

之后商陆打电话来，让她记得每天给兔子喂点草，向南星才后知后觉地冲进厨房。可那时兔子已经下了锅，飘着香，既然商陆特地嘱咐她喂草，她也只能往兔子身上撒一把葱花了。

此时此刻的向南星躲在卧室门后，无奈抚额，只求往事不要再提。

客厅里也一度陷入沉默。

半晌后，向妈问道："你的意思是，我闺女一直缠着你，你才勉强……"

向妈的思考方式俨然和自家闺女保持一致，语气里满是不乐意。

"不是的阿姨，我不是这个意思。"

商陆打断向妈，语气里带着点解释不清的急切。

这还是向南星第一次见商陆陷入百口莫辩的焦急，往常的他明明是不屑于解释一切的个性。

"我的意思是，我一直不擅长也不喜欢和外界打交道，其他人或许尝试一两次之后就会打退堂鼓，可她不，她愿意一直试图走近我。"

商陆终于找到了合适的语言，描述这几乎是悖论的情愫："如果没有她，我可能会一直躲在自己的世界里。"他停顿的那一刻，向南星的心都被他提起，所幸他没让她等太久，"可是有了她，我愿意走出来看看。"

喜欢的理由，就是这么简单。

这番话，向南星听着，触动归触动，但她其实更关心按照流程，接下来她妈是不是就该让商陆下军令状，毕业娶她了？那她是答应好呢？还是推辞一下再答应好呢？

然而这个节骨眼上，向妈反倒跟向南星思想不一致了。

商陆这番话虽因翻了太多旧历史，没能百分百感动向南星，但显然，百分百感动了丈母娘。

又或许向南星还没到她这个年纪，还不懂为了一个人愿意走出自己的舒适区，是多么难得的一件事，以至于向南星也不太懂她妈，怎么突然语气一百八十度大转变，变得就像认定了这个女婿似的，满腔丈母娘式特有的温柔。

"我们做父母的呢，不会管你们太多，顺其自然就好，不要有压力。"

"谢谢阿姨。"

然后呢？就没了？他的军令状呢？

向南星正指望着屋外再传出什么动静来，屋外倒也确实很快又有了动静，却是朝她卧室走来的脚步声。

向南星耳朵一紧，这就要掉头跑回写字台前坐着，好让她妈进屋后瞧见她两耳不闻窗外事，一心只读圣贤书。可惜她脚下刚一动，房门就被推开了。

推门而入的不是她妈，而是商陆。

向南星离他正好一臂的距离，他一手合上门，一手就把她搂了过去。

向南星下意识就要推开他，毕竟万一她妈这时候进来……可一感受到他的心跳，就忘了这茬："你心跳好快。"

他竟然怕她妈？真看不出来，他刚才明明在客厅里那般沉稳应对。

商陆却没放开她，反倒搂得更紧，让她脑袋侧在他胸前，听他的心跳一点一点缓和如常。

真希望时间就停在这一刻，抱着她就很安心，可惜偏偏有人要破坏气氛："那我们下午是不是可以明目张胆约会去了？"

向南星挣出脑袋，仰头问他。

总觉得他这段时间又长高了，之前这么仰头看他时，似乎并没有现在这么吃力。

可惜面对她希冀的目光，商陆却给出了否定的答案："不行。"

向南星满脸的希冀瞬间被疑问一扫而空。

"今天下午的任务，是帮你突击复习生化。"商陆的目光越过她肩头，看向写字台上那一堆她装模作样带回家、其实压根没动过的练习卷，"等你练习卷考过九十分再约会。"

向南星当即一把推开他："什么？"

"你一谈恋爱成绩就下降，你爸妈以后还敢把你交给我？"商陆回答得一本正经。

虽说挺有道理，但依旧不能阻止向南星伸手去乱揉他的脸，以解心头之恨。

"你每天都那么忙，好不容易有两天时间陪我，不抓紧约会的话以后又没时间了，下学期你还要出国，你让我……"

向南星说着说着没了声，咽口唾沫，抬眼瞄他。

他分明听清了她说的每一个字。

向南星的手从他脸上自觉撤了，搓着后颈随便在房间里找些别的来看，就是不看他。

商陆一直没吭声，默默看她，也不知是在等她解释，还是正想着他该怎么解释。

第三章 我有个恋爱想和你谈谈

按兵不动这招向南星一向使得不溜,她被他的沉默搅得心烦意乱,索性直接说重点:"我不管你是怎么想我的,总之我百分百支持你出国。"

商陆这时终于有了动作,却是稍稍一扬眉,似乎在反问她:你确定?

向南星撇撇嘴,她内心深处确实有点不乐意,但是——

"反正我看得很开的,你出国深造如果比留在国内有前途,那你就走,你不走我也会把你赶走的。至于你以后还回不回国……"

"如果你回国,我就等你。"

商陆分明因为她这句话屏了屏息,眉心也微微一拧,眼看下一秒就要忍不住一把抱住她了,她的后话却彻底掐断了他的念头:"如果你不回国……男朋友而已,我大不了重新找。"

这回商陆的眉头可是彻底拧成一团了,音色也随之一沉:"重新找?"

向南星反应过来,五官都懊恼地皱在了一起,她怎么一不小心把大实话说了呢?

眼看他眉梢眼角噙着一丝寒意,步步逼近,向南星连忙摆手:"重点不是这句!重点是前一句,我百分百支持你的决定!"

显然对于商陆来说,后一句才是重点,他转眼已把她逼到背靠写字台,再无退路。

"那你倒是说说,你想重新找一个什么样的?"

他装出一副虚心求教的模样。可谁知道万一她真的说出口,他会把她怎么着?

当然向南星一时半会也想不出能接替他的人,该是一个怎样的具体形象,当下被他这么紧迫地逼人,她也不敢分神去想,保命要紧:"不找不找,谁也没你好!"

这个答案不知他满不满意,虽然脚步停下了,但也没见他因此舒展眉心。反倒是向南星,明明是她保命的托词,却把自己说愣了。

是啊,这个世界除了他,还有哪个男的带姑娘去开房,却忍得住什么事都不做?除了他,哪个男的好不容易有时间和女朋友约会,却把所有时间都用来帮女朋友复习？

向南星的思绪就这么扯远了，商陆直接将她拦腰一抱放在写字台上，把她连人带思绪一同占领。她被他抱坐上桌面后，视线也因此高了，带着一点仰视的角度和他对视。

"我不会让你有机会重新找的。"

他看着她的眼睛说，要她记到心里去。

他刻意放慢语速，似要将每个字都烙在她这儿，向南星囫囵应道："你去多久我都等你，你做什么我都支持你，我发誓，行了吧？"

向南星虽应得囫囵，但确实不是胡乱应付着说的，她真的相信他无论做什么，都是对的，即便是一条错的路，他也可以把它走成对的。就如他退学重考那一次，如他未来会做的每一个决定……

只是向南星没想到，她这么快就被自己的盲目打了脸。

她考完期末考试，安心等成绩的这段时间，商陆他们的叶氏清影实验室捷报连连，手持式影像设备也很快顺利进入了最后测试阶段。

向南星不知道他究竟是怎么兼顾生医和数学这两个很难的专业的同时，还有时间在实验室里搞科研的。倒是有了任何成果，他都会第一时间和她分享。

叶氏清影的手持式成像仪在六十名心外、妇产等病室的病人中进行了测试，清晰度完全可以比肩目前的行业标杆——东芝的cybest图像处理装置。

除了他们实验室的人，向南星是第一个知道的。

手持式成像仪在一名主动脉瓣膜增生患者身上，成像水平甚至超越了常规的超声诊断产品。向南星是第一个知道的。

这款产品量产之后，可以填补目前国内医疗市场紧缺的微型诊断成像仪器这一块空白，不少医院都向他们实验室抛来橄榄枝，包括商陆曾经得罪过的阜立第一附属医院的心外主任汪洋。向南星也是第一个知道的。

向南星收到他这通电话的时候，已经临近深夜，商陆从早忙到晚，也就临睡前有时间和她通个电话。

向南星想到这位汪主任曾经干过的好事，嘴上就没好话："再好的仪器落到他手里也没用,刚愎自用的所谓的专家。"

电话那头的商陆反倒笑了:"你怎么提起他比我还生气?"

"算了,不提这个。"向南星最近形成了每晚在被窝里等他电话的习惯,她在被窝里翻个身,话题也翻了篇,"未来的科学家,你下学期就要交换留学去了,实验室舍得放你走?"

向南星本打算揶揄他,不料却被他简短的一句话彻底噎没了声:"我下学期不去交换了。"

向南星愣了三秒,掀开被子就坐了起来:"什么?"

"谁让我女朋友说,我一走她就要重新找呢?"

商陆的语气,压根听不出是真是假。

向南星瞬间脸色一变:"你开玩笑还是说真的?"

商陆没回答。

向南星却已经坐不住了,她这人一旦轴起来,甭想脑子能转过这弯,直接起身开始找羽绒服:"你在学校?你等着,我找你去!"说完"啪"地就挂了电话。

向南星很快就拎着羽绒服、帽子、围巾出了卧室,心里虽急,但也知道蹑手蹑脚不吵醒隔壁房间的爸妈。

直到最后出了玄关,小心翼翼关上门,才彻底放开脚步,一路闹腾下了楼梯。

当然这一切都是向南星想当然,她实在是高估了老房子的隔音效果。

向爸向妈其实早在自家闺女大半夜惊呼了一句"什么"的那一刻,就已经被吵醒了。

向南星走出卧室的时候,向妈就要起身出去逮人,却被向大夫拦住,低声道:"八成是找商陆去了,随她吧。"

向妈坐在床边犹豫了半天,直到外头不再传来任何动静,看来自家闺女已经出门了,向妈五味杂陈,回头就照着向大夫脑袋来了一巴掌。

可把向大夫委屈的,捂着后脑勺半坐而起:"是女儿偷溜出门,你打我干吗?"

向妈一脸愤懑地躺回去,被子全扯到她那一头,就留个被角给大夫:"有其父必有其女,你当年和我谈对象的时候不就总半夜溜出家门?"

当向大夫还在试图扯回一点被角时,刚跑到楼下的向南星却停住了一路风风火火的脚步——商陆就在楼底下等着她。

他虽穿着一身黑,防寒服的拉链也严实地拉到下巴,几乎只露着半张脸,可那颀长的身影,向南星还是一眼就认出来了。

愣了几秒,向南星当即走过去抬脚踹他,可惜被他轻松避开。

商陆顺势把她搂过来,把她的手搁进自己口袋里握着。

夜里真冷,她真暖和。

"你故意的!激我出来,你好在这儿守株待兔?"

向南星试图把手抽回来,反倒被握得更紧。

"我下学期真不出去了。"

他说话时呵出来的气都是凉的,正呵在向南星耳朵上。

估计刚才打电话给她那会儿,他就已经在楼下待着了。

向南星在他身上蹭了蹭耳朵,才勉强蹭去了寒意:"我都说了我那是开玩笑的,你当真怕我给你戴绿帽子,宁愿不出国?"

这么儿戏?一点都不像他。

她这回试图抽回手的力度可比之前大了不少,看来是真恼了,原本要笑不笑的商陆终于正了脸色,任由她的手从他手心里挣脱了去,却不是因为她力气大,而是他得空出手来,捧牢她的脸,免得她一生气跑上楼。

楼道里的感应灯灭了,又因商陆的声音而亮:"我打算尽快读完大学,尽快出国读完研,尽快回国……"说到这儿却一顿。

他分明藏了话没说,向南星被他捧着脸,只能这么一动不动地看着他:"尽快回国干吗?"

也不知是因为声音里裹挟了这夜里的寒气,还是被他此刻的目光感染,向南星的声音不自觉地紧绷。

他终于又开了口:"尽快回国……造福国人。"

向南星真想一脚踹死他。

可惜她还没来得及抬脚,他的目光就变了,变得那么郑重。

向南星哪儿还顾得上踹他,已经下意识屏住了呼吸。

"以及,娶你。"他说。

向南星的脑子都僵住了。原本冻得发麻的耳根,如今却烫得不行。她也分不清自己此刻是何种心情,有点意外,有点迷茫。

"可咱们现在才二十岁……"但他分明已经规划得很清楚。

"我提早一年读完大学,硕博三到五年,当然如果超过这个时间我还没能毕业,只能证明我水平不行,到时间我一样会回来。"前一秒还在低眉算时间的他,后一秒,忽然抬眸,望进她的眼睛,"那时候你正好二十六岁。"

"二十六岁以后的人生,交给我负责?"

这哪儿是在看着她的眼睛,分明要看进她心底里去。

商陆朝她伸出手,等她和他拉钩。

无论她相不相信,他对未来的规划里有她。一早就有。

相较于他的笃定,向南星倒显得犹豫了。

和商陆相比,她一直是那种按部就班的学生,到什么年纪做什么事,不超前,也不落后。学业如此,感情亦如此。

可迎着他的目光,向南星突然也很想疯狂一次。

她呼了口气,凝结成的气雾在冬夜里散开的那一刻,给出了答案:"你真的能提前一年毕业,我就答应你。"

原本紧绷到没有一丝表情的商陆,先是一愣,然后突然就笑了。

提前一年毕业对于他来说不是难事,看来他可以拿出兜里的东西了。

他防寒服的兜很深,刚才把向南星的手塞进兜里暖着时,向南星都没发现他兜里竟还藏着一枚铂金戒指。

他突然摸出戒指的那一刻,向南星吓了一跳。

他这都准备了?还真是在守株待兔……

戒指的样式很简单,也不带钻,可即便是普通的情侣对戒,她戴在手上也不好向爸妈解释,想到这一点,向南星就莫名紧张,搓了搓手。

他瞧见她的小动作,拿戒指的手在这时一展开,戒指坠下的同时向南星才发现,戒指是坠在一条项链上的。

商陆好似将她猜透了:"放心,不让你戴在手上。"

将她脖子上的围巾一圈圈解开,为她戴上项链,戒指正好能藏到衣服底下。再重新为她系上围巾,戒指和项链都彻底藏住了。

"以后都这么戴着。"

向南星用力点点头。

这听话的小样,商陆捧起她的脸,笑着吻住。

任他再高山岭雪,也终究会为了一个人,大雪初霁。

其实商陆早在和纪行书谈过一番心之后,就向系里提出了提前毕业的申请。

他的行事作风历来如此,认定一个方向之后,就会拼尽全力。无论对人,还是对事。

叶氏清影的项目,他从实验室助理升到助理研究员,和纪行书一起负责优化控制算法,实现了设备的智能控制——这个概念也是他提出的。加上他大一大二的成绩摆在那儿,系里直接给他开了绿灯,把他的申请上报到教务处,很快获得了批准。

他只要成功修满学分,过掉考试,大三就可以报毕业设计,参加答辩。

至于出国,蒋方卓建议商陆申请加州大学伯克利分校,毕竟蒋方卓有这个便利,可以为他引荐导师,但商陆自己更倾向于哥伦比亚大学。

哥伦比亚大学几乎拥有东海岸最好的AI研究设施和最活跃的研究小组,也是最先开展AI领域跨学科研究的院校。国内的高校,人工智能顶多是计算机或自动化下属的一门二级学科,而在哥伦比亚大学,AI的跨学科研究已趋近成熟。

最关键的是,哥伦比亚大学的AI医疗研究小组目前正在组建,没有那些传统学科的研究小组那么强势,商陆作为一个本科非哥伦比亚大学的学生,更有机会融入其中。

蒋方卓知道这个年轻人一向清楚自己要什么,不会被任何外界的声音左右,这性格未来会不会害了他,蒋方卓不敢断言,但现阶段,年轻人的这股执拗劲,更多的是令他羡慕。

商陆做出这番决定,自然也是深思熟虑后的结果。

能得到这么多资讯,多亏了当年和他一起去汶川的叶氏团队中那位黑人小姐姐。她还把商陆拉进了哥伦比亚大学的一个线上小组——这些都将成为他进校后的资源。

不承想这个小组里,邹然也在。

邹然大三时,在哥伦比亚大学交换留学过一年。当年在汶川时,邹然和黑人小姐姐还没那么熟,但交换留学那一年,二人火速成了好友。

和商陆一向目标明确一样,邹然的交友也一向很明确,很有目的性。

邹然虽交换一年期满后就回了国,但她国内本科毕业之后,去哥伦比亚大学几乎是板上钉钉的事,就算今年不过,明年也会再考。

得知商陆也想申请哥伦比亚大学,蒋方卓似乎更建议商陆去加州大学伯克利分校之后,邹然在微博就开始发一些关于哥伦比亚大学的消息。

就在前天她还转发了一条有些冷僻的新闻——哥伦比亚大学冷冻电镜实验室的最新研究成果,邹然以此作为发散,感叹哥伦比亚大学的研究氛围和包容性令她无比向往。

可惜她关注的那个"用户1009384",似乎不是商陆在用。

商陆的这个账号还是赵伯言告诉她的,可据她最近一段时间的观察,这个账号更像一个僵尸号。幸好他俩还在一个线上小组,见商陆难得上线接收黑人小姐姐传给他的文献资料,邹然终于有机会约商陆一起去上托福班,可惜被他拒了。

"我最近在赶毕业设计,恐怕没时间。"

商陆上线接收的这些资料,确实是他毕业设计会用到的,邹然倒不觉得这是借口。

邹然作为学姐,又同是广东人,关心学弟似乎也说得通:"我可以把托福班的资料先发给你,你有时间了我再带你来试听一节课?"

要赶在明年一月春季入学的话,就算他学习能力再强,现在也该开始准备GRE和托福的考试了。

邹然正等着商陆的回应，听筒里却突然传来一个姑娘的声音："跟谁打电话呢？"

那头的商陆似乎把手机拿远了一些，对那姑娘解释时的音量明显低了不少："邹然。"

邹然的脸色一滞，商陆这么说，看来那姑娘认识她？

邹然的脸色虽明显垮了，但说出口的话却还是温柔如常："刚才在你旁边说话的是谁？我认识吗？"

"我女朋友。"商陆答得很是理所当然。

而商陆的这位女朋友，此时俨然已凑到手机旁，冲电话这头的邹然热情地打招呼："邹学姐好！"

邹然这回终于听出来了，这姑娘是向南星。

商陆挂了电话，继续忙着归纳他刚接收的文献资料。可向南星总觉得他是在假忙，免得她开口问他刚才那通电话是怎么回事。

就在向南星眯着眼，在他座椅后头逡巡到第三轮时，商陆不得不合上电脑，回头瞅她："大人有何高见要表？"

她这架势，可不是堂上的大人审问堂下的犯人？

向南星终于停下逡巡的脚步，狐疑的目光却没停，眯着眼审视他的每一个小动作："邹学姐经常给你打电话？"

时间一晃过去这么快，他下个月就要答辩了，可他这女朋友压根没怎么变，刚才凑到他手机旁冲着邹然喊的那句"学姐"，分明是故意的，小心思还挺多。

"最近是挺经常的。"商陆是实话实说。

临毕业了，商陆最近都是家和学校两头住，向南星期末考试比他毕业答辩的时间晚，目前还得留在学校复习。今天好不容易趁着周末回家一趟，来他家找他，却差点捉到奸——如果邹然打来的那通电话也算奸情的话。

"我原来还不觉得学姐对你有意思，但她最近在微博上发的那些东西……"向南星煞有介事地摸着下巴，"绝对有问题。"

邹然发的那些微博，商陆看都没看，向南星倒是一条不落。

"我对她没意思就行。"

向南星观察他的眼神,很坦诚。可向南星转念一想,刚放松的表情又凛了起来:"她也要去哥伦比亚大学?"

"她不一定考得上。"

这么自负,这么讨厌,向南星认识的人里他绝对数第一。

向南星正要再开口,商陆却突然站了起来。他瞅了眼房门,确认门关严了。

既然他在屋里做什么都不会被屋外的姥爷瞧见,那么……一把搂过她,劈头盖脸地亲下去。

真的是劈头盖脸,吻她的额头,她的鼻子,她的唇。

向南星被他突然的攻势震慑住,又被他意图明确的、渐渐滑落到她颈下的吻痒得一回神,一时躲避不及,倒在了他床上。

"你姥爷可在外头……"

话音未落,就被他堵了嘴。

一时之间,房间里只剩下暧昧又濡湿的声音。

终于,吻得她七荤八素,把没见面这两周缺的都尽数补上,商陆才勉强分开一丝距离,改而在她唇上有一下没一下地浅尝:"与其想什么学姐不学姐,不如想想我答辩完,你能送我什么毕业礼物。"

这还是商陆第一次开口向她讨礼物。

向南星倒没察觉到这一点,脑袋已经开始回忆自己的小金库里还剩多少钱:"你想要什么礼物?"

他看着她,不回话。

向南星等了等,等来的却是他的一言不发,不禁皱眉:"你不告诉我,我怎么买?"

他还是这么看着她:"我已经告诉你了。"

"告诉我了?"向南星皱眉反问,他刚才明明没有开口说他要什么啊。

面对她的疑惑,商陆依旧不说话,一动不动地看着她,眸光渐深。

突然之间,向南星读懂了他的目光。

被他压在床上，枕头上都是他平常用的洗发水的味道，此时的她，就这么被专属于他的味道萦绕着。而此时的他，分明在用眼神告诉她——

我想要的毕业礼物，是你。

意识到这一点的向南星，瞬间觉得他此时的眼神哪儿是清隽浅淡，分明是要将她生吞活剥。

当下哪儿还敢和他对视，向南星拳头抵在他肩头，试图推开他："再议，再议。"

她这话，商陆分析半天也没分析出来到底是拒绝还是同意，也就没打算让她起身，照旧压着不动。

屋外的姥爷偏偏在这时，坏了他的好事："南星啊，中午留在这儿吃饭吧，姥爷给你做你最喜欢吃的兔肉。"

商陆一听兔肉，眉头便微微一皱。

姥爷对外孙媳妇太满意，全然不顾自己的外孙因曾经养的兔子柱死，而再也不沾兔肉。

向南星一听，立马扯着嗓子回了一句："好嘞！"

她故意对着商陆的耳朵喊，商陆嫌太吵，自然侧身一避，向南星正好瞅准时机，一把推开他，赶紧起了身，一边喊着"姥爷我陪你去菜市场买菜吧"，一边冲向房门口。

终于可以暂时避开房里那只觊觎她已久的大尾巴狼了，她正准备推着姥爷买菜用的小推车，和姥爷一同出门，却不料姥爷笑着又把那小推车自向南星手中拿了过去。

"这东西怎么能让你个小姑娘拿呢？"姥爷笑着对向南星说完，又转头严肃地冲着商陆喊了一句："商陆！你陪南星去菜市场。"说完又回头来告诉向南星，"你想吃什么尽管让商陆给你买，重东西都让他帮你提，知道不？"

姥爷就这么把商陆分配给她做苦力。

向南星还来不及哭丧起脸，商陆已优哉游哉地从房里踱了出来。

这大尾巴狼，在姥爷面前装得可乖巧了，早收起了刚才在屋里几乎将她生吞活剥的眼神。他接过小推车，把向南星领出门前，还特意问向南星："想吃兔肉是吧？焖烧的，还是椒盐？"

他问这话时，故意慢条斯理，眼睛还微微眯着，姥爷没瞧出来任何异样，向南星却分明读懂了他的言外之意。

向南星咽口唾沫，摆摆手："我也不是很喜欢吃兔肉……"

声音都低了。

商陆看看这知错能改的好学生，嘴上"嗯"一声，推着姥爷买菜用的小推车，领着向南星走了。

从那以后向南星突然开始反思，她在商陆面前怎么就这么厌？她就想吃兔肉，怎么了？再发散思维一下，明明是他追得她，她"勉强"才答应的，他不是应该看她脸色行事才对吗？

偏偏她还不能向迟佳讨教一下御夫之术。迟佳在男生堆里很吃得开，陈默不是也说吗，迟佳的男生缘好到他都怵。

可惜，迟佳至今都不知道她和商陆勾搭到一块去了，现在告诉迟佳，怕是会被迟佳打死吧？毕竟瞒了这么久。

然而向南星显然是多虑了，她周日傍晚一回校，刚进寝室门，迟佳就冲过来，抓着她的肩膀晃："星仔，看不出来你这么厉害？"

向南星差点被她晃散架，顾不上去好奇究竟是什么事，令迟佳激动到尾音都飘了。

迟佳倒是自行挑明了："你究竟是怎么把商陆拿下的？快教教我。"

迟佳和陈默至今还是黏黏糊糊的关系，迟佳憋屈，向南星也看不懂，按道理来说，陈默是喜欢迟佳的，怎么偏就不挑明？

温润如玉的陈默比想象中难搞定，目空一切的商陆反倒容易得手，如今的迟佳看着向南星，眼里只有两个字：敬佩。

虽然迟佳没有要责怪她隐瞒恋情的意思，但向南星还是留了一手，当下没承认，只模棱两可地问："你从哪儿听来的？"

迟佳分明不想在解释前因后果这件事上浪费时间，说话几乎不带停顿，只为赶紧说完："邹然不知道从哪儿听来你是商陆的女朋友，就跑去和赵伯言求证，赵伯言也傻了，还以为是假消息，他去找商陆辟谣，没想到商陆直接就承认了。"

邹然还真是关心学弟的感情状况。

迟佳却不给她分心腹诽的机会，抓着向南星的肩，又开始晃："快说说，你是怎么追到商陆的？"

"他追的我！"

迟佳哪儿会信："哎呀，这都什么年代了，女追男不丢人。"

"真的是他追的我！"

向南星就差指天发誓了，迟佳这才安分下来，好生琢磨一番向南星的表情之后，终于有七成信了。迟佳拉长音"哦"了一声，就没了后话。

迟佳这反应，分明没之前兴致高了，向南星不由反问："你怎么不问问商陆是怎么追到我的？"

迟佳倒也配合，虽然有些失望没能从向南星这儿学到倒追的招数，但还是打起精神来问了句："怎么追的？"

向南星却突然卡壳，回答不上来。明明是她开口让迟佳问的，但迟佳真问出了口，向南星一回想，反倒把自己惊到了——商陆哪儿花过心思追她？既没有送过花，也没有当众表白，更没有任何仪式，也没正经八百约过会。

果然最后还得靠迟佳这个军师给她出主意："你这么好追，他当然处处压着你啦！"

对于向南星总是在商陆面前犯怂这一点，迟佳如是说道。

迟佳还说："对于太轻易得到的东西，所有人都会有恃无恐。就像赵伯言对我，如果我很好追的话，他早就腻了去追别的女生了。欲擒故纵，才是正道。"

这倒是真的，赵伯言虽然长得跟个没发育的中学生似的，但他家境好，又张扬，光他大四时家里给他换的那辆帕拉梅拉，就够不少女孩子倒贴的了。唯独迟佳，赵伯言换再好的车她都不正眼瞧。莫非陈默至今还不挑明他对迟佳的心思，也是出于这番考虑？

大概只有这样，迟佳才会一直对陈默心心念念。

对于这三人之间的一物降一物，向南星觉得自己也得引以为戒才行："欲擒故纵？记下了。"

真是教学相长的好学生，迟佳老师满意地点点头，可转念一想，又颇为无奈地两手一摊："现在说什么都晚啦，你什么都给他了，还怎么欲擒故纵？"

向南星一扬眉，明显没懂。

迟佳并非那种口无遮拦的人，提到这茬还是有点不好意思的，向南星见迟佳突然扭捏起来，实在是心急："说嘛！"

幸好寝室里现在没别人，另外两个室友都去自习室自习了，迟佳一个人留在这儿，就是为了等向南星回校，她好问问向南星和商陆的事，于是犹豫片刻也就招了。

"赵伯言跟我说，有次商陆陪女朋友去看首映，他还帮商陆开了房，让商陆和他女朋友好好……"迟佳尴尬地清了清嗓，把最后那两个字吞了，毕竟迟佳理论经验虽多，但实践经验半点没有，"结果没承想，商陆的女朋友竟然是你。"

向南星终于明白迟佳刚才那话究竟是什么意思了。

不愧是死党，连避重就轻的清嗓声都大致相同："我们那天……什么也没做。"

这可真够迟佳消化好一阵了。

"真看不出来，竟然是个柳下惠。"

这点向南星坚决不认，甚至撇撇嘴："可别抬举他。"

看来这其中有很多故事可以听，加之商陆一向以高冷的形象示人，对于学霸的另一面，迟佳感兴趣得不行。

向南星却只反问了一句："他不是马上答辩吗，你知道他找我要什么毕业礼物吗？"

商陆的毕业答辩很顺利。

走出教学楼时，正好遇上在教学楼前拍毕业照的同学。他是提前毕业的，毕业照都省了，他倒不觉得遗憾。他的心思确实和旁人不一样，毕业对于所有人来说，要么意味着一个美好的结束，要么意味着一个未知的开始——那些正往空中抛着学士帽的学长学姐，脸上洋溢的笑容可不正是此意？可对于商陆来说，他为自己规划的路还很长,早已开始,远没有结束。

但在学长学姐们的衬托下,他多少形单影只了些。

商陆倒不觉得自己孤单,在这时他接到了向南星的短信。

简简单单几个字,在教学楼外的烈日之下,商陆眯了眯眼才看清。

向南星:"通过了?"

商陆:"嗯。"

商陆等了等,向南星没再回复,商陆便把手机揣回了兜里。

他的毕业礼物,也不知她考虑好了没有。

手机刚揣回兜里,就又响了。这回是姥爷打来的电话。

"答辩完了吗?"

"嗯。"

"那是不是今天就回家住了?"

"我这两天实验室还有点事情,可能会晚几天再回家住。"

他说起谎来倒是脸不红心不跳,万一她真的把毕业礼物送给他了,他这两天还怎么回家住?

姥爷也没怀疑,只说:"南星刚给你送毕业礼物来了,要不要我给你寄到学校去?"

偶遇拍毕业照的学长学姐时都没能停住的脚步,终于在这时被逼停了:"什么?"

姥爷说:"是个盒子,包得很漂亮。"

商陆当天下午就收拾完所有行李,回了家。

向南星一言不发送到他家去的礼物,还真是个包装精美的盒子。大概她对他想要的礼物有什么误解,怎么会是个盒子?

商陆回了房间,把姥爷转交给他的盒子随意地放在桌上,摸出手机准备给向南星打电话,想了想又作罢,拿过盒子不怎么客气地拆开,一脸淡漠。

却在拆开盒子的那一瞬,脸色一凝。

盒子里是张房卡。

看来对于他想要什么礼物，她并没有半点误解。

酒店名称和房间号写在装房卡的纸套上，以及——

"九点哦，别迟到。"

是向南星的字迹，很方正很不俏皮的字体，商陆却仿佛能听见她说这话时微翘的尾音，很是生动。

明明一切都按照他所期待的进行着，商陆却莫名有些紧张，捏着房卡的手紧了紧，又松开。

轻飘飘的一张房卡，意味着的责任倒挺重。他倒是想让她一到法定年龄就结婚，当然也只是想想而已，这么说铁定吓跑她。所以说女人就是麻烦，安全感给得不够，不行，给得太多，也不行。而且没有任何前戏就直奔酒店，是不是显得他有点操之过急？

其实商陆赶回家那会儿，向南星刚坐上回学校的公交车。

她今早没课，特地来给他送礼物，都不好意思直接交给他，也不知道商陆什么时候能回家拆礼物，她可是准备了一个大惊喜给他。

她下午得赶回学校，上这学期的最后一堂药理学。从下学期开始，她所在的中医学专业将不再安排西医课程。正好商陆准备出国这段时间，她要开始忙了。

之前的假期，向南星基本没正经实习过，无论是去她爸所在的中医院内科，还是去她爸开的医馆，她都是靠裙带关系，向大夫又向来是自己技艺高超，却没有带徒弟的本事——堂堂一个主任，带出来的徒弟职称还没副主任带出来的徒弟高。

向大夫总说自己心软，做不了严师，向南星最近却一反比上不足比下有余的劲，说想去阜立第一附属医院实习，向大夫倒不觉得自己被闺女嫌弃，还找了自己在阜立第一附属医院的旧同学牵线。

原本阜立第一附属医院并不在向南星的考虑范围内，毕竟商陆姥爷在那儿出过事，她也见识过院长是如何徇私的。

商陆反倒建议她去。

"医院没有错，错的是只看重一己私欲的人。"

在大多数事情上他都比她理智。而且他们都知道,阜立大学07年成立中医系,阜立第一附属医院的副院长张南均功不可没。

张南均是中医出身,老院长临退二线,张南均如果能接任成为新院长,那就有意思了,毕竟阜立至今,还不曾有过中医出身的一把手。

但即便向大夫找了关系,想进阜立第一附属医院实习,也很不容易,张南均显然是个严师,即便他不带实习生,实习生的录用门槛照样由他制定。

向南星去年大二时听中医系的学长学姐们说,阜立第一附属医院的中医部,实习生的通过率基本是十进一,即便是阜立大学的"亲生子",也没有任何后门可走。

在校成绩是实习生的考量标准之一,向南星最近复习算是拼了老命。

向南星的转变,向大夫看在眼里,但他显然把这一切功劳归功到了别处:"早知道就让你俩高中就早恋,那样的话,说不定我闺女大学就在清华上了。"

向妈习惯性拆台:"你当清华是你家,说上就能上?"

向南星一向站在她妈这边,附和道:"就是就是。"

虽然向南星打心底里是赞同她爸的,男友若是交得好,清华不再是梦想。向南星也确实想努力试试,看她能不能跟上他的脚步。

商陆打电话给她时,向南星正坐在公交车最后一排看书。

"礼物我收到了。"商陆说。

那语气,一贯的平淡下似乎藏了丝波澜。

向南星猜他肯定已经把礼物拆开看过了,避重就轻"哦"了一声。

"我想见你。"商陆的声音渐显低沉。

"晚上就能见啦。"

"现在。"

莫非真如迟佳所言,男生到了这个节骨眼,都会猴急?

向南星的手在书角上划拉着:"可我下午有课,最后一节药理课。"

"课上老师会押重点,我没法逃课。"向南星也怕提早见面,自己会破功,"咱们还是晚上九点见吧。"

商陆倒是从不为难人:"好吧。"

向南星不清楚商陆同意的是她的前半句,还是后半句,等她人到了教室,迟佳已经替她占好了座位——最后一排,上课开小差的绝佳位置。

向南星想往前坐,无奈前排的位置都被占满了,毕竟老师要在课堂上押题,谁都想离得近一些。唯独迟佳无所谓。

迟佳的心思早不在这儿了,她只想赶紧混完本科,追随陈默的脚步出国。为了能出国,迟佳辅修的护理学成绩倒是不错,至于中医学,低分飘过,能确保顺利毕业就行。

"赵伯言他们已经在酒店布置了,你看。"迟佳拿着赵伯言送她的最新款iPhone4,划拉着赵伯言从前方传回的照片,"你说赵伯言是怎么想的,他当商陆是女孩吗?竟然把房间弄成粉红色。"

赵伯言送的这部iPhone4,迟佳退回去三次,赵伯言最后恼了,以绝交威胁,迟佳才"勉强"收下。

向南星刚开始还没懂,迟佳这么折腾为了什么?

可迟佳自有她的一套理论,就因为她这么折腾,她既拿到了想要的手机,赵伯言还觉得她和其他姑娘不一样,一点都不拜金。

迟佳的理论永远一套接一套:"他要你就给,他给你就收,那该多无趣。无趣久了,男孩子就腻了。"

鉴于商陆总反其道而行之的个性,迟佳还特别声明:"这道理搁在谁身上都适用,包括商陆!"

于是,在迟佳的建议下,才有了今晚九点的"惊喜"。

可惜就算迟佳是个好军师,赵伯言也不是个好执行,看着照片上赵伯言挂了满墙的粉色气球,连向南星都直摇头:"商陆最讨厌粉红色。"

此话一出,迟佳赶紧低头回复赵伯言:"赶紧把气球换了。"

至于换成什么颜色……迟佳抬头问向南星:"商陆喜欢什么颜色?"

向南星刚想说黑白,又觉得不妥,满屋子黑白,这是开庆祝会还是追悼会?

可当她好不容易回忆起商陆第二喜欢的颜色,却有人抢先替她答道:

"蓝白色。"

此话一出,向南星和迟佳皆是一愣,那声音分明是……

顺着声音源头望过去,果然商陆正从教室后门走进来。

商陆随手翻下迟佳身旁的空座椅,坐了下来。

迟佳眼疾手快,顺手就把手机屏幕倒扣在了桌上。

商陆脸色如常,应该没看见迟佳和赵伯言之间的短信内容。

倒是迟佳反扣手机的动作,商陆注意到了,在这时,他的目光才第一次瞅向迟佳的手机。

向南星吓了一跳,赶紧把商陆的注意力岔开:"你、你怎么知道我在这儿上课?"

说话时却打了磕巴。

迟佳的心理素质可比向南星好,这会儿已经揶揄着笑了起来,替商陆回答向南星:"爱的感召呗。"

商陆倒是从不和向南星之外的女生开玩笑,面对迟佳,答得很是官方:"我帮她复习生化的时候瞄到过她的课表。"

迟佳朝向南星挤眼,很是替向南星开心。

坐在向南星和商陆中间的迟佳,揶揄之外还挺自觉:"我这电灯泡是不是该自觉坐远点?"

商陆一扬眉,心说:上道。

可惜迟佳刚准备和商陆换位置,老师就进了教室。

认出了商陆的那些同学,目光早已黏在了最后一排,老师走到跟前都还全然未觉,因此老师也发现了班里多出了个生面孔。

可惜老师正准备说什么时,商陆已经放弃和迟佳换座位,乖乖坐好。老师对着这位面生的学生也就网开一面。

然而伴随着越来越多的同学发现商陆,交头接耳的声音已依稀可辨——这位早就退学的老同学,怎么又回阜立了?

商陆在阜立的短短一年间,掀起过不小的波澜,加之现在商陆竟和两个女生坐在一块——商陆可是和其中一个传过绯闻的。

同学间的这番小小骚动，终于惹恼了老师，老师在教室里纵观一眼，押题环节瞬间成了课堂提问。

"阿托品的药理作用有哪些？"

老师手里卷着的卷子，一下一下敲着讲台，突然手上一停，下巴点点教室最后一排："这位同学，你来回答一下。"

老师的目光分明已锁定商陆。

商陆稍稍一愣。

向南星刚准备站起来试图混淆视听，反正老师只是下巴点了点后排，说不定叫的是她呢。

不料老师随口补上一句："就最后那排那位男同学。"

向南星就这么半站不坐地卡住了。

商陆倒站起得很是从容。

虽说商陆大一也学过药理学，但老师提问的可是大三的知识点，向南星琢磨着自己现在给商陆弄份小抄还来得及吗。答案应该是，抑制腺体分泌。

向南星刚在笔记本上写下一个"抑"字，商陆已不疾不徐地开了口："抑制腺体分泌，扩张血管改善微循环，松弛内脏平滑肌，升高眼内压，调节麻痹。"

向南星一愣。

"升高眼内压、调节麻痹"这一点，她竟然没复习到，赶紧记下。

然而面对满分答案，老师反倒皱了眉。莫非这面生的学生真是这个班的？

老师不信，又问："哌替啶的各种临床应用有哪些？"

"麻醉前给药，支气管哮喘，代替吗啡用于各种剧痛，以及……"商陆的声音张弛有度，"可与氯丙嗪、异丙嗪组成冬眠合剂。"

向南星原本紧握着笔的手渐渐松了，撇撇嘴。想担心一下他，都不给机会，真是的……

老师也没辙了，摆摆手让商陆坐下。

班上其他同学倒不怎么惊讶，都以为商陆退学重考之后学的依旧是临床。

迟佳却已经忍不住小幅度鼓起掌来。

这可没能逃过老师的法眼，好学生向来有优待，老师拿这男孩子没办法，对迟佳倒是不怎么留情面："迟佳，这次就算了，以后少带家属来蹭课。"

此言一出，全场哗然。

老师是以座位远近论亲疏，同学们一点不加分辨，便信以为真。

向南星倒追商陆未遂的绯闻可是传了很久，怎么商陆如今成了迟佳的家属？

最后一排的三个人则是同一时间拉长了脸。

向南星面对着同学们突然投向她的那一道道饱含深意的目光，已经完全能想象，他们脑子里正如何想象两个闺密是怎么抢男人的。

抢男人抢到了课堂上，刺激。

迟佳赶紧摆手："不是的老师……"

却被老师冲全班喊话的声音打断："好了别吵了，正式上课。"

直到一堂课结束，迟佳也没找着解释的机会，这让迟佳面对向南星怎么好意思？

向南星虽有点不是滋味，但总归是心大："让他们八卦去好了，也不是第一次了。"

当年他们还八卦她倒追商陆不成，把商陆吓得退学呢。反正在大家眼里，她早就是个倒追失败的可怜虫。

眼看老师已经在准备下课，商陆却突然举了手。

老师对这个学生印象蛮好，点头允许商陆发言，虽然他依旧不认为这位学生是这个班上的。

商陆当着全班的面站了起来："老师，您刚才有个知识点说错了。"

当着全班的面被学生撑，老师的脸色顿时不怎么轻松："哪个？"

"就是那个……"商陆一顿。

全班都竖着耳朵在听。

"我其实是向南星的家属。"

他的语气那么理所当然，教室顿时陷入鸦雀无声，向南星又何尝不是傻了眼。

连见惯大场面的老师也足足愣了好几秒,才终于清了清嗓:"下课下课!"

现在这帮学生……就知道胡来!

老师前脚刚走,教室里就彻底炸了锅。

商陆这人,天生带着一股生人勿近的范,其他人只能退而求其次,逮着坐在前排的向南星的另外两个室友,好生问问。

趁着大多数人还没能从他投下的炸弹中清醒过来,商陆拉着向南星直接从后门溜了,任身后风言风语。

迟佳很识相地留在了教室里,虽然没跟出来,发短信的手速却是无人能及,一连发了三句"羡慕死我了",末了还补充一句:"如果陈默哪天能当众对我来这么一下表白,我大概会昏过去。"

刚被商陆拉到教学楼外的向南星不由侧头看看商陆。暂且不论他刚才那算不算表白,被人羡慕的感觉,竟似春风拂面,看以后谁再乱传她是倒追不成的可怜虫!

向南星忍住噘瑟,回道:"你还待在教室里干吗?不去帮赵伯言布置房间?"

"我一会儿再去。这帮人不是喜欢八卦吗?我编一个惊天地泣鬼神的爱情故事,让他们八卦个够。"

惊天地泣鬼神?向南星刚想让迟佳算了,商陆却突然说:"你让她悠着点编。"

向南星慌忙一抬头,他刚才瞄到她的手机屏幕了?

向南星手一抖,都顾不上回复迟佳了,赶紧把手机揣回兜里,抬头窥探他的脸色——无恙。他刚才让迟佳悠着点编的语气,回想一下,也确实是很稀松平常的语气。

向南星这才勉强松了口气,他应该没看到她和迟佳的所有聊天内容。

吃完晚饭,向南星又拉着商陆在学校里瞎逛了一会儿。眼看快九点,迟佳发了个"OK"的短信给她,向南星反倒紧张起来。

"我有惊喜给你。"

向南星虽是笑着说,手指却悄悄绞在了一起。

商陆配合地扬了扬眉,但似乎一点也不惊讶,只是为了配合她。

大概他早就知道她给的惊喜和那张房卡有关，只是他肯定想不到，此惊喜，非彼惊喜。

打车带着商陆到了酒店。一路安静，她多少是有些心虚的。

他透过电梯壁瞧见她那绷得不成样子的脸，倒是笑了："你怎么这么紧张？"

她能不紧张吗？毕竟……

当商陆用她给他的房卡刷开房门的下一秒，原本暗着的房间顿时亮灯。

满屋子的人，配合着手拉花的响声，齐齐冲商陆叫道："恭喜毕业！"

面对一屋子突然出现的人，商陆竟没有半刻的愣怔，甚至很自然地应道："哇，谢谢。"

他那声"哇"，似乎没什么惊喜的成分。

离他最近的向南星刚因此一驻足，还来不及侧眸看商陆，商陆已先行被屋里的人团团围住。

所有人都给他准备了礼物。

商陆的朋友都来了，同实验室的纪行书、蒋方卓也都在。

眼看商陆很快就融入气氛，甚至比其他任何时候都配合，向南星悄悄松了口气。

她挺怕商陆生气的。

只是渐渐的，谁找商陆敬酒，商陆都来者不拒——进入状态这么快，向南星反倒不在状态了。

商陆又干掉了一瓶啤酒，向赵伯言要了送酒的电话号码之后，便脚步虚浮地走去安静的角落打电话，向南星有点不确定地跟过去。

商陆见她跟来，冲她笑笑，俨然已经有了醉意。

"怎么喝这么多？"

其实向南星也不知道自己究竟想听什么答案。

他歪头想了想，破天荒地带了点傻气："因为开心。"

真的开心？

向南星仔细看他的眉梢眼角，却被他搂过去。

"真的开心。"

他很郑重地又回答了一遍，甚至笑着说："其实我自己都很纳闷，我明明应该生气的……"

向南星心里一咯噔。

如果他不是喝了这么多，会不会说这番话？

向南星不知道，但她其实已经隐隐料到他会这么说了，在他进门发现一屋子人的那一刻，在他很不走心地说出"哇，谢谢"的那一刻。

他想要的毕业礼物是什么，她很清楚，却和这帮人一起安排了这么一出，他刷卡进门的那一刻，心情应该是从峰顶跌落谷底吧。

他却说："在听见迟佳对你说，赵伯言把酒店房间全弄成粉色的时候，我其实差点就生气了。"

他用鼻尖蹭着她的鼻尖，说话时带着酒气。

向南星却蓦地僵了，原来他早在下午那堂药理学开课前，就已经知道她今晚的安排了，却还是有了课堂上的那一出。

商陆没生她的气，反倒生起了自己的气："我怎么偏偏对你容忍度这么高？烦。"

这个问题，向南星回答不了他，商陆也回答不了自己。

他的目光，又何止是郁闷。

那一刻，向南星突然舍不得了，舍不得对他欲擒故纵了。

"去他妈的！"

她突然骂了一句粗口，商陆一愣。

去他的欲擒故纵，去他的轻易得到的不会被珍惜。去他的，统统去他的。

商陆回过神来时，已被她捧了脸："我后悔了……"

他此刻扬起的眉，才是真的诧异。

向南星可不管他懂不懂，不由分说地直接把他朝玄关拽去。起码在这一刻，她做的决定，她不后悔。

赵伯言发现商陆不见时，已经是十分钟之后。

他张望着问:"商陆呢?"

喝得醉醺醺的纪行书随口回道:"去厕所了吧。"

迟佳听赵伯言这么问,下意识地去找向南星,然而房间里哪儿还有向南星的身影:"你们看见星仔了吗?"

纪行书还是那句:"去厕所了吧。"

话音刚落,蒋方卓从房间的唯一一间厕所里推门走了出来。

众人目光齐刷刷地望向蒋方卓,皆是一愣。

还是迟佳最先反应过来:"你看见向南星了吗?"

蒋方卓摇了摇头:"她找我借了一千二,之后就再没见过她。"

一千二?所有人一头雾水。

只有赵伯言对这个数字有点印象。这个酒店,这间房型的费用,正好是一千二。

此刻的赵伯言已然半醉,哪儿顾得上替大家答疑解惑,光顾着一边摇晃手里的空酒瓶,一边晕头涨脑地纳闷:商陆十分钟前找他要了送酒的电话,怎么酒到现在还没送来?

第四章

我在等风

  这一夜过后,向南星明白了一个道理,男人说"我会小心,不弄疼你",都是骗人的。
  商陆也明白了一个道理,女友有个不靠谱的闺密,这事有多恐怖。
  等向南星终于在他怀里准备入睡——心理学上说,人在这个时候最容易被洗脑,商陆便瞅准了这个时机,再次声明:"以后别信迟佳那一套。"
  向南星累得不行,胡乱应着,只想睡觉。
  等她再醒来,已经是隔天清晨。
  小说里写的那些情节在脑中犹如烟花绽放,那绝对是骗人的,一觉醒来浑身酸痛,倒确实是真的。她都没办法抬脚踢踢他,问他是不是该趁对面套房的朋友们都还没醒,他俩悄悄回到对面去。
  "商陆?"向南星只能张口唤他一句。
  身旁没有回应。
  向南星这才勉强扭头去看,商陆压根不在床上。

向南星刚皱起眉，就依稀听见卧室外有动静。没一会儿，穿着浴袍的商陆从外头走了进来，一手还拿着毛巾擦头发。

向南星赶紧闭眼。经历一晚的折腾之后，现在又要和他四目相对，她真没做好准备。

商陆没发现她醒了，上了床之后，自行侧了个身，搂着她准备继续睡。

向南星却被他浑身的凉意冻得一激灵，就这么穿了帮。

"醒了？"商陆贴着她的耳朵问。

向南星只能勉强睁开眼，她现在倒是学会反将一军了，不回答，反问道："你刚才去哪儿了？"

"去洗了个冷水澡。"

这得多冷的水，才能洗得他一身寒意？

不等向南星开口问原因，原本好端端抱着她的商陆，突然撒手，转眼就撤到了离她最远的边角。

这一大清早的，鬼打墙了？

向南星此刻顾不上自己浑身酸痛，当即贴了过去："你躲这么远干吗？"

"没躲。"面色如常，死不认账。

向南星突然就想到了迟佳的那句"太容易得到的，不被珍惜"，他就得到了这么一次，已经抱都懒得抱她了？气得她一个起身，直接坐到他身上去，居高临下地逼问："商陆，你到底什么意思啊？这才哪儿到哪儿，你就碰都不愿碰……"

话音未落，向南星却自行收了声，脸色更是一变。

她分明感觉到……

被她死死压着，不再有一丝秘密可藏的商陆终于无奈地叹口气。

她却还顶着一张瞬间绯红的脸明知故问："你洗冷水澡是为了……"

降火？

"我一晚上洗了三次冷水澡，你说呢？"

可惜她睡得太沉，一次也没被吵醒。

商陆说着不忘耸耸肩，看着倒挺无所谓，但身体的反应不会有半点欺瞒。

就算这人能一言不合考清北，提前一年就毕业，但总归不是机器，尤其是在食髓知味之后，偶尔控制不住，也正常。

向南星可不敢再压着他了，下一秒已滚至一边，准备下床找衣服穿："不如我们现在就回对面去？"

迟佳和赵伯言他们应该还在对面套房里，昨晚大家说好了要通宵，谁也不许先走。她和商陆消失这么久，他们也没来个电话，看来都喝大了，管不了这么多。

只是……她的衣服呢？

向南星的目光在床边搜罗一轮，没找着，这才想起她的衣服在浴室那会儿已经脱得一件不剩。可她现在身上就裹了点床单，总不能就这么当着他的面赤条条跑去浴室拿衣服吧？

正不知如何是好时，商陆突然一把抓过她无措的抵在唇上的手。

虽然有些突然，但力度适中，并不显得急切。随后说出口的话，也是不疾不徐的："不如我们……"

此等欲言又止，大概也就向南星能听懂，顿时脸色一僵。

"很疼哎。"

想到昨晚，她还有些心有余悸。

"第二次应该就不疼了。"

他竟挺笃定。这是在以学霸的名义保证？

向南星脸上刚流露出一丝迟疑，他手腕一转，便将她带倒。向南星跌回床上，重新陷于他的桎梏中。

他终于不用再冲冷水澡了。

然而"第二次应该就不疼了"这种鬼话，也就只能骗到她这一次了。

等他俩悄悄回到大部队所在的对面套房时，已经是两个小时之后。

向南星纳闷，她明明一大早被折腾成那样，状态还是出奇得好，像吸饱了元气的小狐狸似的，透过玄关的穿衣镜看自己，脸色白里透红，再扭头去看后脚进门的商陆，更是神清气爽。

其实仔细想想，今早的他，确实比昨晚的他，精进了不少。此等学习和探索的能力，向南星不服不行。

不能再继续回想下去了，向南星赶紧去找屋子里的其他人，分散下注意力。

赵伯言、蒋方卓，甚至从来点到即止的纪行书，如今都喝得烂醉，躺在套房的各个角落，似乎压根就没人发现他俩一晚上不见人影。

向南星小心翼翼地跨过躺在地毯上昏睡的纪行书，一边寻找着迟佳的身影，一边问商陆："怎么你纪师兄也喝醉了？"

纪行书可是向南星认识的所有人里最理智的那个，喝这么醉？不可思议。

商陆倒是不以为然："纪师兄女朋友跟他分手了，他最近状态都不怎么好。"

就是因为纪行书结不起婚，总找他吵架、还和别人相亲的那个女朋友？向南星压下惊讶，尽量不表现出来，内心倒是挺触动。她和商陆分手的可能性……向南星压根想不出来。

所幸向南星很快看见迟佳在哪儿了，也就不再分神想这些不愉快的事。

迟佳在卧室里睡着，卧室门虚掩着，商陆透过这道门缝也瞧见了迟佳："你进卧室睡吧，我睡外头。"

商陆下巴点一点外头的沙发，向南星便蹑手蹑脚地去了卧室。

赵伯言就睡在卧室门口，手还扒着门把手。向南星想越过他，不料赵伯言差点给了她一下。

赵伯言的那一巴掌虽然打空了，但他的喃喃醉语，向南星倒是听得清楚。

"迟……迟佳在里头睡着，谁……谁也不能进。"

赵伯言对迟佳是真的打心底好，喝得这么五迷三道，还记得要帮迟佳守门。这是向南星第一次觉得赵伯言有点可怜。可惜，再可怜，那也是一厢情愿。

迟佳早就开始准备出国事宜，暑假也没见歇着。

向南星通过陈默妈妈得知陈默打算申请密歇根大学，原本一直跃跃欲试的迟佳，查过密歇根大学的资料后，第一次犯了难。

陈默是奔着密歇根大学的全额奖学金去的，然而以迟佳的成绩，想申请奖学金，八成是没戏。自费的话一年需要几万美金，迟佳的家庭根本负担不起。

鉴于迟佳曾经帮向南星出过那些馊主意，商陆最近还挺"爱"听向南星分享一些她和迟佳之间的琐事——他之前哪会对姑娘间的话题感兴趣，尤其迟佳话题三句不离陈默，鬼才愿意听。如今却不一样了，为防迟佳再乱出主意，他也只能勉强听一听，为了能在第一时间把迟佳的馊主意掐灭在摇篮里。

对于迟佳硬要去撞密歇根大学这堵墙，商陆既不认同，也有些为赵伯言鸣不平的心思："陈默要真的喜欢她，她人在国内还是在国外，一点区别都没有。"

反之亦然，陈默不喜欢，送上门的也会被拒绝。

向南星刚想反驳，商陆就用更加有力的论据说服了她："就像我俩。一个在国内，一个在国外，有影响吗？"

好吧，他赢了。

向南星很快开始准备阜立第一附属医院的实习生考试，和迟佳见面的机会也少了，便没再跟进迟佳的近况。

迟佳却突然打电话来告诉向南星，自费留学的事解决了。

"你真让你妈把老家房子卖了？"

迟佳跟向南星提过这茬，但她总归不好意思让家里负担这么重，之前也只是有这个想法，没实施。

"赵伯言把他的车卖了。"迟佳的语气还挺理所应当。

"你疯啦？"

这是向南星自认识迟佳以来，第一次像面对一个完全陌生的人一样面对迟佳。迟佳确实惯使些小聪明，可她之前的小聪明并不惹人讨厌。

向南星这边别扭，迟佳那边也不乐意了。

她打电话来是分享喜悦的，却被向南星浇了一头冷水，语气不由得拧巴起来："又不是我让他卖的，他非得帮我，我有什么办法？"

这样对赵伯言，就不怕遭报应吗？

这话向南星忍住了，没说出口。

"况且我又没瞒着赵伯言，他知道我是为了陈默……"

迟佳的立场很明确了，她和赵伯言分明是一个愿打一个愿挨。向南星想了想，决定不跟迟佳硬碰硬。赵伯言既然已经把车卖了,那肯定打定主意要帮迟佳承担密歇根大学的学费,除非迟佳自己不肯收。

听迟佳在电话里这态度,看来她是打算收下这笔钱。

赵伯言掏了几十万,万一他心怀不轨,打算从迟佳身上换点什么回来,向南星反倒能理解,可万一赵伯言真的不图一点回报,只为了成全喜欢的人,那也太让人心疼了。

半晌,打定主意的向南星突然道:"佳佳,你肯定还不知道,陈默是喜欢你的。"

手机那头的迟佳,瞬间没了声。

"那是陈默亲口对我说的。当时商陆也在场,你不信我的话,可以去问问商陆。"

商陆在所有人眼里可都是天塌下来都不屑于撒谎的,迟佳终于迟疑着出了声:"陈默……什么时候说的?"

向南星没回答,只顺着自己刚理清的思路继续道:"咱们的圈子就这么大,几乎个个都认识赵伯言,万一陈默知道你的学费是赵伯言给的,他会怎么想?陈默这人看起来好说话,其实眼里容不得一点沙子。"

迟佳看来是犹豫了,可还是不忍放弃这个送上门的机会:"那你和赵伯言都别说,不就好了?"

"你觉得这个世界上有不透风的墙吗?"向南星反问她。

向南星这番话似乎真起了作用,迟佳知道了陈默的心意,这更坚定了她要去密歇根大学的念头,她似乎没收赵伯言的那笔钱,不然赵伯言也不会跑到向南星这儿来旁敲侧击地打听,迟佳最近是怎么了,突然不理他。

而赵伯言找到向南星时,向南星正在商陆新租的房子里复习。

商陆在托福班附近的五道口租了个开间,向南星最近有事没事总跑那儿去。

因为每年阜立第一附属医院的中医部实习生的招考内容都是副院长张南均亲自出题,每年的题都不一样。

实习生前半年基本在儿科、脾胃、急诊、中药、外科、妇科、肿瘤科、针灸科这八个科室轮岗,和这几个科室有关的内容,都可能是考题。

向大夫帮闺女整理了这几个科室在临床上最常碰到的问题，却不知闺女拿了他整理出的宝典，美其名曰要在学校复习，图清净，实际上，一天都没回过学校。

她一个人复习，也确实没有商陆监督她效率高。

商陆白天上完托福班，回来就检查她今天复习的成果——

她今天复习的是中医方剂，他就考她中医方剂："扁桃体炎。"

这个向南星刚背过，自然信手拈来："扁桃体炎，属外感风热，或感冒风寒，郁而化热，火热上攻咽喉。宜清热解毒，利咽消肿。取九里明12克，一点红9克，射干6克……水煎服，每日1剂，日服2次。"

看来她今天没偷懒，商陆点点头，随意翻着，看接下来要考她什么，却在翻到"内科杂病类"时，一顿，合上宝典，问道："那……房事昏厥呢？"

向南星刚见他合上宝典，正纳闷着，瞬间也愣了。向南星知道，她最近那什么完了之后，总装睡，他肯定猜到她是怕他再来第二次，他又不好提这茬，竟通过考她这道题……鸡贼。

向南星瞥了他一眼，他坦然得像个刚正不阿的考官。

向南星只能如实答道："精气暴脱，需益气通阳，温阳救逆。制附片9克，人参6克，白术3克，干姜3克……水煎服，每日1剂，日服2次。"

他看都没看答案就把宝典合上了，又怎么知道她回答得对不对？

等他装模作样地重新打开宝典找考题时，向南星打断他："想不想知道欲望过亢怎么治？"

她冲他眯着眼睛假笑，还真是教学相长的好学生，这么一会儿，就知道以彼之道还治彼身。

商陆清清嗓子，原本坐在书桌前一副考官的架势，这时却避重就轻地起了身："赵伯言一会儿过来找我们，家里要不要收拾一下？"边说边背过身去，收拾起散落一桌的书。

向南星可不信，硬让他转回身来听："男子欲望过亢，属肝胆湿热。需清热燥湿，舒肝行气。柴胡4.5克，青皮4.5克，龙胆草4.5克，山栀4.5克，大黄4.5克……"

他租的开间就这么小一块地方，商陆被她缠得无路可退，突然很认真地问：

"吃这么多药，从过允吃成了早衰怎么办？"

向南星毫不谦虚，当然没把这话当真："那我也能把你治好。"

他却似乎当了真，严肃地思考了一阵："不如听听我的方子？"

向南星一扬眉，他还懂得开方子？一看就是唬人的，他现在没那么讨厌中医，已经要谢天谢地了。

他却反拉住她的手，特别正经道："那就是……"他突然弯腰将她打横抱起，"请女朋友帮忙消耗多余的精力。"

他把她扔在床上，密实地压上去，连买药钱都省了。

向南星尖叫着躲开，一点五米宽的床，她差点跌到床下去，又被他眼疾手快地捞回来。他冲她耳朵吹气，她痒得到处躲，又恼又笑的："你不是说赵伯言一会儿来找咱们吗？"

商陆已经去撩她的衣服了，哪儿还顾得上赵伯言："让他在楼下等半小时，哦不，一小时。"

没一会儿，房间里再没动静，只有濡湿的吻，发出细密而暧昧的声音。

天还没黑就这样真的好吗？

向南星来不及思考这些，早在他的攻势下缴械投降。

这时响起的清脆门铃声，如水滴洒在烧红的炭木上，瞬间烧没了影。

向南星刚因门铃声缩了缩肩膀，便被他悉数展开，他看着她的眼睛，分明在说别管它。

向南星倒是做到不管这门铃声了，岂料商陆的手机又突然响了起来。手机铃声可比门铃声大多了，商陆不悦地皱了皱眉，刚要起身关掉手机铃声，门外就传来赵伯言特别不满的嚷嚷："商陆！我知道你在家！快开门！"

床上床下的两人双双一愣。

等向南星把衣服都穿了回去，商陆才去把门打开。

门外的赵伯言贱兮兮地往开间里一瞅，明知故问道："向南星也在啊，没打搅你们吧？"

商陆一张脸面无表情："你说呢？"

第四章 我在等风

年轻人,火就是旺,赵伯言为免自己被殃及,缩缩脑袋,绕过商陆,进屋去找明显更好说话的向南星:"听说你要考阜立第一附属医院的实习生,考上了吗?"

向南星正忙着把她那几件晾在阳台的内衣收起来,头也不回地随口应了一句:"现在才七月,八月才考。"

"哦!我就纳闷了,阜立第一附属医院现在这么牛?光招个实习生都要十进一,以后正式编还不得挤破头?"

赵伯言破天荒地没去嘲笑她此地无银三百两的举动——都知道她和商陆住一块了,阳台上晒点衣服怎么了?

向南星忙着把刚收回来的内衣往衣柜里塞,没觉察出赵伯言有什么不对劲,只道:"你消息还挺灵通,迟佳告诉你的吧。"

一提迟佳,赵伯言脸色稍稍一变,转瞬又掩饰过去,恢复了一贯的痞气:"迟佳最近是不是很忙,我怎么都找不着她人?"

向南星刚想应一句,商陆却插了嘴:"别兜圈子了,你想问她什么就问吧。"

向南星蓦地怔住,看看商陆,又看看赵伯言,后者已经心虚地笑着挠头了,敢情赵伯言这次是带着目的找上门来的?

既然已经被商陆猜到,赵伯言就不再顾左右而言他,一屁股坐在书桌椅上,特别无奈地冲向南星摊牌:"迟佳已经一个星期没理我了,短信不回,电话不接。"

商陆把头扭向一旁,不愿搭理的模样分明已经猜到赵伯言是为了迟佳的事而来。

向南星倒是挺惊讶,仔细回想一下,一个星期前迟佳才打电话给她,说赵伯言把车卖了。向南星如今挺尴尬,她虽然不同意迟佳利用赵伯言,但总不能当着赵伯言的面,把迟佳跟她说的那些都抖搂出来吧,太伤赵伯言的自尊了。

向南星正犹豫着该如何开口,商陆却突然将目光锁定在赵伯言随手搁在门口鞋柜的一串钥匙上。

"你的车怎么又提回来了?"商陆突然问。

一提这茬,向南星也顺着商陆的目光看向鞋柜上的那串钥匙,果真里头有把帕拉梅拉的车钥匙。

赵伯言烦躁地抓了抓头发:"我不是把车抵给朋友的朋友换现钱嘛,本来这两天就要把车过户了,哪想到迟佳竟然拿着我给她的钱,转头又把我的车赎了回来。"

相较于赵伯言的烦闷,向南星反倒松了口气,看来迟佳是听进了她的劝。

向南星又不好当着赵伯言的面说迟佳这么做才是对的,只能朝商陆使眼色,让他安慰赵伯言几句。

然而简直是奢望,商陆哪儿会安慰人,赵伯言脑袋都耷拉成那样了,他也就只有一句:"你说你,何必呢?"

"我就想让她知道我对她好。"

赵伯言大概不知道他说这话时,真是傻气又执拗得不行,可他就是这么坚信着:"她喜欢陈默又怎样?陈默能有我对她好?我比所有人对她都更好,总有一天她回头能看见我。"

气氛简直陷入死局,向南星硬着头皮打圆场:"都到饭点了,先去吃饭吧。"

商陆却显然不想把这等糟心事延续到饭桌上,没有接向南星的茬,抱着双臂站在赵伯言面前:"你死了这条心吧,她看不见你的。"

赵伯言豁然抬头,这是什么兄弟?冷水浇得他瞬间透心凉。

商陆还有更凉的:"你以为迟佳是单恋陈默?他俩对彼此都有意思。"

赵伯言终于坐不住了,腾地站了起来:"不可能!"

"那你怎么解释迟佳突然玩消失,还把钱还给你?难道不是因为要和你彻底划清界限?"

商陆依旧是那副不咸不淡的语气,听得一旁的向南星有点发怵。

向南星悄悄拽了下商陆的小指,让他别说了,看赵伯言这架势,感觉下一秒就要冲上来和商陆干架。商陆倒是无所谓,干一架能让他醒醒也好。

"你缠着她,她只会更讨厌你。放手吧。"

赵伯言却没有如向南星想得那样,一言不合就动手,虽然赵伯言目眦尽裂的样子,真的很像那么回事。

可赵伯言终究是颓然了,只把最后一丝希望寄托在了向南星身上:"迟佳和陈默真的是互相喜欢?"

向南星点了点头。

寂静如死的几秒后,赵伯言终是跌坐回去,一动不动,只是一声失笑:"那我算什么?"

什么都不算。

赵伯言开着他那辆失而复得的跑车领着他俩去吃望京小腰。鱼龙混杂的小脏摊,到了深夜,一片喝醉的,多赵伯言一个也不多。

向南星已经打哈欠了,赵伯言还是没停,只是越发胡言乱语:"兄弟,要是我能长得和你一样帅,迟佳是不是就会喜欢我了?"

"你可以去整容试试。"

"滚!"

说着"滚"的赵伯言,却在话音刚落的那一刻,一把抻过商陆:"兄弟,你是真够狠的。"

"我只是比较清醒。"

赵伯言回击:"什么清醒?无情才对。"

这话向南星可不认同。商陆下午的那番话,虽然字字戳心,赵伯言半点反击的余地都没有,但这才是对赵伯言负责。

赵伯言彻底放下了,迟佳和陈默也能好好在一起了。向南星放心地撇下他俩,打着哈欠上厕所去了。

赵伯言喝成这样,压根没发现向南星离开,他用一次性筷子敲着空了的酒杯,示意商陆添酒:"哪天你跟向南星分开了,也能这么清醒,那我就真服你。"

"不会。"

商陆平淡无奇地说着,又给赵伯言开了一瓶。

赵伯言接过瓶子仰头就灌,哪顾得上去问商陆的那句"不会",究竟是不会分手,还是不会清醒。

好在赵伯言所在的临床医学是医学系最忙的一个专业,赵伯言虽然是本硕连读，但大五实习照样累得如狗。

　　赵伯言本来为了偷懒，没选阜立第一附属医院这样的三甲医院，而是靠家里关系进了个二甲医院。本想着能有时间偷个懒，陪迟佳去上上语言课，现在如意算盘却彻底打翻了，他反倒开始向带他的总住院医师讨活干。

　　赵伯言难得休息，就跑来骚扰商陆。商陆这人早习惯一心二用了，边听赵伯言说话，还能边做模拟题。

　　向南星可没这个能耐，她在另一边温书，总被赵伯言的声音勾去。

　　"你知道吗？我爸都对我刮目相看了，说我上研一再给我换辆车。"

　　赵伯言家里是做医药保健的，从小对赵伯言放任，也没打算真让赵伯言当医生。

　　"可开再好的车有什么用？副驾驶座上永远没有喜欢的姑娘。"

　　听到这里，商陆才首次放下笔，从模拟题中抬头："言子，你再这么矫情下去，我这儿可不接待你了。"

　　赵伯言这才悻悻然闭了嘴，安静不过三秒，又没得闲，转头骚扰向南星去了："嫂子，我最近失眠，你让你爸给我开服药呗。"

　　"你人都在医院实习了，有病不去医院看？"

　　"我在医院的一举一动我爸门清，要是被他知道我有点小病小灾，肯定第一时间把我提回家。我好不容易发奋一回，得对得起自己。"

　　还挺有追求，向南星对赵伯言有点刮目相看了，正准备喊赵伯言过来给他切切脉象，就被商陆打断："给他个姑娘，比吃什么药都管用。都是没女人闹的。"

　　拆台来得如此迅速，赵伯言始料未及："兄弟，话不能这么说，你有女人了不起啊？"

　　商陆扬眉："就是了不起，怎么？"

　　赵伯言这回可没让他："等你明年出了国，看看谁惨，让你有女人也见不着，跨着太平洋呢，呵呵呵。"说着不忘目光朝向南星的方向一摆。

　　商陆愣了一秒，沉下脸，扭回头继续去对模拟卷的答案，一百零五分，不错的成绩，商陆的表情却没有因此回暖。

赵伯言那叫一个厌，见情况不对，赶紧贴过来讨好："太平洋算什么？现在坐飞机也就十几个小时。"

背对着他们的向南星沉默地撇了撇嘴，她又不是没查过北京飞纽约的机票，十几个小时是不假，来回一两万，也就赵伯言说得轻松。

阜立第一附属医院的实习生补贴也就那仨瓜俩枣，愁人。

然而阜立第一附属医院的笔试就在隔天，向南星没工夫愁这些，她倒一贯是心宽之人，隔天一早，商陆骑着他的二手电动车，送她去阜立第一附属医院，替她解安全帽的时候还问她："紧张吗？"

向南星摇摇头，再看他那副抿唇紧眉的模样，忍不住取笑道："你怎么看着比我还紧张？"

还有心思嘲笑他，看来是真的不紧张。

商陆也就放心了："你爸可一直都知道你住在我这儿，万一你考砸了，责任可都在我。"

向南星这回终于脸色一变："我爸他……"他不是应该觉得自家闺女一直住在学校复习的吗？

见她这样，商陆不得不用食指戳戳她半点不懂转弯的脑袋瓜："你爸只是看透不说透而已。"

向南星悻悻地耸耸肩，真是开明的爸爸。她没工夫跟他耽搁，于是捧过他的脸，响亮地亲了下他的嘴，跑了。

笔试一个小时，说长不长说短不短，向南星考完了才发现阜立的试题压根就没外界传得那么邪乎，都是她复习到的知识点。

向南星提早交卷出来，一门心思要找谁吹吹牛，第一个就想到了商陆。

电话没一会儿就接通了。

"考完了？"商陆问她。

"对啊。题好难，幸好我都会。"向南星嘴上是惊险过关的语气，脸上却早已得意到不行，"下午我们去水立方吧，那儿刚开了个水上乐园。"

"好。"

"你在哪儿呢？"刚走到路边的向南星一边问，一边张望着来车方向，想着要不今天奢侈一回，打个车去找他。可是翻完自己的零钱包，只能作罢，径直朝过街天桥走去，准备去对面搭公交车。

她可得未雨绸缪，现在就开始攒机票钱。商陆毕业那晚，她找蒋方卓借了一千二，至今一个多月过去了，她也没还清，虽然蒋方卓最近总是中美两头跑，应该早忙忘了这点钱的事，但她记得很清楚。

早知道那晚开个三四百价位的房得了，可惜那时的她哪儿计较的了这么多？

向南星烦躁地抓抓头，刚要踏上过街天桥，就被一个小混混模样的人吹着口哨逼停了。

那小混混坐在过街天桥的上桥口，将她上下一打量，目光锁定在她衬衣的前襟。

那不怀好意的目光，向南星皱着眉低头一瞅，她今天特意穿了件正式的白衬衣，天太热，出了汗，白衬衣的前襟隐约透出了内衣的颜色。

见对方的目光还在她身上肆无忌惮，向南星骂了一句脏话。

那人一愣，想不到小姑娘还挺不好欺负："嘴挺脏啊？"

"没你眼脏。"

那人横着一张脸，径直起了身，向南星一看对方身高，顿觉失策，还以为对方是个小个子，没承想竟是个大块头，赶紧掉头准备开溜。

对方却已大步朝她走了过来，向南星自然拔腿就跑，身后的脚步，也分明由走变跑，却转瞬间被"哐当"一声打断。

向南星自顾不暇，更来不及回头，就听那混混不知冲谁骂了一句："你怎么开车的！"

被骂的那人却没有任何动静。

而那混混俨然调转了目标："长没长眼？"

向南星这回终于敢暂时停下脚步回头瞅瞅了，可她什么都还没来得及看清，一辆电动车已驶到了她跟前。

向南星还没反应过来，人已被拉上了电动车，"嗖"地跑了。

向南星惊魂未定,透过后视镜看一眼被甩得老远的小混混,才放下心来两手一抄,抱住商陆的腰:"你刚没真的撞着他吧?"

"我倒是想。"商陆的声音伴着闷热的风,传到向南星这边,"可惜电动车刚启动,马力就这么点。"

向南星笑着拍拍他的肩,他已经把电动车开出了赵伯言开小跑的架势了,知足吧。

商陆直接把她送回了他的出租屋。

"你洗个澡换身衣服咱再出门。"商陆看看她那件白衬衫,特地补充了一句,"换件深色的。"

正准备去衣柜拿干净衣服的向南星一愣,回头,他怎么知道的……

商陆脸色不太好,直接上前打开衣柜,替她选了件深色T恤:"你和那混混争执那会儿,咱俩通话还开着。"

向南星猜不透他脸色怎么这么不好,只能凑过去插科打诨:"我当时是不是很英勇?"

商陆忍不住笑了,但也只是笑过一秒,便抿了唇,把手里的T恤往她脑袋上一罩:"快去洗澡。"

向南星不罢休,把T恤从脑袋上扯下来:"夸我一句会死啊?"也不知道他为什么突然不开心。

商陆沉了口气,突然低头凑到她耳边,低声说:"你再墨迹,我可鸳鸯浴了。"

五秒后向南星已经躲进了浴室,"砰"地关上门。

还是这招对她管用。商陆抚了抚额。

等向南星洗好澡从浴室出来,商陆正背对着她坐在书桌前。

向南星视线越过他肩头,见他正捣鼓着电脑,还以为他在查去水立方的路线:"查好怎么坐地铁了没?"

他现在用的还是他之前送她的那部iPhone3GS,他买了新手机送她之后,就用她换下来的这部旧的。向南星用东西特费,这部3GS到商陆手里时,程序稍微装多一点就死机,他也就没装手机地图。

向南星以为他开电脑是为了查路线，不承想他把电脑合上时，顺手给了她一张银行卡。

本还脸上笑嘻嘻的向南星，忽然敛了笑："这是干吗？"

"我把密码改成你生日了，以后这张卡你用着。"

"我不要。"

向南星把卡推了回去。

"我不想看我女朋友为了省钱不打车，再碰上那种轻浮的混混。"

"你……你都看见了？"

就是她到路边想打车，算了算兜里的零钱，又作罢那会儿？

"你笔试那会儿我就一直在阜立外头等你。"

"那我也不能要。"

在这个问题上，向南星可是分毫不让。

商陆跟他爸关系一直不好，成年后就没问家里要过钱，他最近报班、租房花了不少钱，应该都是靠他攒的奖学金和实验室的项目提成。虽然不知道他在叶氏清影那儿拿了多少提成，但向南星总觉得应该没多少。就算他拿到了哥伦比亚大学的全额奖学金，也得留着钱生活不是？

她不接卡，他就不收手，多少有点僵持的意味。

向南星之前觉得他坚持自我很酷，现在倒觉得他一根筋了。

可就算他一根筋，她也有办法治他："我现在又花不了什么钱，等你以后真的有钱了，给我几百万我都嫌少。到时候你也弄辆赵伯言那样的小跑，我就坐在副驾驶座，让你成天带着我，专去那种死贵死贵的地方消费。"

"别剽窃人家迟佳的台词。"

向南星撇撇嘴："这是我们所有女人的心声。"差点被他带跑，又赶紧回到正题，"所以你现在卡里这点钱，我压根看不上。我眼界高着呢，要收就收黑卡。"

迟佳之前是这么说的吧，黑卡才是最高规格的信用卡。

他却似乎依旧没有收卡的打算。向南星索性摆足架势，直接从他手里抽走银行卡，转身拍在桌上。为了防止他反悔，向南星又连忙跑去衣柜那儿，翻出她藏了好久的泳衣，当着商陆的面比画着："我们再不赶紧出发去水立方，就该闭馆了，你可看不见我穿泳衣了。"

他的注意力终于被她成功吸引到了这件泳衣上。向南星特意把泳衣比在胸前，做作地扭了扭腰。比基尼泳衣，迟佳帮她参考了好久，她才选定的。

他的神情果然稍有缓和。迟佳说得没错，男人果然都一个德行。

可商陆转瞬又皱了眉。

向南星生怕他又想起银行卡这茬，他却沉声说道："不准穿这么露的。"话音刚落又改口，"只准在家里穿。"

谁在家里穿泳衣？向南星嫌弃地瞪他。

2011年对于所有人来说，似乎都是极其宽容的一年。

向南星成功突出重围，进了阜立第一附属医院的中医部实习，两周半就要换个科室，忙到天昏地暗。

商陆成功拿到了哥伦比亚大学的录取通知书，来年一月便要告别所有人，远走他乡。

陈默也轻松地申请到了密歇根大学。迟佳的分数倒是差了一点，但以她平时的水平来说，已经是超常发挥，迟佳打算再考一次，争取秋季入学。

商陆临走的那一天，向南星爸妈和商陆姥爷都来了机场。纪行书、赵伯言和迟佳也来了。

其实向南星一直没弄明白，商陆这人这么冷淡，人缘竟然不赖。

迟佳见到赵伯言，多少还是有些尴尬，对商陆说的话，都比对赵伯言来得多："你看我，放着陈默不送，专门来给你送机，够义气吧？"

"那大概是因为陈默的飞机不是今天。"

商陆面不改色拆台的速度，一向这么快。

向南星倒是出奇地话少。

因为有家长在场，商陆瞧了她几眼，也没能走过去抱抱她。

等送到了安检口，商陆姥爷抱着商陆，忍不住抹眼泪。

向妈在一旁,又是安慰老人家,又是嘱咐商陆:"你在美国吃不习惯的话,阿姨到时候给你寄些火锅底料过去。"

向南星看着眼馋,也想过去抱抱商陆,却只能在一旁咬指甲,还是姥爷见着了,调过头来突然对商陆说:"老了,见不得这场面……就送你到这儿吧。"说着就拍拍他的肩膀,朝外走去。

向妈还没反应过来,以为姥爷怕商陆瞧见他太伤心,刚要喊住姥爷,就被向大夫制止。

向大夫一手拉着猝不及防的向妈,对这帮年轻人说:"我俩就跟商陆姥爷一起先撤了,商陆,到了国外好好的啊。"说完循着姥爷离去的方向追了过去。

向南星的目光还在追随着他们离开的方向,已被人一把拥进了怀里。

向南星一回眸,对上的就是商陆那双波澜不惊的眼睛。

他眼睛里带点无奈的笑意:"瞧你眼馋的,把我姥爷都弄走了。"

管他是不是开玩笑,向南星只顾着憋屈:"我哪有眼馋,我巴不得你快点……"

商陆吻住了她。

世界静止在这熙熙攘攘的航站楼里。

"姥爷姥爷,您快回头瞧瞧这两个伤风败俗的。"赵伯言作势要喊姥爷回来。

迟佳被赵伯言逗笑,又迅速想起彼此间的芥蒂,悄悄沉下脸去。

商陆就这么踏上了飞往纽约的航班,在这个寒风刺骨的12月。

一行人走出航站楼,向南星的思绪却似乎随着商陆上了飞机,也不知道他多久能适应纽约的天气,多久能找到房子。

迟佳突然伸臂,一把揽住她的肩膀,向南星吓了一跳。

"看你这杞人忧天的样。"

向南星不认:"哪有?"

可话音刚落,向南星就自己打了自己的脸——她突然想到商陆的围巾还在她脖子上围着。今早出门太急,她没戴围巾,他就把他的给了她。

听说纽约的冬天比北京还冷,偶尔还有暴雪,向南星赶紧掏出手机来,却愣住了。不是因为她现在才想起来要把围巾还给他,而是她掏手机时,发现兜里多了一张银行卡。

向南星掏出卡一看,分明是商陆曾经给她,又被她拒收的那张。

再看手机上显示的时间,他的航班应该马上就要起飞了。现在发微信给他,也不知道他还能不能收到。

星仔:"你怎么这么贼?"

她是真的生气了,打字都特别用力,敲得手机屏幕直响。

要不是迟佳此刻就在向南星身边站着,赵伯言绝对第一时间凑过去看向南星究竟在发什么,表情如此急促。

赵伯言只能收起好奇,对众人说了句:"你们先在这儿等着,我去停车楼把车开过来。"

赵伯言刚过了斑马线,向南星的微信铃声就响了。

陆:"老婆本,当然要交给老婆管。"

第五章

只做陌生人

向南星已经很久没做梦了。

夜里睡得不安生,早晨七点被闹钟吵醒,她睁开眼,躺在单位宿舍的床上,好半天没反应过来。有些嫌弃自己。

上回梦到大学开学第一天,她在礼堂里焦急地寻找他的身影,这回就梦到去机场送他,下回呢?这都多少年前的事了……可转念想想,2011年到2015年,似乎也不是很久。

此刻的向南星看着天花板,仿佛还能回想起T3航站楼的穹顶,以及他抱住她时,她的那丝鼻酸。

算了,起床。

向南星前阵子刚参加完主治医师的职称考试,桌上全是书,她最近轮去中医急诊,忙得都没空收拾下书桌。

学医的基本都是这样,学到老考到老。一桌的书,宿舍的钥匙不知被她随手扔哪儿了,她要找都费死了劲。

她昨晚回来得太晚，困得不行，钥匙乱丢，这下倒是急了，找了半天没找着，正烦着，所幸想起来抽屉里应该还有一把备用的。

拉开抽屉，果然有把备用钥匙。她取出备用钥匙，正要合上抽屉，却一愣。

抽屉最底下压着一张有些眼熟的银行卡。

看来梦还是有偏差的，梦里明明是招行的卡，实际上却是建行的。那梦里的那丝鼻酸，是不是也是骗人的？

向南星在急诊待了一上午，临中午准备去找同事换班，才去了内科。

碰见相熟的护士长，护士长跟个小迷妹似的，学着她手底下那些小护士对着新来的帅哥住院医师发嗲时的语气，冲向南星打趣："恭喜呀向大夫，这么年轻就升主治医师了。"

哪还年轻？她都快二十六了。

突然想到这个数字的向南星，下意识地摸了摸脖子上的项链，又放下手，问："姐，徐大夫在办公室吗？我找她换班。"

"换班？"护士长感到不可思议，向南星是出了名的轻伤不下火线，中医部闲的时候，都没见她偷过懒。最近因为流感频发，急诊那儿忙得不可开交，她反倒要临阵换班？

向南星笑笑："晚上我有约了。"

此言一出，在护士站待着的小护士都站了起来，她们和向南星基本上是同龄人："谁呀谁呀？是之前往咱这儿送过花的那位吗？"

向南星没回答，眼瞅着走廊拐角徐大夫现身，赶紧冲那边招手："徐大夫！正找你呢。"

借势溜了。

向南星换完班，终于能按时下班了，她回宿舍换了身衣服，还化了个淡妆。再出门时，正好碰到一个和她同期的住院医师。

她们都在阜立第一附属医院待了四年，但同期里，就向南星最快升了主治医师。向南星本来可以换个大一点的宿舍，但一直没换，还在和同期的住院医师们做邻居。

同事刚从澡堂洗完澡回来,洗漱品、梳子什么的兜了一面盆,看来晚上也是有约的。

"南星,怎么打扮得这么漂亮?"

向南星笑笑:"我去机场接个人。"

"接谁啊?还特意换身衣服化个妆。"

"我这段时间不是轮急诊那儿去了吗?昨天就睡了三个小时,盖盖黑眼圈。"

这次的流感来势汹汹,市里不少三甲医院,达菲都售罄了,现在又出了规定,不让轻易输液,西医急诊那边忙得天昏地暗,还讨不了好,中医急诊也没好到哪儿去,两班倒人手都不够。

同事低头瞅一眼自己梳子上掉的那些头发,同样很是感慨:"现在网上不都说吗?劝人学医,天打雷劈。"

向南星深表赞同地点点头,寒暄完就走。她还得先坐地铁去三元桥,再转机场快线去机场。

本来向南星工作以后,向大夫想把家里的车让给她开,不承想向南星试用期刚满一年,就急匆匆考了执业资格证,有了证,就有资格申请医生宿舍,当下就搬宿舍住去了,不再住家里。

宿舍一住就是两年多。

再者,她爸的车都是老古董了,特别烧油还特别不好开,还不如地铁方便,向南星又是难得周末才回趟家,她爸的车就没要。

等向南星终于到了T3航站楼,已经是一个多小时之后。

冬春交替的季节,流感和雾霾的双重夹击下,从地铁到机场,无不是戴着口罩行色匆匆的路人。

向南星不仅自己戴了口罩,包里还备着个新的。

看着大屏幕上实时更新的航班信息,她等的AA187号航班已经入港,向南星挺激动,毕竟距离上一次见面已经一年多过去。

周围接机的人,有人拿着名牌,有人拿着玫瑰,她倒好,拿着一个口罩。

向南星站在栏杆外,眼看出口处的感应门开开合合,肤色各异的旅客陆陆续续走出，向南星开始在这些人里寻找熟悉的声音。

终于，她等的人到了。

向南星赶紧朝对方挥手。

因向南星戴着口罩，那人的目光在栏杆外搜寻了一轮，才确定了正挥着手的人确实是向南星，这才嘴边扬起笑容，推着行李车一路小跑过来。

向南星快步迎上去，顺便把口罩摘了。

可她张开双臂，正要给对方一个拥抱时，对方却是目光一定，随即退后半步，又将她上下打量一下，最终，目光回到了向南星刚及肩的短发上。

"你怎么把头发剪了？"

这是迟佳见到她的第一句评价。

向南星叫了辆车，等车来的工夫，正好买两杯星巴克。

迟佳回来一趟不容易，底特律转芝加哥，再从芝加哥回北京。遥想八年前他们一伙人从杭州去乌镇，她请大家喝杯星巴克还得掰着手指头算钱，如今随随便便刷个手机就能买。

迟佳跟在后头，喝着咖啡啧啧感叹："别说，国内现在还真方便，哪儿都可以刷手机。"

"你不正好毕业回来了吗？不再走了吧？"

"不走了！感谢上帝让我顺利毕业，打死不再回美村了。"

向南星笑她："你才出去几年，这就信上帝了？"

迟佳立马改口："感谢菩萨感谢菩萨！"

两个姑娘严肃对视一眼，都忍不住仰着头笑了。

车很快到了。

迟佳的行李塞满了整个后备厢，司机帮她把行李放好，回到驾驶座，点了确认乘客上车，导航便自动报出了目的地。

向南星叫车时直接把终点定在了迟佳家，迟佳一听，却说："我这两天先住酒店吧。"

"干吗不回家住？"

迟佳自嘲地笑笑:"我妈还等着我和陈默一起回国,见完了亲家,就直接把事办了呢。"

"你俩分手的事,你还没跟你妈说?"

"我哪儿敢?她花那么多钱送我出去,要被她知道我连个男人都没套牢,不得砍死我?"

赵伯言追迟佳那会儿,迟妈就特别中意赵伯言,尤其是在知道赵伯言家做的是什么生意之后。对于迟佳拒绝赵伯言一事,她妈念叨了好几年,迟佳后来和陈默在一起,经常给她妈洗脑,说牙医收入多高,迟妈才勉强接受。

迟妈自己嫁了个一辈子没出息的穷男人,不希望女儿也重蹈覆辙。可惜到头来,迟佳辛辛苦苦追到的男人,还是迟佳心灰意冷提的分手。

向南星作为在这件事上帮过倒忙的人,一时半会不知该怎么接话。

迟佳却突然拍了下向南星的肩:"那事你还放在心上呢?我早放下啦。"

说不放在心上,那肯定是假的。

一年多前,两人见的那次面,向南星还记得迟佳抱着她哭的样子。

后来迟佳和陈默又断断续续牵扯不清了一年,到头来,迟佳独自回国,为这一切彻底画上句号。

"这事谁都不怪,就怪陈默不懂得珍惜我。我现在要学历有学历,要样貌有样貌,找个比陈默强的,不是分分钟的事?"

向南星看她长发披肩,小腿叠着坐在那儿喝咖啡,迟佳确实比以前漂亮多了。

向南星特意给她带的口罩,她也没戴,说是戴了会花妆。比以前更臭美了。

迟佳自己也说:"有时候想想,我确实该感谢他。要不是因为他,我这辈子都没想过,我也能成海归。"说完不忘凑到向南星跟前,撩一撩她的长发。

这嘚瑟样,才是向南星熟悉的迟佳。向南星被她的发尾扫到,赶紧让她打住:"行啦,够美啦,别再撩啦。"

越不让她撩,她撩得越起劲:"我回国前刚做的鱼子酱护理。香吧?顺吧?"

"司机师傅都开空气净化器了,你说呢?"

这两年北京雾霾太重,很多车都装了净化器,向南星故意曲解司机的用意,两个姑娘间的气氛也瞬间恢复如常了。

向南星逮着空说正经的:"那你暂时住在阜立第一附属医院附近的酒店?我下班后还可以陪陪你。"

迟佳一边回着她手机开机后收到的信息,一边扬眉:"我还以为你已经打算嫁给工作了呢,竟然有时间陪我?"

"我也没那么忙啦。"

不知迟佳看到了什么信息,突然手上一顿,刚轻松下来的表情随之一紧。

向南星正抱着手机,忙着搜寻阜立附近的酒店,迟佳突然严肃地看向她,她没发现。

迟佳犹豫了一下要不要开口,还是说道:"你知道吗?我听说商陆他……"

向南星划着屏幕的手蓦地悬停。

向南星放下手机抬起头,正对上迟佳欲言又止的目光。

向南星心里一紧,却促狭地笑了:"怎么,你听说他结婚了?"

迟佳一愣,几乎是有些夸张地否认道:"怎么可能,他跟谁结?跟他的科研成果结吗?"

迟佳对商陆的评价永远这么到位。

这回向南星是真的笑了,可唇角勾起的弧度,不过一秒,又被敛去。

迟佳之前一直觉得向南星比她看得开。她跟陈默扯了这么久,心思都耗尽了,才彻底分开,而向南星却能和商陆分手得那么平淡,所有人都始料不及。

"自从出了那件事之后,你俩就再没见过了?"

向南星点点头。

除了刚开始听见"商陆"这个名字的那一刻,向南星还有点反应之外,如今再看向南星的表情……大概是真的放下了吧。

迟佳就放心地说了:"你知不知道他现在可牛了,他们团队开发的那个什么AI精准筛查与辅助诊断项目,听说富通医疗想全资拿下。"

"好事啊。"向南星回得很平淡。

迟佳当然知道这是天大的好事,富通医疗是全球知名的医疗公司,多少人宁愿放弃前期利润也要求合作。

"可关键是商陆开口就是百分之六十的占股，我当时听到这消息，还以为是误传。他这么个科研高于一切，视金钱如粪土的人，怎么突然转性要起价来这么狠了？"

"人都会变的吧。"

可为什么向南星说这话时，自己都想叹气。

向南星虽然回得很平淡，但等到了酒店，迟佳去洗澡，她还是没忍住，摸出手机，点开搜索——商陆他们的实验室应该是叫S-lab吧？

输入S-lab，外网上的新闻不少。

最新的一则是三个月前，S-lab开发的第二代辅助诊断智能系统，以其高性能的并行运算能力，深度学习了一百五十万张肺部CT影像资料，在哥伦比亚大学医学中心，帮助诊断了约一万一千位患者的CT影像，提出质检意见五百余例。同样一张CT，人类医生阅片需要几分钟，而智能系统只需几秒，大大提高效率的同时，诊断准确率也比人类医生高出三成，甚至十几秒内就检测出了高年资医生都极易遗漏的早期肺癌征兆。

S-lab的AI技术，用于临床指日可待。

向南星正找着新闻里有没有S-lab成员的照片，却陡然听见刚洗完澡的迟佳走近她。

向南星心虚，刚要退出搜索，就听迟佳过来人似的一笑："有什么不好意思的？我还成天翻陈默的微博和朋友圈呢。"

向南星这才指尖一顿，没有关掉搜索。

迟佳擦干头发，把毛巾往床尾凳上一扔，凑到向南星这边看她的手机："他们和富通医疗的合作，网上能查到不？"

向南星刚摇摇头，迟佳就看到了富通医疗的相关检索，示意向南星点进去。

可惜这则新闻并没有提到S-lab，而是富通医疗与哥伦比亚大学等高校的医疗信息学等专业的顶尖博士，联合成立了lytics实验室，大力发展"智医助手"工程，实现AI医疗的精准筛查与辅助诊断，并为癌症患者开发个性化治疗服务。

富通医疗，哥伦比亚大学，医疗信息，AI诊断……这些都对得上号，这则新闻里也贴出了这支年轻的博士团队的照片。然而照片里并没有商陆。

迟佳百思不得其解："怎么没有商陆，也没有邹然？"更没提到科研团队占股六成的事。

"你确定照片上这些人，原来都是商陆那边的人？"

迟佳点头。

"赵伯言硕士毕业之后来美国找过商陆，当时我正好放春假，就去了纽约找他们，S-lab的人我基本都见过。"迟佳点了点照片上那几个肤色各异的博士，"就是他们。"

赵伯言这几年没少交女朋友，对迟佳的那点念想应该是彻底翻篇了，两人反倒能像真朋友一般相处。

赵伯言的历任女友，向南星见过其中两任，多少都和迟佳有些神似，都是那种很有朝气、眼里藏着目的性的小美女。可迟佳就算看出来了，也会假装看不出。至于迟佳自己，她曾经的那些朝气和目的性，这几年间也差不多被陈默磨没了。

迟佳拍拍脑门，恍然大悟："肯定是商陆狮子大开口跟人谈崩了，富通医疗直接把他团队的人全部挖走，成立了这个lytics实验室。"

迟佳还在惊讶于商陆的转变，向南星却兀自皱了眉，她并不想接受迟佳的这番猜测。

S-lab里，向南星就知道有个邹然，其他人她都没见过，可现在这照片上——"那怎么会没有邹然？"

迟佳两手一摊："邹然肯定无条件跟商陆走啦。"

向南星终于无话可说。

迟佳顺手帮向南星把手机屏幕按灭，不让她再瞎看，徒增烦恼。商陆和邹然，俨然和她俩已经不在一个世界了。

倒是邹然，那股执拗劲这么多年都没变。

迟佳忍不住感慨："我真佩服邹然，比我还能坚持。有什么用呢，不还是没能拿下商陆？"

第五章 只做陌生人

向南星听到这话,竟还笑得出来:"说不定已经拿下了。"

迟佳看看向南星,总觉得她此刻的笑并非发自内心。迟佳所熟悉的向南星,无论生气或开心都挂在脸上,天生就长着一张没被欺负过的脸,纯粹到让人羡慕,可如今很多时候,迟佳都猜不透她了。

究竟是从什么时候开始,她们都变得不再像自己?

"那不可能。"迟佳断然否决,"他俩的微信你又不是没有,都这么多年了,半点在一起的征兆都没有,要来电早来电了。"

向南星不说话,迟佳才突然想到:"差点忘了你两年前就已经换了微信号,你新号没加他俩吧?"

迟佳一席话,引得向南星一时怔住。她敛了敛眸,突然有些严肃地看向迟佳:"佳佳。"

迟佳刚拿过自己的手机,翻着邹然的朋友圈,准备让向南星瞧瞧——商陆没有朋友圈,就算了。听见向南星唤她,她就随口应了一声。

向南星看得很清楚,迟佳在翻谁的朋友圈,直接伸手过去,按了迟佳的手机锁屏键:"咱俩立个规矩,以后都不提他,行吗?"

迟佳从突然黑掉的手机屏幕上抬头,见向南星脸上坚持,迟佳叹了口气:"好吧。"可刚同意又改口,小心翼翼地竖起一根手指,装可怜,"我再说最后一句,成吗?"

向南星拿她没办法,只能提醒:"最后一句哦!"

迟佳连忙点头。

只有最后一个提商陆的机会了,说些什么好?迟佳想了想,拣最重要的说:"你俩的情况,跟我和陈默不一样,你这几年不也没交过新的?就真的没可能了?"

向南星的脸色微微一沉:"他大概一辈子都不想再见到我了吧。"话题到此,向南星起身,"我去洗澡。"

迟佳看着她离开的背影,刚要叫住她,想想又作罢。算了,徒增唏嘘。

第二天就是周六,一早,时差还没倒过来的迟佳正睡得昏天黑地,向南星已经回了医院。

门诊的医生倒是会偷懒，一句"周末门诊CT不出片"，就把来医院初诊的那些患者打发到了急诊。

阜立第一附属医院的中医部近几年打响了名头，来看中医急诊的患者不少，老人居多，年轻人还是更习惯看西医。

向南星不仅要看病，还要科普，尤其是不少老人家都习惯把板蓝根当万能灵药使。

"板蓝根不能随便乱吃，那是清热解毒的，虚寒体质的人服用后反而会产生副作用。"

老人一听，急了："这可咋整？我怕我大孙子被我传染，一直在让他喝板蓝根。"

向南星最见不得老人家顾不上自己，反而为了小辈急得在这儿连连咳嗽。

向南星直接把处方打了出来：金银花15g、菊花10g、桑叶10g、北沙参15g、麦冬15g、陈皮12g……交给老人家。

"您孙子想预防的话，每剂水煎2次，每次20分钟，共煎取500ml，分4次服用。您不懂怎么煎药的话，可以一会儿直接去代煎处。"

老人家终于能放心坐下。

向南星这才把老人家的中药雾化处方打了出来，交给老人家："药房有配好的散剂，您拿回家，一次取10g，凉水泡10分钟，煎6分钟，温服，一日两次。"

一早上二十多个病人，向南星忙到水都喝不上一口，不禁瞎想，如果S-lab的那些AI诊断技术也能用在中医上，效率应该会高很多，可转念一想，S-lab现在估计都解散了，想什么都是白搭，还是继续忙去吧。

直到午休，向南星才有时间碰手机。

本打算问问迟佳醒了没，迟佳却早在九点多就发了个定位，配了两个字："约起！"

向南星看到时，迟佳这条朋友圈底下已经有了一溜回复。

看到赵伯言的回复，向南星一点都不意外，却没承想向妈也在底下留了言。

悠悠云:"回国啦？"

佳:"是呀阿姨。"

悠悠云:"周末让南星领你来阿姨这儿吃饭！"

佳:"我昨天还跟星仔说，超级想念您做的炸酱面。"

迟佳最后这条回复就在三分钟前，向南星正琢磨着自己要不要露个脸、插个楼，她的微信就响了。

是向妈发来的消息。

向妈这两年退到二线了，特别闲，成天刷手机，比她这个年轻人都勤。估计是第一时间看到了迟佳的回复，便直接发消息给了向南星，让向南星带迟佳回家吃饭。

末了不忘补一句:"你也是时候回趟家了。知道的人晓得你是在阜立，不知道的人还以为我闺女在阜阳呢，回趟家这么难？"

阜阳……向妈的冷笑话，向南星真的接不下嘴，只能向她妈保证:"这周末眼看是不可能了，下周末！下周末一定回。"

而迟佳，在酒店一住就是一星期。

向南星也就陪着住了一个星期的酒店。

有次向南星回宿舍拿换洗衣服，碰到了隔壁宿舍的同事。同事问最近怎么都没见她回宿舍，她老实回答陪朋友住酒店。

结果这两天，和她玩得比较好的几个同事，纷纷跑来问她是不是交男朋友了。尤其前阵子她刚评上主治医师，蒋方卓往她办公室寄了一束花。

花……

神秘男……

酒店……

明明八竿子打不到一块去的事，却被同事们想出了种种可能性。

那束roseonly可不便宜，看来向大夫交了一个条件不错的男朋友。向大夫的对象从没露过面，看来长得一定很丑。至于为什么约会总选在酒店……

向南星把医院里这些风言风语说给迟佳听，迟佳笑得那叫一个欢:"你们同事怎么比我们在学校那会儿还八卦?"

向南星无奈地耸耸肩。医院里的人员构成可比学校里的复杂多了。

迟佳仔细一琢磨刚才听到的笑话,又不禁一皱眉:"蒋方卓现在是长居国内了?赵伯言上回发朋友圈,也是和蒋方卓一起吃饭。"

"他最近确实待在国内比较多,应该跟叶氏生物要在北京这边成立亚洲区总部有关。具体的我也不清楚,我俩并不经常见。"说到这个,向南星又想起一事,"我去年还在北京见了叶氏的老板娘邢璐,就是我跟你提过的那个。"

迟佳有印象:"你在乌镇救下的那个?"

向南星点头:"她回国领养了个小女孩,顺便来北京玩了一趟。"

迟佳可不关心这个,又转回去问:"咱这学长莫名其妙送你花,是什么意思?"

迟佳刚才还嫌弃向南星的同事太八卦,然而她此刻挑眉的模样,分明有过之而无不及。

向南星差点被迟佳说愣了:"我评上主治医师,他送我束花,没什么问题吧?"

迟佳眉梢扬得更高:"玫瑰?"

向南星想想,还真是玫瑰,差点又被迟佳绕进去,赶紧摆摆手:"他估计就让助理随便买了一束。"

迟佳却摸着下巴,一脸狐疑,分明在想别的可能性。向南星赶紧把话题扯到别处去:"对了,你打算住酒店住到什么时候?我再这么成天往酒店跑,我那帮同事肯定以为我有什么第二职业。"

"你白天在医院都忙成这样了,晚上还跑酒店兼职,你同事是想你累死在床上啊?"

向南星平静地嫌弃:"不好笑。"

迟佳这才撇撇嘴,提她不想提的正事:"等找到工作,我再回家向我妈摊牌。虽然我让她钓金龟婿的美梦破碎,但起码有份拿得出手的工作,我妈不会太为难我。现在这么两手空空回去,你是想看我跪我妈的搓衣板?"迟佳话说到一半,突然表情复杂地打量起向南星,"倒是你……"

向南星一龇牙,怎么又把话题扯到她身上了?

"阿姨跟我抱怨好几次你很久没回家了,怎么回事?"

向南星理由很充分:"我忙啊。"

迟佳却逮住她这个托词不放:"那正好今天周末你不忙,咱们一会儿就去你家吃饭。你可是答应你妈这周末回家吃饭的。"

迟佳点着向南星的鼻子。

这回向南星没法反驳了,只能抱怨:"你最近怎么跟我妈联系得这么勤?"

"那当然啦,我还指望阿姨帮我物色个好部门呢。"

那倒是,迟佳虽说拿着密歇根大学护理专业的文凭,但回国照样需要向妈这样的资深护士长帮扶。

刚被迟佳点着鼻子教育了一番的向南星,如法炮制地去点迟佳的脑门:"你还真是越活越精了。"

迟佳无所谓地耸耸肩:"生活不易,全靠演技。"又抱住向南星的胳膊讨好,"你呀,就放弃抵抗,让我好好地把你献给你妈,成不?"

向南星只能陪迟佳回去见向妈了。

为防止向南星反悔,迟佳赶紧叫车。

阜立第一附属医院离向南星家并不远,周末不堵车,她们二十分钟就到了。

向南星下了车,仰头望向面前熟悉的单元楼。

她家住601,向南星站在楼底下,还能依稀瞧见她妈养在阳台的盆栽,难得冬日里的一抹绿。

算一算,她似乎有两个多月没回来了。

向南星正要收回目光,却不期然地掠过402的窗户,定格。

商陆姥爷去世后,402再没人住过,这几年海淀的房价翻倍涨,这儿又是学区房,不少中介跑到各家邻居那儿去打听,说是有买家看中了这套402,却联系不上业主。

向妈也被中介敲门问过,可向妈什么也没透露。

迟佳上次来向南星家,还是大学那会儿,见向南星下了车没动,有些不确定:"是这栋吗?"

向南星这才一回神，猛地收回视线，落在迟佳身上时，足足愣了两秒，才说道："对，是这儿，走吧。"

二人一路上楼梯，冬天衣服多又厚，迟佳上到二楼，已经气喘吁吁。

向南星都已经到三楼了，停下脚步，透过楼梯间的缝隙往下望，迟佳正弯着腰喘气。

"你体力也忒差了吧。"

迟佳双手撑着膝盖，歇了一会儿："谁让我可怜呢？在美村净吃垃圾食品了，我比大学那会儿胖了小十斤！你先上楼吧，我一会儿到。"

"行。我家在六楼。"

向南星说完，继续爬楼去了，只听楼下传来迟佳一声哀号："六楼？"

向南星被她逗笑了，但脚步没停，继续上行，却在拐上直面四楼的台阶时，生生一愣。

正对着她的402，此刻正开着门。

向南星愣怔的工夫，两个挂着链家工牌的中介一边从402里背着身退出来，一边笑容灿烂地对屋里人说："那您稍等，我们这就去取合同模板来！"

成交一套大几百万的房子，中介能不笑容灿烂吗？

向南星那原本被迟佳逗出的笑，却在这一刻彻底僵住。

直到两个中介匆匆下楼，兴奋到差点撞到僵立在那儿的向南星，向南星才记起来要避开。

中介却顾不上说句抱歉，一路匆忙地下行远去。

等中介碰到爬楼爬得怨声载道的迟佳，就没这么幸运了——

"看不看路啊？"

迟佳的呵斥声在楼道间回响。

中介这才连声说："不好意思不好意思。"

迟佳和中介的对话飘上楼，向南星却只字未闻。她的目光和思绪，全拴在了楼梯之上那敞着门的402。

屋里的人走向门边，伸出一只手握住门把，似要关门。

这么冷的天，手的主人却卷着衬衣袖口，露着一截结实而修长的手臂。黑色衬衣，冷调肤色……

向南星突然很想躲下楼。

却不知是向南星先起了念头要转身下楼，还是迟佳先走到她身旁，喘着气道："星仔，你该建议你爸妈把这套房卖了，换套电梯房。"

迟佳话音落下的那一刻，向南星眼前那握在门把上指节分明的手，堪堪一停。

一道门缝内外，世界仿佛静止。

见向南星呆立着没动，迟佳笑她："你不也爬不动了？"

迟佳话音刚落，402的房门砰地关上。那只筋络分明、干净修长的手，彻底消失在了门后。

向南星愣怔间回眸看向迟佳，眼里的光早已七零八落，直看得迟佳疑惑地皱眉："怎么了？"

莫非刚才那两个中介也撞着她了？但撞一下也不至于委屈得快哭了吧？

迟佳还是满脑子问号，向南星却已敛了表情："走吧。"

说完也不等迟佳，三步并作两步地迅速上了楼。

路过门扉紧闭的402时，半刻都不停。

向南星有家里的钥匙，直接开门进屋，正看见向妈坐在沙发上焦急地等着，也不知在焦急些什么。

向南星推门而入的那一刻，向妈先是一怔，随后才起身迎了过来："回来啦？"

向大夫正在厨房里忙着最后一道菜，听到动静也连忙探出个头来，先是和向妈对了个眼色，然后才有些夸张地笑起来："差最后一道菜就可以上桌了，你们先坐。"

向南星的视线在爹妈之间逡巡一轮，不由沉下眉。

虽说她两个月没回家了，但她爸妈的反应未免也太异乎寻常了。

向南星丢下一句"我去厨房拿碗筷"，径直进了厨房。

换做平常，她回家肯定能懒则懒，一点活都不干，如今却这么积极，一进屋就要帮忙拿碗筷。向妈却压根没在意这点，正忙着拉过迟佳打听，问进大院之后她们有没有碰上什么熟人。

向南星一进厨房，就站定在向大夫面前，抱起双臂，很严肃地唤了声："老爸。"

向大夫拿锅铲的手一抖，回过头来："怎、怎么？"

"你跟我说实话。你们是不是知道他回来，故意叫我回家吃饭的？"

向大夫半晌没说话，只心虚地咽了口唾沫，向南星就明白了，她爸真的太不会撒谎。

迟佳在向家待的这一天，感受尽了家庭的温暖不说，向妈也没闲着，一下午都在忙着把这段时间帮迟佳物色工作的情况，一一反馈给迟佳。

向妈所在的西区医院国际部待遇最好，但是要求也高。如今形势不一样了，迟佳这种海外镀金的，反而不如医院的几所兄弟学校出来的人优势大，好在国际部刚成立，新院区又在丰台那边，比较远，资深的都不愿往这么远的新医院调，因此国际部在急招人，迟佳回国的时机赶得正好。

迟佳这顿饭吃得可算值了。

等吃完晚饭，向南星借口明天周一有早班，把迟佳领走时，迟佳还在感叹："真羡慕你家，我爸妈在家成天吵架，我在我那个家里真的一刻都不想多待。"

巧了，向南星今天也是一刻都不想在自己家里多待："去喝两杯？"

因向南星突然的提议，正下着楼的迟佳脚下一顿，回头看几级台阶之上的向南星："你明天不是早班？"

"你就说陪不陪吧。"

向南星的脸隐在楼道的昏暗中，迟佳虽看不清她的表情，但听得出她语气里的烦闷。

虽不知她这番烦闷源于什么，迟佳依旧不容置喙地一凛神："当然！舍命都陪。"

两个姑娘到得早，在工体酒过三巡之后，酒吧里才渐渐热闹起来。

放眼望去，其他姑娘都是大冬天里露胳膊露腿的清凉打扮，她俩虽寄存了外套，但依旧是一身厚重冬装，都不用担心哪个眼瞎的会跑来搭讪。

迟佳看看向南星脚上的雪地靴，再看看人家姑娘脚下的恨天高，贴到向南星耳边嚷:"下次要来这种地方之前,提前知会我一声成吗?我起码露个腰啊什么的……"

向南星其实压根没听清迟佳说什么,DJ打碟的声音太吵。她哈哈一笑,和迟佳碰杯。

迟佳倒也会自娱自乐,没有人和她搭讪,她就调戏酒保。

看来迟佳在国外没少喝酒,从Gin Fizz(琴费士)点到Bloody Mary(血腥玛丽),还不忘给向南星点一杯Sex on the Beach(激情海岸),再亲手把这杯鸡尾酒送到向南星手里:"我对你的美好祝愿都化在这杯酒里了!"

向南星想到这杯酒的名字,懂了:"承你吉言。"仰头一口喝完。

三巡之后再三巡,姑娘们终于成功把自己灌醉。

迟佳是真的喝蒙了,向南星好歹还留了三分清醒,毕竟她还得负责把迟佳送回酒店。

现在这样刚刚好,脑子混沌到可以忘掉一切烦恼,不至于彻底失去克制,赖在地上大哭一场。

而向南星没有办到的事情,迟佳替她办到了——迟佳醉倒后,真的就赖在地上大哭。

当向南星艰难地把迟佳弄出MIX的大门时,迟佳一个台阶漏了,直接一屁股坐了下去。

向南星拉都拉不起来。

清醒时那些满不在乎都是骗人的,迟佳就这么抱着栏杆在那儿喃喃。

MIX的保安对醉鬼早就见怪不怪,远远看了眼就绕开了,只有向南星陪着迟佳,坐在了台阶上。外头虽冷,但比酒吧里清静多了,迟佳这么小声说话,向南星也能听见。只是这时候,她宁愿不见。

"所有人都说我精明,可我怎么就觉得我那么蠢呢?我跟着他去密歇根,跟着他去实习,学我不喜欢的专业,做我不喜欢做的事,我就希望他回头能看到我……"

"叫车回家吧。"

向南星不忍听这些,摸出手机准备叫车,手机却被迟佳一把夺了去。

"他都明明白白告诉我,让我别烦他了,我还觉得是不是我太激进了,他其实还是喜欢我的……你说我是不是傻?"

迟佳凑过来问向南星,像抱着一根救命稻草一般。

"这不怪你。"向南星终于说。

可迟佳压根不信,摇着头,像哭又像笑:"我还趁机把他睡了。这下好了,他赖不掉了吧……"

迟佳洋洋自得地说着,眼泪却"啪嗒啪嗒"往下掉。

向南星慌乱地翻着包找纸巾,却什么也没找着,只能用袖子帮迟佳擦眼泪。谁能想到陈默对向南星说他是喜欢迟佳的,只是因为这两个姑娘当时给他设套,他要给自己找这么一个台阶下。向南星却把陈默的话当了真。

向南星此刻回想起来,如果当初自己没有把这些错误的信息告诉迟佳,迟佳是不是会早早地对陈默死心,就不会有如今这些痛苦。

是她害迟佳变成现在这样的。迟佳却从没怪过她。

迟佳用向南星的袖子擦干眼泪,抬头在玻璃幕墙上看到自己妆花了,顿时哭得比刚才还伤心:"我现在怎么这么丑……"

向南星连连拍着她的脑袋安慰她:"你最美了最美了,你看保安都觉得你美,一个劲瞟你。"

迟佳扭头看见保安正朝她们这边张望,才终于顾及起形象,理一理头发,不哭了,开始拍着胸脯自夸:"你看我多精,这招都能想到,我是不是特牛?"

向南星不知该如何回答。

迟佳其实也不需要谁给答案,只是缺一个发泄口:"这也证明他是喜欢我的吧,不然他怎么睡得下去?"

"咱回家,成吗?"

向南星再一次试图从迟佳手里拿过自己的手机,她只想立即叫车,迟佳却扬手避开:"现在想想,我就是傻!彻头彻尾的傻!"

向南星低下了头。

"他喜欢过你,未来还会喜欢很多人,但总之,不会有我……"迟佳笑着摇了摇头,声音渐渐低下去。

还能笑谁?笑那个愚蠢至极的自己。

"不会有我……"迟佳笑着重复。

向南星宁愿迟佳像刚才那样不顾形象地大哭一场,也好过如今这般,尾音融化在这天寒地冻之中,却是隐不去的凄凉。

迟佳还是不走,向南星也扛不走她,只能去外头小摊给她买了瓶水。

拧开瓶盖递给迟佳,迟佳喝了两口又嫌弃地还给向南星:"我要喝酒!"说着吸了吸鼻子,跟跟跄跄地站起来,转头又往MIX走,走两步就要栽倒的架势。

向南星赶紧追过去:"你还喝啊?"

迟佳挥开向南星的搀扶,顺手把向南星的手机抛还给她:"快给姐妹叫几个人来陪酒!咱穿成这样,酒吧里现成的男的都不搭理咱!"

"我上哪儿给你叫去?"

迟佳压根没听,已回到酒吧入口过安检,只丢给向南星一句:"时间和新欢,你总得给一个我吧?"说得还挺有道理。

向南星握着手机站在门口。

迟佳哭清醒了,准备回去再喝一轮,向南星却愁了。是她提议来喝酒的,喝兴起的却是迟佳。这大半夜的,谁能来帮她收拾这个烂摊子?

想了想,打给赵伯言。赵伯言没接。

赵伯言这两年长了个头,身高终于突破了一米七七,还迷上了健身,确实没大学那会儿那么弱不禁风了,可要他凭一己之力弄走一个喝疯了的迟佳,还是有点难度。

向南星在通讯录里找了一圈,最终决定打给蒋方卓。希望学长人在国内吧。

电话通了,向南星也没多废话,眼看迟佳已经排队过了安检,她得赶紧跟过去:"在不在北京?"

蒋方卓那边的环境似乎特别安静,没有半点背景音,只有他的一副好嗓音:"怎么了?"

"江湖救急。"

此时的蒋方卓,正在他位于东三环的公寓里招待商陆。与其说是招待,不如说是找商陆帮忙。

蒋方卓在自己的公寓里弄了套智能家居系统,大概是中病毒了,家里乱了套,不是警报乱响,就是家电突然待机。

商陆的S-lab解散了,他现在既缺人,又缺资金。蒋方卓本来约商陆到家,是打算边喝咖啡,边聊一聊商陆接下来的想法,没承想咖啡机也不按程序行事,愁得蒋方卓连夜打智能家居公司的投诉电话,投诉电话却一直占线。

商陆咖啡没喝着,一直在捣鼓蒋方卓家的这套智能系统。系统设定了权限,商陆没有办法做重建,只能突破防火墙,直接把整个系统关了。

蒋方卓的家总算恢复了正常。

蒋方卓终于可以安下心来,手动泡两杯咖啡,犒劳一下商陆。

"我觉得你可以改行了,进军智能家居领域吧。"蒋方卓打趣道。

"我在自己的领域都一塌糊涂。"商陆没什么表情。

"慢慢来,你才刚博士毕业,不可能一步登天的。有没有想过和叶氏合作?"

蒋方卓刚把其中一杯咖啡递给商陆,手机就响了,他很快结束了通话,再看向商陆的眼神多少带了丝深意,可惜他自讨没趣。

商陆压根没打算开口问蒋方卓为什么突然这样看他,该说的,蒋方卓自然会憋不住说出口,果然——

"向南星打给我的。"

"……"

"你不好奇她为什么打给我?"

蒋方卓对这个问题似乎很感兴趣,眉梢眼角藏着探究。

商陆却是不咸不淡的口吻:"并不。"

蒋方卓叹了口气,他这个学弟,不好琢磨啊……

"迟佳喝多了,在MIX。"蒋方卓低头一想,又补了一句,"她俩都喝多了。"

"所以你要去护送她们回家?"

第五章 只做陌生人

蒋方卓点头，还在等商陆的反应。

在蒋方卓试探的目光下，商陆看了看手表，站起身。

看来是打算和他一起去帮忙？蒋方卓刚因这个念头一扬眉，商陆却说道："那你去吧，我改天再来找你。"

没一会儿关门声响起，商陆人已经走了。蒋方卓还一直站在咖啡机前，有些没反应过来。

向南星在吧台边坐着，一边陪迟佳继续喝，一边等蒋方卓的电话。

她让蒋方卓到了酒吧门口给她来个电话，她再报具体位置。迟佳真的太难稳住了，一会儿去舞池，一会儿去厕所，一会儿又回吧台，时而说自己不能再喝了，时而又让酒保给她来杯最烈的。

蒋方卓怎么还没到？向南星记得他就住在东三环，离工体并不远。

烦得她直接接过酒保递给迟佳的酒，仰头一闷，顿时火辣辣地呛了喉，向南星皱起眉问酒保："你这杯是什么？"

酒保挺无辜的："不是你说要最烈的酒吗？"

Spirytus（斯皮亚图斯），七十度的酒，果然够劲，浅浅的一个杯底下去，向南星就不行了，没一会儿就开始飘，明明手撑着吧台，抚着额，身体却好似在往上走。

响起的手机铃声好不容易把向南星拽回来，她接起电话却压根听不清对方在说什么，而她在电话这边，一点声音都没出，只一个劲地傻笑。

蒋方卓好不容易在吧台角落找到了这两个醉鬼。

迟佳一见到他就扑了过来，酒气和香水味扑面而来，熏得蒋方卓不得不眯了眯眼，侧过头去躲迟佳，才发现了另一个——那个魔怔了似的，撑着脑袋坐在吧台边傻笑的向南星。

蒋方卓从迟佳的桎梏中挣脱出半个身体，轻轻拍了拍向南星的脸："怎么回事？刚给我打电话时不还好好的？"

蒋方卓虽然是一米八五的个头，但一手弄两个还是困难，把迟佳交给保安，蒋方卓才空出手把不知道笑个什么劲的向南星弄出门。

蒋方卓的车停得离MIX有点远，保安把迟佳送到门口，仁至义尽地走了，到头来蒋方卓还是得一手弄两个。

这么冷的天，他额上都沁了汗，只希望这两个醉鬼能安生点，别再出什么岔子，却事与愿违。

向南星突然一把挣脱他："我……自己走！"

"走什么走？回来！"蒋方卓还是第一次这么大声冲她说话。

向南星却压根没听，无所谓地挥挥手："我没事！我给你……走个直线！"说罢，当着蒋方卓的面，当街表演起了走直线，力证自己没喝醉。

可这哪儿是在走直线，分明是把平坦的水泥路走成了平衡木。

眼看她走了两步，就闷头朝一侧栽倒，蒋方卓急了，手上还搡着迟佳，本打算先把迟佳丢在一旁，空出手去把那个走直线的傻子捞回来，迟佳的胳膊却跟铁钳似的，钳在他的颈项上。

而那边的向南星，已然脚一崴，冲着水泥路闷头栽了下去。

也不知是蒋方卓先扳开了迟佳的胳膊，还是向南星那边先被斜刺里突然闪过的那道人影一把揽住，蒋方卓惊魂未定，看着眼前这一幕足足三秒，才要笑不笑地回了神："你不是已经回家了吗？"

"路过。"

商陆低头看看怀里这个酒气熏天的姑娘，皱着眉掩住鼻。

隔天，头痛欲裂的向南星醒来，人已经在迟佳住了两个星期的酒店里。

迟佳也倒在一旁呼呼大睡。

向南星确认了迟佳无恙，侧过身去准备继续睡，却突然想到什么，腾地坐直，看一眼手表。已经十点多了。

向南星揉着太阳穴坐在床头，给院里打电话。她嗓子沙哑，听声音，估计都以为她生病了。

成功调休一天，向南星松了口气，今天的状态实在不适合上班。

第五章 只做陌生人

向南星挂了电话,把手机当镜子照——脸是肿的,眉骨处不知为何划了一道口子,贴了创可贴,从没这么难看过。

昨晚应该是蒋方卓送她俩回来的吧?可向南星彻底喝断片了,连自己什么时候跟蒋方卓说过她俩住哪儿都不记得了。

向南星隔着创可贴碰了碰她脸上的伤,还挺疼。该不会是蒋方卓送她俩回来的时候,把她往地上摔了?

头更痛了,索性闷头躺回去,气得直蹬被子,也不知道在跟谁置气。

迟佳被蹬醒了,撑起半个身子看过来,一张脸比向南星的还肿,半眯着眼问:"咋了?大清早的……"

大清早?向南星朝迟佳抬手腕示意一下时间:"浪费了一天调休。"

迟佳撇撇嘴,依旧一嘴酒气,熏得她自己都直皱眉:"一天调休而已,至于心疼成这样?"

"我攒假期,因为你说年底咱俩要一起去欧洲玩。"

迟佳愣了三秒,捂住心口栽倒。

说来惭愧,向南星长这么大,都没出过国。她两年前办的美签,至今也没用上,早过期了。这回迟佳回国,两人还好生商量着年底去哪儿潇洒一趟。

休了一天已经够向南星心疼的了,第二天可不敢继续休,眉骨的伤也顾不上,她直接戴墨镜去上班,却是掩耳盗铃,到了急诊一样得摘了墨镜。

一贯对患者脾气出奇地好的向大夫,看来今天情绪不佳,面对患者,口吻变得和其他大夫一样公式化。和她同在急诊二室的隔壁桌同事,问她是不是生理期,气色这么差。

她都戴着口罩,同事还能看出她气色差?向南星摆摆手笑了笑,送走患者后,随手翻新了电脑上的挂号表,叫下一位患者进来。

翻新挂号表的下一刻,广播里传来候诊区的叫号声:"请97号患者商陆,到中医内科急诊二室就诊。"

隔壁桌同事还在和向南星说着话,向南星早已没空听,脑子空白的那一瞬间,条件反射地去看电脑屏幕。

下一位患者的名字——商陆。

同名同姓？向南星赶紧去看下一行，身份证号，以及无本地医保。

向南星还没来得及仔细去看那是不是她熟悉的身份证号，一个颀长的身影已经出现在了二诊室外。

向南星手离开鼠标的下一秒，随手抄起抽屉里的墨镜戴上。

隔壁桌同事见状，给自己患者签处方的手差点一抖，今天的向大夫大概是吃错药了？

向南星没工夫管同事怎么想，扶了扶墨镜，看着戴着口罩的商陆走进来。

虽然那张脸被口罩遮了大半，但那眉骨线条硬朗，明明长了一双桃花眼却不爱笑，甚至眉宇间的那一点点不满，都是向南星熟悉的。

向南星从没想过，自己轮岗到急诊才两个月，就"喜提"了前男友。

商陆一进二诊室，就看见一个女医师，戴着墨镜和口罩，直挺挺地坐在那儿看他。

应该是在看他吧，虽然她戴了墨镜，让人猜不透她目光的聚焦点在哪里。

女医师的打扮着实奇怪，商陆脚下一顿也在所难免，紧接着他才拧了眉，走过来入座。

向南星看着他一步步走近，虽坐得笔直，心里却打着鼓。她之前还抱怨蒋方卓，她和迟佳同是学妹，同是喝醉，怎么迟佳没受伤，她脸上却挂了彩？他这个学长当的，太有失公允。如今却真得感激蒋方卓，不然她今天也不会戴墨镜上班。

看样子商陆压根没认出她来，看都没看她几眼。

当然他也没去看别的，似乎身体很不舒服，只顾坐在那儿，低着头，蹙着眉。

向南星松口气，仗着自己脸上的全套防护，完全没了前两天在小区楼道里见到他时——准确来说，是见到他的手时——那般局促。

向南星用几秒钟调整好状态，清一清嗓，刻意把嗓子压得又低又沉，开始问症状。

习惯了向南星平常说话方式的隔壁桌同事陡然听她一副烟嗓，几次抬眼瞄过来。今天的向大夫肯定是吃错药了。

感觉到同事听她用老中医的腔调和患者对话，连那边的病人都不能好好问诊，一个劲往她这边瞟，向南星熟视无睹："除了发烧还有其他什么症状？清涕，浊涕？"

商陆摇头。

"嗓子呢，有不舒服吗？"

"有一点。"

"症状持续几天了？"

"两三天。"

"受寒了？"

"应该是。"

"刚才在外头，护士给你量过体温没有？"

商陆把写着体温数据的小卡片递过来。

向南星一看，39.8℃。难怪，人恐怕都快烧糊涂了，他哪儿还有多余的心思去注意大夫长什么样？

向南星示意他把手伸过来："我给你号个脉。"

商陆却摆摆手："不用，给我开点西药就成。"

"不好意思，我……"差点忘了伪装声音，向南星赶紧一顿，继续挤着嗓子，"不好意思，我们这儿是中医急诊。"

商陆说话有些有气无力，但态度强硬："我知道这儿是中医急诊，但我也知道，你们一样可以开西药给患者。"

向南星撇撇嘴，懂得还挺多，却仍是分毫不让："你要开西药的话，直接去隔壁西医急诊，重新挂个号吧。"说着就要把他的挂号单还给他，让他出去重新挂号。

商陆没动，既没接挂号单，也没从凳子上起来，只看了眼她的手，目光在她手上一顿，继而眉眼凌厉地一紧。

就这么一个微表情，向南星却条件反射地缩回了手。该不会认出了她的手？

想想又觉得不可能。他都烧到快40℃了,还能观察得这么细致入微?

商陆很快把目光从她手上移开,重新回到她脸上,跟之前的态度并没有什么两样:"西医门诊今天的号已经挂完了,急诊那儿也排到了二百多号。"

向南星本来还纳闷他这么讨厌中医,竟然会来看中医急诊,原来是别的地方挂不到号,才退而求其次。连挂个号都能透着傲慢,也就他了。

"你给我开一些泰诺,或者头孢都行。"商陆说。

"抱歉,开不了。"向南星丝毫不让。

商陆本就头疼,说话困难,隔着墨镜镜片,商陆仿佛能看到她眼里的固执。

他的眉皱得更紧:"你这态度我可以投诉你。"

在国外待过的人是不是都习惯把投诉挂在嘴边?迟佳上回也是,酒店隔壁房太吵,向南星第一时间找耳塞,迟佳则第一时间打投诉电话。

可当时迟佳的举动令她恨不得拍手叫好。如今,她却只想把手拍在他脸上。

向南星内心活动颇多,脸上却不动声色:"请便。"

虽说着"请便",但向南星很清楚阜立的投诉机制——没戏。更何况急诊不是门诊,挂号时并不会显示医生的姓名。投诉?他都不知道她姓甚名谁,怎么投诉?

果然,他没了下文。

向南星可算是把上回在自家楼道受到的憋屈讨了回来,她冲商陆公式化地笑,才想起自己正戴着口罩,笑成什么样他也看不见。自讨没趣,又抿唇敛去笑。

她被如此矛盾的自己折腾得很烦躁,语气自然不好:"您要么让我号脉,要么改挂西医的号,不过现在,"向南星看一眼手表,示意他,"已经十一点半了,西医门诊那边是不可能有号了,黄牛号都没了。急诊那边,估计也已经排到了四百多号。您要么在医院等一天,看看还能不能排到下午三点以后的急诊,要么明天一早来医院,排队取门诊号。"末了还不忘提醒他,"黄牛一般凌晨三四点就蹲在门口守号了,您记得赶早。"

首都看病难,是时候让这位海归切身体验下到底有多难。

沉默的对峙。

第五章 只做陌生人

商陆豁然起身。

向南星叫住他:"等等。"

商陆回过头来。

向南星保持着微笑,把他的挂号单还给他:"您拿好,可以去外头退十块钱的挂号费。"

商陆垂眸,看一眼挂号单,再看一眼她的手,没有接,转身走了。

向南星看着他的背影消失在门外,原本硬挺着的肩膀,倏忽间一松。

从没把他撑得如此哑口无言,爽是真的爽,但爽过了这一阵,也不知为何,心里总觉得有丝失落。

把他扔下的这张挂号单揉成团,扔进垃圾桶,眼不见为净,向南星一边摘墨镜,一边在电脑的挂号表上划掉"商陆"这个名字,准备叫下一位患者进来。

就把这个名字彻底划掉吧,从挂号表上,从心里。

却在这时,一阵迅疾的脚步声从远处传来。

向南星下意识扭头,循着声音看向二号诊室门口。不知何时,商陆去而复返。

相较于商陆第一次进入诊室时的眼神发飘,他此刻的眼神和脚步,均透着一丝来者不善。

向南星赶紧把摘下的墨镜又推了回去,恢复正襟危坐的派头,公式化地笑着:"这位先生,请问你还有什么……"

商陆没理会,走过来,一把摘了向南星的墨镜。

向南星伸手去挡,已经来不及,她的墨镜直接被商陆扔到了桌上。

四目相对间,向南星哪儿还有之前的嚣张气焰?隔壁桌的同事和患者都被吓着了,这位去而复返的年轻人,如今这架势真像要揍人。

向大夫今天确实有点嘴欠,但这年轻人也不至于暴力相向吧?同事都做好准备上前拉架了,这位气势汹汹的年轻人却突然坐回了凳子上,直接把手往桌上的脉枕上一放。

似乎在示意向大夫给他号脉?隔壁桌的同事这才松口气,又悄悄坐了回去,心里默念"和谐友爱",当刚才的一切都没有发生过。

向南星却还愣坐在那儿,看他伸过来的手。

她的迟疑令他一扬眉。

"不是你说,我要么让你号脉,要么走人?"商陆一顿,语速刻意放缓,慢慢吐出三个字,"向大夫。"

那刻意拉长的语速,哪儿是在尊称她"向大夫",分明在说:"长能耐了?"

向南星呼了一口气,开始帮他号脉。他的脉象浮紧,风寒无疑,而且偏急乱,肝气郁结,看来是很生气。

生谁的气?向南星抬头看他一眼,这才发现他的目光一直落在她身上,从没移开过。而她抬头撞见他目光的那一刻,他的脉象分明更急了。

向南星按住他的劳宫穴:"有没有感觉?"

"没有。"

回答得还真是冷淡。沉眉敛目的模样,倒挺神态自若。

为什么有些人的脸能如此善变?眉梢一扬,就凌厉得可怕,像是要来揍这嘴欠的大夫;眉眼低垂时,又那么乖。

向南星眼观鼻,鼻观心,忽略掉。

隔壁桌的同事却已经毫不掩饰地看向这边,向大夫是被这来势汹汹的患者吓傻了?这么明显的感冒症状,她却去按患者的劳宫穴?那可是消气的穴位,化结疏肝的。

直到几次被隔壁同事和患者的目光打搅,向南星才放开商陆的劳宫穴,取了压舌板,去看他的舌苔和悬雍垂。

上回在楼道见到他,他就只穿了件薄薄的黑衬衣,袖子还卷到手肘,大概就是这么染了风寒。

嘚瑟吧,活该吧,向南星心里这么想,嘴上却始终平静得跟不认识他似的:"一副吃三天,三天没有好转,再来找我。"

"再来找你?"他扬起的尾音,不怀好意。

"再去改挂西医。"向南星改口。

反正向南星认定了,他一走出这个门,就会把她开的方子扔了。

他刚才去而复返,也只是为了确认这个奇奇怪怪的女大夫是不是她吧,这又是何必呢?

即便如此,向南星还是默默地在方子后头加上"代煎"二字。万一他没把她开的方子扔了呢?他肯定是不懂怎么煎中药的。

商陆拿着她开的方子走了,一个字都没再多说。

商陆人一消失,向南星就气得把桌上的墨镜扫到了地上。

气他吗?好像也不是。更像是在气那个明知道他会把方子扔了,却还特地嘱咐药房代煎的自己。就做不到彻底不管他吗?反正他也没指望她能治好他。

隔壁桌的同事今早已刷新了几次对向大夫的认知,赶紧埋头忙自己的去了,不敢招惹她。

向南星十二点一收班,就脱了白大褂,换回自己的羽绒服,打电话喊迟佳从酒店出来。

她该去见能让自己开心的人。

正好她和迟佳中午准备请蒋方卓吃饭,感谢他辛苦送她俩回酒店。

向南星在医院门口等了五分钟,见迟佳自对面马路挥着手朝她走来,才开始给蒋方卓打电话,问他到哪儿了。

迟佳走到向南星身边时,向南星刚打完电话。

向南星挂了电话,迟佳就问:"学长多久到?"

"说是还有三五分钟。"

迟佳"哦"了一声:"那我去补个口红。"说着便从包里掏出口红,一边旋着盖,一边冲着医院那光可鉴人的玻璃幕墙走去。

"见蒋方卓又不是相亲,这么隆重干吗?"向南星喊她,也不知她听没听见。

不等迟佳补完口红回来,蒋方卓的车已经停在了路边。车窗降下来,蒋方卓冲向南星这边按了两声喇叭。

向南星赶紧回头去催迟佳:"佳佳你快……"

却看见商陆提着刚代煎好的药,从医院大门走出来。

向南星哪儿还顾得上迟佳,下意识地闷头就朝蒋方卓的车快步走去。

她实在不想急诊室里的那一幕重演,却事与愿违。

医院外明明门庭若市,车声人声汇在一块,十分嘈杂,看着比商场都热闹,商陆的目光却恰恰越过这一片熙攘,朝她的方向看了过来。

车上的蒋方卓见她走得这么急,一脸疑惑地下了车。

向南星看着迎面朝她走来的蒋方卓,救命稻草似的一把抓住,拉着蒋方卓一转身,生生躲在了蒋方卓身后。

四下看看蒋方卓的身形,确定他已将她密密实实地挡住,向南星才长长地吁了口气。

蒋方卓差点下意识反搂住她,手上险险一顿,又垂下,换作一边嘴角感兴趣地吊起,似笑非笑地问:"你这是?"

向南星死死抓着他不放,埋头蹦出两个字:"别动。"

"被人追债呢?"

蒋方卓拿食指推她脑门。

成功拉开彼此的距离,将她做贼心虚的模样尽收眼底的下一秒,她突然眉眼压低,装起可怜来。铜墙铁壁的蒋方卓偏偏就吃这一套,收了推她脑门的食指,一动没动,十分配合。

而远处的商陆,也没动了,目光一动不动地看着路边那一对拥抱着的男女,女人的身形被高大的男人遮了个严严实实,却唯独漏了她的鞋——那双她从酒吧穿到医院,又穿到那个男人怀中的,丑得要死的雪地靴。

等迟佳补完口红回头一瞧,向南星怎么不见了?再定睛一看,和一个男人搂在一起,身形全被男人挡住,只露出笨重的雪地靴,可不正是向南星?

迟佳狐疑地走近,才发现两人没在拥抱,只是站得太近而已,而且男人不是别人,正是蒋方卓。

迟佳这才放下心来,冲过去拍拍他俩的肩:"你俩在这儿干吗呢?"

二人均是一惊。

向南星小心地探出头,越过蒋方卓望向医院大门,大门外人来人往,哪儿还有商陆的踪影?向南星变脸比变天还快,立马恢复寻常神色,问:"咱们中午吃什么？"

而载着商陆的出租车，此时正驶过蒋方卓的特斯拉前。

赵伯言发微信问他病看得怎么样了，商陆没回。

屏幕停留在他和赵伯言的聊天界面，商陆的神情有一瞬的迟疑，然后他开始迅速往上划。

他和赵伯言的聊天记录并不多，两个人都忙，没时间闲扯，商陆很快翻到了赵伯言上个月发给他的照片。

是一张婚纱照。

新郎背对镜头，修身挺拔，新娘正对镜头，额角靠着新郎的胳膊，笑容灿烂。那笑容，成了他这一个月坏心情的源头。

那张照片底下，赵伯言问他："初恋就要结婚了，新郎不是你，什么感觉？"

赵伯言打的文字，至于文字背后是幸灾乐祸还是深表同情……反正商陆没回他。

再看婚纱照，新郎的身形，与刚才医院门口的那个男人，在商陆眼前逐渐合二为一，毫无违和感。

他现在终于可以回答赵伯言一个月前问他的那个问题——初恋就要结婚了，新郎不是你，什么感觉？

蒋方卓是成都人，提议去吃火锅，两个姑娘也同意。海底捞向来需要等位，向南星带着他俩去了一家成都人开的正宗火锅店。

这家店唯一的缺点就是辣，能把人生生辣哭的那种。蒋方卓和老板说成都话，老板还多送了他们桌一份腰片，妙哉。

向南星吃得一个劲地擦鼻涕抹眼泪，看吧，前男友的功力还不如这九宫格辣锅底，向南星这么想也就平衡了。

蒋方卓取了公筷帮两个姑娘涮菜，服务很是周到，迟佳要不是手机一直响，大概会双手捧着脸，对如此会照顾人的学长好好捧一番。可惜迟佳的手机一直响，她一直回，压根没动几次筷子。

全是赵伯言发过来的微信。

Boyan:"向南星有没有跟你说她在医院遇着什么人?"

佳:"这事你应该问她去呀,问我干吗?"

Boyan:"我这不是不方便问她吗,她到底有没有跟你说什么?"

佳:"没!"

Boyan:"那就奇怪了……"

佳:"绕什么圈子呢?说,到底什么事?"

赵伯言发了个表情过来。

佳:"不说是吧?那漂流瓶见吧。"

迟佳回完这句就要把赵伯言拉黑,她一年没拉黑过赵伯言几十次,也有十几次,可赵伯言次次都吃她这套。

Boyan:"等等等等!息怒息怒!"

赵伯言唯恐迟佳手速太快,而他打字太慢,所以很快就发了条语音过来。

Boyan:"商陆生病了,我让他去阜立挂急诊,也不知道他去没去。"

这段语音迟佳光是听"商陆"两个字,就已双眼瞪得溜圆,看向对面的向南星。

向南星辣得一把鼻涕一把眼泪,抱着纸巾盒,没有任何异常。

迟佳这才按下心思,把赵伯言的语音听完,再打字回复:"商陆什么时候回国的?"

Boyan:"应该早你几天。"

佳:"然后呢然后呢?"

Boyan:"什么然后?"

佳:"当然是他回来有没有找星仔了。"

Boyan:"这我哪知道?商陆这次回国又是忙着卖房,又是忙着攒他的新团队,蒋方卓、纪行书这些人,商陆都见了一溜够,唯独没时间见我。你不是成天跟向南星鬼混吗?他俩有没有见面,你应该比我更清楚吧?"

迟佳一脸迷茫,仔细回想一下这段时间,除了向南星工作以外,她俩基本形影不离，迟佳丝毫没觉得向南星有什么异常，更别说她见没见商陆了。

向南星夹着刚烫好的毛肚往迟佳碗里放："跟谁聊天呢？筷子都不动。"

迟佳吓得手一抖，手机差点掉进她的油碟里，偷摸看一眼向南星，做贼心虚也顾不着烫，夹起那片毛肚就往嘴里塞，一边呼着热辣的气息，一边甩了筷子继续给赵伯言发微信。

佳："商陆这次回来，就是为了工作？"附带一个白眼的表情。

其实比起翻白眼，或许唏嘘的表情更适合此刻的迟佳。她是看着向南星和商陆如何一路走来的，那么纯粹的感情，却落得如今这般田地。一个在这儿没心没肺地吃火锅，另一个回国只是为了工作，连他们这帮老同学都不愿见一见。

赵伯言那边沉默半晌。

Boyan："我倒觉得没这么简单。"

又卖关子。迟佳刚打下"漂流瓶见吧"几个字，还没发出去，赵伯言就掐着秒发来一句："别拿漂流瓶吓唬哥啊，哥没打算跟你卖关子。不过我说了你可别骂我。"

这还不是卖关子？可迟佳还是把没发出去的漂流瓶那句删了，回复道："行！不骂你。"

Boyan："我P了张向南星的婚纱照发给商陆……"

迟佳一愣，又看了一遍，发现自己确实没看错。

"脑子有泡吧？"

向南星和蒋方卓都是一愣，目光不约而同地落在迟佳身上。

迟佳抬头与两双疑惑的目光同时对视后，才意识到自己刚才脱口而出了什么，赶紧冲对面两人摆摆手："不是说你俩！"又指一指自己的手机，"我说他呢！"

向南星好奇："谁啊？"

迟佳两手一摊："赵伯言。"

向南星一听是赵伯言，便不客气地直接探头过来，要看他俩聊了些什么："他又跟你说什么浑话呢？"

迟佳连忙用手挡住屏幕，索性直接起了身："我去趟厕所。"

为了证明自己不是找借口，迟佳离开前还特意用下巴点点面前正咕噜冒泡的九宫格锅："忒辣了，肚子疼。"

迟佳就这么走了，弄得向南星和蒋方卓面面相觑，她就吃了片毛肚而已，这么大反应？

迟佳刚躲进厕所，就拨通了赵伯言的电话："你脑子有泡吧？P照片干吗？"

赵伯言自知理亏，还小声抗辩："你不是答应不骂我的吗？"

"我答应微信里不骂你，可没答应不打电话骂你。"迟佳沉了口气，发脾气不是重点，她还是得拣要紧的问，"那后来呢？商陆看了星仔的婚纱照，什么反应？"

赵伯言沉默几秒，似在回想："没反应。"

似乎已经猜到迟佳无语到准备挂电话了，赵伯言赶紧补充道："但他隔周就订机票回北京了。"

迟佳忽然停住挂电话的动作，重新把手机移到耳边，一边眉梢已好奇地扬起。

"我不是很清楚，他是本来就打算这时候回北京重新搭建团队找投资的，还是看了我P的照片以后才突然决定回国的。"

商陆在他们这帮朋友里，确实是心思最深的，迟佳也料到大概会是这么个模棱两可的答案。

"这次商陆难得生病，他本来自己扛着不打算去看医生，我可是一大早特地让我爸的司机去他家楼底下逮他，把他送去阜立的。我容易吗我？你还骂我脑子有泡。"

迟佳仔细回想一下今天见到向南星之后她的一举一动，猜测她在医院并没碰见商陆。

"你好端端地去P婚纱照，不是脑子有泡是什么？"

大概是被她骂得没脾气了，在她面前从来是无条件顺坡下驴的赵伯言没了声。

沉默间，迟佳忍不住拍了拍自己的嘴，怎么总忍不住骂他。真是欺负他欺负惯了。

第五章 只做陌生人

赵伯言再出声，带了点被欺负的委屈劲："还不是因为你刚分手那阵子，跟我扯什么你再也不相信爱情了……"

迟佳心尖被陡然戳了一下。

赵伯言的声音还在继续，没那么委屈了，只是多了丝苦涩："我怎么给你灌心灵鸡汤你也不听，就知道反驳我，说什么向南星和商陆不可能分手的，两个人都说分就分了，还有什么是值得你相信的？"

"我那都是喝醉了胡说的，你也当真……"

迟佳无奈地抚着额，被他之前那句话戳到的那个地方，却隐隐泛起疼来。

赵伯言却笑了，笑声传来，十分真切："这么多年了，你的性格我还不知道？平时嘴里可能没一句实话，喝醉了说的每一句话，绝对都是真的。"

好不容易泛起的笑意，又敛去了，赵伯言很郑重，很明白地告诉她："看吧，如果商陆和向南星都能和好，你是不是也可以丢掉你那些固执的想法，找个好人，好好地重新爱一场……"

比陈默，当然也比他自己，都要更好的人。

迟佳挂了电话，愣了半晌，看着镜子里僵着一张脸的自己突然笑了，却不是因为宽慰，更不是因为轻松。而是她知道，向南星和商陆怎么可能和好如初？

这两人之间，可是隔着商陆姥爷的死。跨不过去的。

向南星都快吃完了，迟佳才回来。

走的时候迟佳是火急火燎，回来时，却是一步千斤，看着都沉重。

向南星正和蒋方卓聊着他送她的那束花，以及她和迟佳这段时间住酒店的事，医院里传得有多玄乎，因为迟佳那一脸的表情，他们中断了话题。

向南星记得迟佳跑厕所是因为被火锅辣着了，直接把迟佳面前冒着辣油星的油碟换成了一碗蹄花汤："喝点汤缓缓。"

迟佳闷头喝汤不说话，就当自己去这趟厕所是真的拉虚脱了。

为免桌上的气氛被自己打搅，她催对面两人："你们继续聊，别管我。"

向南星见迟佳的脸色那样，哪还能想着聊天："喝你的汤吧，别顾着热场子了。"

迟佳偏不。热腾腾的火锅，配一桌的安静，反倒会让她想起赵伯言的那番话，更要不得。

迟佳宁愿重新让场子热起来："你俩刚说到什么花来着？"

迟佳刚回来时，偶然听到这么一句。

蒋方卓就接着说了下去："向南星怪我给她送花，害她同事胡乱编她绯闻。"

迟佳知道这事，一边啃着蹄花汤里的猪蹄，一边回嘴："你送她roseonly，她同事能不编她绯闻？这牌子不是主打一生只送一人吗？还死贵。"

历来谈笑风生的蒋方卓被质问得一卡壳，才笑道："我让助理随便去买的，我助理又不会替我心疼钱。"

向南星其实早就猜到是这样了，学长对所有人都足够好，迟佳和学长接触时间不长，才会这么纳闷。向南星见迟佳说着话还能把猪蹄啃那么干净，问："缓过来了？"

迟佳笑笑，又给自己盛了碗蹄花汤。

向南星看看手表，时间还有富余，便说道："那你吃完了咱们就撤，我还得回去上班，你不也得去西区医院国际部看看？"

迟佳点头："你妈可给力了，我下午直接去国际部那边见护理部的科室主任。"

向妈的办事效率向南星是领教过的，比向大夫那碗温吞水给力不知多少倍，向南星举着手里的酸梅汁："祝你旗开得胜！"

碰一碰迟佳手里那碗蹄花汤，算是干杯了。

蒋方卓被向南星逗笑了，学着向南星，举起手里的茶盏，也去碰了碰迟佳的蹄花汤。

向南星的杯里就剩一口酸梅汁，她一口饮尽。

蒋方卓的杯里也是一口茶的量，他也一口饮尽。

唯独迟佳看看自己那满满一大碗蹄花汤，干？还是不干？

三人各自看看，都笑了。

是啊，有什么还能比吃饱喝足更令人开心的呢？

第五章 只做陌生人

忙碌的三天过后，眼看又要临近周末，医院却从没有一天歇的。

迟佳的新工作有了眉目，有了可以和迟妈交涉的资本，终于不用再住酒店。

向南星也就住回了宿舍，似乎一切都回到正轨，回到了向南星想要的按部就班，直到那似曾相识的声音再度响起——

"请65号患者商陆，到中医急诊三诊室就诊。"

向南星正检查着自己患者的肌肉拉伤部位，听见外头传来的叫号声，手上生生一顿。

虽说她是内科的，但分到急诊，基本内外、妇童的病都得看。

向南星的患者要脱衣检查，二诊室的帘子拉得严严实实，她压根看不见外头被叫去三诊室的患者究竟是不是商陆。

她上次开的那服药确实只够吃三天，她也对商陆说过，三天内还不好转，得再来医院。如今正好三天过去，可他怎么还来看中医？

向南星屏气凝息，忽略脑子里的各种纷乱，专注于自己的患者。

二诊室的帘子拉着倒也好，免得她分心，正这么想着，帘子却被人豁然拉开。

三诊室的林大夫拿着病例走进来："向大夫，这是三天前在你这儿看的吗？"

林大夫身后跟着个三十岁左右的陌生男子，向南星见这二人朝她走来，疑惑地起了身："怎么了？"

"这位先生来这儿复诊。"林大夫拿病历点了点他身旁跟着的陌生男子，"但他和医院建档里的照片对不上号。我看就诊记录里他三天前在咱这儿初诊，是你给看的，所以我来问问。"

陌生男子有些局促，低着头没说话。

向南星看看他，并不记得自己三天前见过这人，接过林大夫手里的病历，翻开一看，傻了。这不是三天前她给商陆写的病例吗？

面对两道审问的目光，陌生男子只能招了："我只是帮人来开个药而已。我又不是故意要冒充谁的。"

向南星板着一张脸没说话。

林大夫则是公事公办的口吻："这位先生，现在看病都实名制了，您朋友不能自己来医院开药，可以直接写份委托书给您，您一样能来开药。但是您拿着对方的身份证冒充……""冒充"这个词用得有些重了，现在的医生还是挺注重维护医患关系的，林大夫顿了顿，改口道，"总之，您不能这么做。"

林大夫把手里捏着的身份证还给这位男子。

身份证上的商陆，1989年出生，身份证上的照片也是玉树临风，跑来冒充开药的这位，明显没那么年轻，长相也没那么明净清新。怎么可能蒙混过关？

陌生男子很是不服："那怎么办？正主高烧得床都下不了，怎么来你们这儿开药？"

向南星原本正看着被林大夫还回去的那张身份证——确实是商陆的，这陌生男子一句高烧下不了床，向南星瞬间如遭雷殛，浑身一僵。

林大夫倒是见怪不怪："情况这么严重，得打点滴，开中药也不好使啊。"

向南星下了班，没回宿舍，而是按照帮商陆代开药的司机大哥给她的地址，去了马甸桥那边的公寓。

当时司机大哥骂骂咧咧地从急诊离开，向南星追了出去，正赶上司机大哥在给赵伯言打电话。

向南星一听司机大哥对电话那头尊称"小赵总"，向南星就知道那是谁了。

商陆如今借住的，就是赵伯言的房子，是赵伯言读研那会儿买的房，离学校近，他为了能带女朋友回家住，就不住学校，改走读。

赵伯言最近为什么不住这儿了？向南星没问他，也顾不上去问。

她到了1103，按门铃，敲门，都没人应，只能用赵伯言告诉她的门禁密码，解锁进屋。

冬天天黑得早，屋里没开灯，向南星基本上靠摸瞎，在墙上摸了半天没摸着开关，索性打着手机电筒进屋。

赵伯言说商陆虽然高烧，但他今天约了创投公司谈事情，未必会在家。商陆的个性他们都清楚，固执，非常固执，在家好好养病才不像他。

可向南星还是来了，虽然她也不知道自己来了能干吗。

左手边紧闭着门的，应该就是卧室吧。赵伯言刚搬到这儿住的头一年，向南星几个人来这儿蹭过饭,可那仅此一次的记忆也不够向南星摸清屋子里的结构。

她犹豫着走过去,正准备拉门,门却被人突然反向拉开。

向南星触电般缩回手,手机还亮着光,屋里被摇曳得光影重重,门又是无声拉开的,着实吓人。

向南星还没缓过来劲,眼前这道门已被彻底拉开,一个身影自屋里走出,向南星下意识退到边上,看这修长挺拔的身形——

"商陆?"

向南星都不敢大声唤他,毕竟他还不知道家里多了一个她。

原本脚步虚浮的商陆闻声一顿,立在那里,凌厉又顾长,好半晌,才回过头来。

向南星还没想好自己第一句话要说什么,他已有些迷茫地开了口:"不是真的……"

那样一动不动地看着她,却说不是真的……

向南星被他游离身外般不真切的声音钉在原地,直到他身体一晃,眼看就要闷头栽下去,向南星才急忙伸手。

可他那么沉,向南星根本揽不起他,一个滚烫的身体栽进她怀中的下一秒,向南星也一同跌坐在了地上,摔得生疼。

这么一摔,把向南星摔糊涂了,倒把商陆摔醒了。

这么近的距离,他看着她一秒、两秒、三秒,死皱着眉支起身。

意识到此刻刺眼无比的亮光来自她那摔到一旁的手机,商陆稍显困难地站起来,还替她把手机捡了起来。

他关掉电筒,把手机扔还给她,也没问她到底是怎么找到这儿来的,一言不发地朝厨房走去。

他下午开完会回来,实在撑不住,睡了一觉,出了一身汗,如今口干舌燥,只想给自己倒杯水。

被彻底无视的向南星火腾地冒了出来,他刚到料理台前给自己倒了杯水,还没喝半口就被快步走来的向南星一把夺了去,溢出的水溅了他一手。

他第一次去她那儿就医,风寒才两三天,也没什么肺热的症状,他自己体质又好,几副麻黄汤就能好转。如今他要把水杯拿回去,反被向南星不由分说地把胳膊扯了过来。他一点力气都没有,连她都挣不开,向南星给他把脉,已经是很明显的肺热,分明是表寒未解,入里化热,再这么下去,肺部感染可是会要命的。

前阵子向南星的工作群里还在分享和阜立同区的一家医院出的事,就是一位老人家起初是小感冒,最后肺部感染死在加护病房,现在家属还在和那家医院打官司,阜立的副院长张南均特地在群里发言,让自家医生一定要注意。

"我给你开的药你是不是扔了?"几乎是质问。

商陆锁着眉看了她半晌,忽然似笑非笑道:"向大夫,看病看到家里来了?"

看她霸着水杯不还,他索性不要了,绕过开放式的料理台又走了出去。

"你请便。我头疼,去睡一觉。"

这回,向南星没再追过去。

商陆回到卧室关上门,无力地倚住门背的下一刻,外头就传来了砰的关门声。

她终于走了……商陆还以为自己起码会苦笑一下,但他脑袋晕得一点波澜起伏都容不得,径直走到床边,闷头倒下去。

向南星一搜到最近的药房在哪儿,就直接出了门。

提着购物筐,在货架间迅速穿梭,见到什么都往购物筐里放,没一会儿购物筐就满了。

买个药买出了超市折扣大抢购的架势,惹得柜台后的药剂师频频侧目,收银员也几次问她:"确定都要?"

向南星严肃地点头。

向南星又火急火燎地回到赵伯言的公寓。

这时外头天已全黑,屋子里比她刚才来时更像一个未知的无底洞,向南星反倒一点都不怵了,借着外头走廊上投进的光线,她一眼就发现了之前死活都找不着的大灯开关。

果然人一狠起来,老天都不敢为难。

向南星刚才是一路跑回来的,此刻还气喘吁吁,她蹬掉鞋,提着一大袋药"哼哧哼哧"地进了屋,直奔卧室。

第五章 只做陌生人

商陆还真躺在床上睡着了。

不过她推门而入时太过用力,门背哐当一声撞在墙上,他就算真睡着,也被当即吵醒。

向南星把他拽着坐起,水杯和药都塞进他手里:"吃药。"

见到她,他的眉心就没再解开过,挥手试图挡开:"你又回来干吗?"

向南星没理会:"你吃不吃?"

倔驴!这心性,当年还能勉强夸一句少年桀骜不驯,如今怎么看怎么是头彻头彻尾的老倔驴!

向南星心里琢磨着,突然双手一抄,抱住"倔驴"的腰,死死不撒手。

他身体明显一僵。终于不是那么死气沉沉,终于有了一丝反应,却是试图扳开她的胳膊。

向南星哪儿会撒手,反剪得更紧:"你不吃药我就不撒手!"

看谁倔得过谁?

试图挣脱的力道一点点被卸去,可他依旧没松口。他不松口,向南星自然不撒手。

僵持到最后,商陆的语气突然浸满了无奈:"我快喘不过气了。"

向南星不为所动:"别想骗我撒手。"

累晕他,再给他灌药,她现在也完全做得出来。

商陆看着贴在自己胸前的这颗冒着怒气的脑袋,有那么一瞬,很想伸手为它顺毛。可惜他两只胳膊被她一同圈住,究竟是没力气挣脱,还是不想挣脱,这一刻,商陆自己都很迷茫。

终于,原本清冽但拒人于千里之外的声音里透出了无奈:"你不撒手,怎么帮我拿水杯,拿药?"

向南星一怔,抬头看他,想确认他是不是忽悠她。

他避开了。

别过头去的幅度,也提醒了向南星,彼此现在是什么关系,她清了清嗓,尴尬地松了手,转而拿起床头柜上搁着的水杯,递给他。

他竟毫无反抗，乖乖接过。是有多怕她再胡搅蛮缠？

向南星拆了第一盒药："氨酚烷胺，一粒。"

商陆接过去。

向南星拆第二盒："蒲地蓝消炎，四……"

商陆手掌都已经摊在她面前了，向南星却突然把蒲地蓝收了回来："不好意思，拿错了，这是中成药。"

商陆眉梢一抬，她这是在故意挤对他？

向南星撇撇嘴，随手把那盒蒲地蓝扔了回去，转而拿起另一盒："抗生素类现在全是处方药，只有这个还是OTC(非处方药)，你先对付着吧。"

商陆手里一把药，就着一杯水，全吞了，躺回去，侧过身睡，不再理睬她。

向南星坐在床边，等了他一会儿，嗜睡、腹泻……他又是空腹吃的药，副作用有他受的了。

谁知，身后的呼吸却渐渐平稳下去，似乎除了嗜睡，他暂时没有其他不良反应，终归是身体机能好。

向南星觉得自己留在这儿也没什么意义了，无声地起了身，拉开卧室门准备离开，床上那人却声音低沉着碎了满屋："你知不知道你这算劈腿？"

梦中呓语，还是半梦半醒？

向南星顿住脚步回头，床上那人依旧背对着她侧睡，安静到仿佛刚才那句话压根不是出自他之口。向南星疑惑地皱起眉，又被她兀自摇摇头抚平，出了卧室，悄声带上门。

他都开始说胡话了，药劲是真猛。

向南星却没能彻底离开。她刚走到客厅，手机就响了。

向南星怕吵醒卧室里的病人，赶紧接听。是赵伯言，打来问商陆的情况。

向南星这回倒是摆出了见惯生死的态度："他去医院拍个片，能排除肺部感染，基本上就没什么大问题。"

赵伯言不禁感叹："他这倔脾气，也就你治得了他。"

向南星赶紧让他打住："你可别抬举我。"

商陆的脾气不是一天两天了，就连这次商陆回国，他都没有住他姥爷的旧居，赵伯言看房子空着也是空着，就让商陆过来住，商陆却打了一个季度房租给他。

倔是真倔，还特别自以为是，以为不吃药就能把病扛过去。

关于商陆的话题，向南星就此结束，走到门边，一边穿鞋一边问："你跟迟佳碰上面了没？"

迟佳下午就约了大家今晚吃饭，说是有好消息宣布，一猜就知道迟佳应该是工作有着落了，向南星本来打算来这儿看望商陆之后，就直奔饭馆。

赵伯言虽然下班时间比向南星晚很多，但他所在的长椿医院离约定的饭店比较近，向南星猜赵伯言肯定比她早到，赵伯言却顾左右而言他："你不多陪陪他？"

"你是真心希望我陪着商陆呢，还是希望饭局我别去了，你好和迟佳单独吃顿饭？"

"嘿嘿。"

赵伯言的笑声足够说明一切，向南星却抬杠："我偏不！"说着就要拉开大门走人，却在开门的一瞬猛地一顿。

玄关的鞋柜上，随意地扔着个她非常眼熟的荧光手绳——那是酒吧的入场凭证。

她上回和迟佳去工体的酒吧，入场时服务生往她和迟佳手上各套了一个。

向南星不等赵伯言再说些什么，挂了电话，拿起荧光手绳，手绳正中央镂空刻印着酒吧的名字——VICS。

这家酒吧就在她上回和迟佳去的那家MIX的正对面。

她之前两次路过鞋柜都太匆忙，没看见这手绳，至于手绳到底是哪儿来的……赵伯言自从去了长椿医院上班，就彻底不住这公寓了，手绳肯定不是赵伯言的，那么只剩下一种可能性。

生病了还往酒吧跑？够潇洒的……

一想到自己夜不能寐时，卧室里那位却在酒吧里尽览短裙高跟鞋大美女，向南星甩手就把荧光手绳扔回鞋柜，想也没想就往回走。

闷头回到卧室门外,手都握住门把了,才被重新归位的理智攫住。

她现在进去能干吗?不由分说把他摇醒,让他把她买的药吐出来?都快二十六岁的人了,已经没有了任性妄为的资本。

握在门把上的手无力垂下,向南星拖着沉重的脚步走到沙发旁一屁股坐下,手撑着额头,烦。

茶几上乱得不行,一堆文件资料摊得到处都是,放眼望去中英文都有,向南星看得更烦。

商陆应该是把这一隅当书房用了。

向南星记得赵伯言读研买了这套公寓后,把原本的书房改成了放手办的房间,赵伯言的那些手办大概还在这套公寓里放着,没有搬走,商陆就只能在茶几上工作了。

一想到面前的这些文件都是商陆的宝贝,向南星直接抬脚,用脚丫子把它们全扫到地毯上,包括他的笔记本电脑。

总算心理平衡了些。

然而,当向南星无意瞥见电脑屏幕反射出她的脸时,又生生一僵,那得意使坏的表情……自己怎么这么幼稚?

再看着面前如雪片般被扫落在地的文件,向南星顿时有些后悔,毕竟这些都是他的宝贝,又只得硬着头皮弯腰去捡,一边捡一边顺道看一眼这些究竟是什么文件。

可惜大部分是英文,向南星匆匆扫了几眼就不愿再看。

她大学时英语成绩还挺好,虽然口语一般,但敢说敢练,四六级考得也都是高分,毕业这短短几年,却把这些全还给了老师。

她一个中医,工作上压根用不到英语,如今一看到大段大段的英文,几乎条件反射地想扔到一边去。当然被她扫落的文件里也有不少是中文,向南星一张一张捡起来。

看来商陆最近确实见了不少投资机构,光合作意向书茶几上就有好几本,但投资机构的意向似乎都是想和S-lab合作。

可惜S-lab已经不复存在，就算商陆是S-lab的创始人，投资机构也很谨慎。

当然不止只是对S-lab感兴趣的投资机构，还有几家涉足AI医疗影像的科研机构，甚至还有中科院的千人计划提供给商陆合同模板。

商陆虽然成了富通医疗和S-lab的弃子，但他个人的价值，绝对不止于此，光是他拥有的三项核心技术的专利，已经足够引人垂涎。尤其在国内，因为技术壁垒的原因，AI医疗这块还落后美国一大截。

可惜这一桌的合同里，似乎没有一份能吸引商陆，全被他随意地丢在这儿。就连第五届全球精准医疗峰会发给他的邀请函，都被他随意地插在放电视遥控器的桌面收纳格里。

向南星原本没注意到还有张这么重量级的邀请函，抬眼一扫，发现插在收纳格里的那张卡片上似乎印着什么字样，才眼前一亮，抽过邀请函。

翻开一看，三个月后，峰会将在瑞典举行，邀请S-lab参加……又是S-lab，难怪他心塞，想眼不见为净。

商陆真的是因为狮子大开口，向富通医疗索要六成的股份，才被踢出局的？向南星不愿去想这个问题，把她之前扫落在地毯上的笔记本电脑也捡了起来。

她扫一眼已经被她复原回到最初的茶几。

如今的地毯上只剩下一张被折成三折的信笺纸，向南星捡起来，想着这信笺纸最初应该是搁在电脑键盘上的，正要把它按原样放回，却突然看着手里这张信笺纸，呆住了。

这老式的信笺纸，多么像当初商陆姥爷请她转交给商陆的那封亲笔信。

可惜姥爷去世后，她才有机会把这封信转交给商陆。向南星还记得商陆拒收的那一刻，强忍泪水的通红双眸。

商陆留学的第二年，姥爷查出得了肺癌。

已经是IIB期，胸腔镜微创手术不确定能否切除干净病灶，肿瘤若累及纵膈淋巴结，或侵犯肺内邻近结构，都是致命的。

传统的开胸手术，即便是最顶尖的医生也没有百分百的把握，术后可能引发的并发症、后遗症，有心脏病史的姥爷更是难以扛下。

最终，姥爷两种手术方案都没选，选了中医。

对于IIB期的癌症病人，中医基本只是辅助，完全靠中医是不可能治愈的，没有中医敢接这个病人，都怕引来病人家属的迁怒。

姥爷却前所未有地坚持。

爷孙俩固执起来，简直一模一样，商陆拿姥爷没办法。

所有人都当姥爷是老糊涂了，向南星起初也这么认为。

只有向爸，把姥爷接手了过去，这对任何一个医生来说，都是吃力不讨好的事情。

姥爷的病情还在恶化，复查已是IIIA期。病人家属的迁怒，早在意料之中。

那之后，商陆再也没去过向家。

向南星夹在中间，很是为难。

向爸却没有试图让向南星去劝商陆，反而希望她能陪着商陆，过了这道坎。

"商陆这孩子，肯定觉得全世界都疯了，我担心他被这种孤立无援的处境逼疯。"

是啊，商陆的妈妈曾被庸医拖累，商陆姥爷如今所做的一切，在商陆眼里，何尝不是重蹈覆辙？就算再理智的人，也过不了这道坎。

商陆托了一切关系，甚至叶志伟、蒋方卓都帮了忙，才请动世界知名的肺癌权威专家主刀。相关手术方案定下来之后，本想在国内进行手术，但国内的公立医院手续复杂难办，私立医院设备又不行，最后只能让专家特意从瑞士飞到纽约。

而向南星最初是答应要帮商陆骗姥爷去纽约的。她和姥爷的签证都是一起办的。可最终，她把姥爷带到机场，却反悔了。

姥爷根本不是老糊涂，他只是不想再受苦。

向南星还记得姥爷躲在厕所里，广播已经催了三遍，向南星急得闯进男厕。

其实姥爷早就猜到这次去纽约是为了什么，他欢欢喜喜地办签证，和老友一一道别，炫耀宝贝外孙邀请他去美国旅游，到头来，却躲在厕所隔间里，再也伪装不下去。

"南星，姥爷只想舒舒服服地离开，不想让人在身上拉口子，你能成全姥爷吗？"

那一刻，年近八旬的老人，在向南星面前，害怕得像个三岁的孩子。

向南星比谁都清楚，姥爷的肿瘤已经无法一次完整切除，开胸手术，二三十厘米的大口子，按照姥爷肿瘤的位置，甚至可能还需要卸掉一根肋骨，再加上后续的化疗，年轻人都受不了，何况一个年近八旬的老人？

在肯尼迪机场苦苦等待了十三个小时的商陆，最终谁也没等到。

向南星没有把姥爷带上航班。

自机场离开的车上，姥爷写下了一封信。

姥爷是体面的知识分子，老花镜、钢笔、红头信笺，都在他随身的手提包里。

他一边写，一边笑着对向南星说，他之前一一和老友见面，其实是为了能好好道别，他怕自己死在纽约，死在手术台上。到了这个年纪，死亡其实并不可怕，可怕的是来不及说再见。

他写完这封信，折成三折装进信封，请向南星转交给商陆。

向南星接过信的那一刻，已经哭了。她知道，这也是姥爷对她的道别。

商陆赶回国时，姥爷因合并感染住院。从普通病房到ICU，直到姥爷去世。

商陆守在医院，不见任何人。

直到姥爷火化那天，向南星终于有机会把姥爷的信交给他。

他却说："别让我再看到你。"

其实商陆在那之前，曾说过类似的话，可她每一次都不当回事。

毕竟在那之前两人都小，他不好接近，她没脸没皮，犯过的最大错误，也不过是炖了他养的兔子。

而这一次，和之前都不一样。他是真的，再也不想看到她。

S-lab的第二代AI辅助诊断系统，首要攻坚的就是肺癌领域，这点向南星一点都不意外，但姥爷的这封信，后来明明被她带去了阜立的宿舍，又为什么会突然出现在这儿？

信封已经不见，商陆分明已经拆开看过。

向南星咽了口唾沫，犹豫半天，还是没有展开信纸看看姥爷究竟写了些什么。尘封的记忆，还是让它继续尘封吧。

向南星放回信纸，起身的那刻，手机又响了。

手机开着铃声，向南星从极致的安静中被一把扯回，吓得差点把来电按掉，一看又是赵伯言打来的，才捏着眉心接听。

"到哪儿啦？"

"你不是不希望我去做电灯泡吗，还打电话来催个什么劲？"

赵伯言很无辜："火气怎么这么大？"

向南星提醒自己，不能学迟佳总欺负赵伯言，才恢复平静道："为了弥补我对你发火的错误，我晚到一小时，让你俩再多单独相处一会儿。"

赵伯言满意了，夸她："上道。"

一个小时，这都是往少了说的，现在八点，正是晚高峰，三环怕是已经堵得水泄不通，她从北三环去西三环，起码得一个半小时。

向南星匆匆路过卧室门口，正要挂电话，脚下一顿，卧室门开了。

开得悄无声息，就像门内走出来的那个人。卧室的灯光昏黄，外头敞亮，那人似是从明暗分界处，朝她而来。向南星有一瞬间的恍神。

"你怎么还没走？"商陆皱着眉。

他此刻的神情比没吃药那会儿清爽了不少。

对如此尽职尽责的向大夫连句感谢都没有，向大夫不服："我正要走。"

可她的反驳哪儿有说服力，她在他家起码待了一个小时，更像是要赖着不走。

只能用实际行动证明自己其实并不想和他共处一室了，可向南星刚抬起脚准备走，他却突然上前一步，拦住去路，像原本安静蛰伏的豹子，转眼逼近到脚边。

向南星要退后已经来不及。

他垂眸，看她的眼睛，看她手里拿着的手机，眼里是暗光。

刚才谁给她打电话？

他的眉心微微一紧，又倏忽一松："知不知道你这样算劈腿？"

因距离太近产生不适，正要往后退一步的向南星又停住，抬眼看他，正对上他自她手机上收回的目光。

这人烧未退尽，一脸寒意。他的眼里，更是冷热交替似有一团无名火。

向南星无辜被灼，心尖一怵，却依旧不解，怎么他刚才说过的胡话，现在又冲着她说了一遍？

向南星被这莫须有的罪名扣在原地，她和赵伯言的通话还持续着，赵伯言应该是听到了电话那端有奇怪的动静，一时好奇就没主动挂断，一个劲在电话里"喂？喂"。

向南星瞅一眼一言不发的商陆，硬着头皮把手机举回耳边，低声对赵伯言说了句："我这边有点事，一会儿见面再说。"说完就挂了，把手机揣回兜里。

第六感告诉她，商陆似乎对她的手机有敌意，还是赶紧揣回兜里比较安全。

商陆全程听着她把电话讲完，一会儿见面再说？所以，她现在是要赶去和某个人见面？

她对着电话那端小心谨慎的语气，仿佛已经告诉商陆电话那端的人是谁了。

她揣回手机还不忘嘱咐他："药按时吃，如果出现肺部感染的前兆，一定要去医院。"

他也学过医，对肺部疾病症状的了解肯定比她透彻，向南星见他没回答，就当他听进去了，绕过他就走，丝毫没料到自己下一秒竟被他一把拽回。

她的肩膀撞了下他胸口才站稳，这一下撞得挺结实，向南星皱了下眉。

他没有任何表情。

"你有病啊？不是你刚才问我怎么还不走的吗？"向南星忍不住骂道。

"我有没有病，还不是你向大夫说了算？"回答得还真是理所当然。

她的怒意就像一记拳头打在了海绵上，到头来还是她自讨没趣，只能敛了敛眸，把思绪理理清楚。其实也不难理解他为什么生气，他见到她，怕是好的回忆、坏的回忆统纷至沓来。她这样擅自找上门来，确实欠缺考虑。

"你不用误会，我来找你绝对没有别的想法，只是因为咱俩也算相识一场，你又是我的患者……勉强算是我的患者吧，我这人又比较……说好听点叫热心肠，说难听点就是好管闲事，真的，就算是路边的乞丐……"这比喻大概有些过分，见他皱了皱眉,向南星面不改色地改口,"就算是不认识的人生病,我也是能帮则帮。"

嗯,对,是这个理,向南星已经说服了自己,希望也能说服他。

"现在我知道了,我这样擅自跑来找你会让你很不适,我保证,下不为例。"何止是保证,她竖起两指,简直是发誓,"再见。"

她说得这么有理有据、有分有寸,临别了还客气地对他说再见,他总挑不出毛病了吧?

然而向南星转身要走,商陆扣在她手肘处的手不仅没松,反而一紧。

他双唇微启,看来有话要说。向南星便耐着性子,等着听。

"在你走之前……"

他声音有些低,越到尾音,压得越低,向南星不得不侧了侧头,耳朵离近些,他却突然就势低下头来。

那角度,真像是要吻她。

向南星顿时双眼圆瞪,那一秒间,脑袋已经条件反射地狠狠一侧,吓得脖子都僵了。这时才发现商陆压根没想要吻她,他的目标,从头到尾就不是她的唇,她这样狠狠一偏头露出脖子,反而称了他的意。

向南星感觉到他吻上自己脖子的那一刻,脑袋轰的一声炸了。

他却不是吻,而是在她脖子上狠狠吸了一下。向南星连忙推开了他。

他抓在她手肘上的手在这一刻已经松开,自然就被她挣脱了去。

向南星摸着自己的脖子,生气地瞪他。她现在可以确定,连日高烧已经把这人烧成了神经病。

商陆的目光落在她捂住脖子的手背上。她的衣领边,还能隐约瞧见项链的踪迹,只是不知是否还是当年那条。

"慢走,不送。"他手插在裤兜里,漫不经心地说。

那一瞬间,向南星有些恍神,仿佛面前站着的,还是当年那个心气有些高、内心却柔软的少年。

突然的愣怔,又突然的回神。

第五章 只做陌生人

向南星转身快步离开,不敢再有片刻逗留。

手机地图上,三环已经堵成了紫色,向南星干脆去坐地铁。

被挤在地铁一角的她,好不容易腾出空间摸出手机。点开相机,照自己的脖子,一记显眼的吻痕,印在颈侧最明显的地方。

她今天没化妆,包里就没放粉饼,想遮都没东西遮。幸好她的毛衣带点领子,可以稍微遮住一点。

向南星只能时刻告诫自己要缩着脖子,不然被赵伯言发现,以赵伯言看热闹不嫌事大的性格肯定翻天了,她烦躁地把手机收回去,完全不明白这一切的始作俑者的目的。

等她终于和迟佳碰上头,一个半小时早过了,好在她不是最后一个到的,蒋方卓比她还晚。

向南星和蒋方卓基本上前后脚进包厢,赵伯言见到向南星,不敢为难,见到蒋方卓,立马就起哄,要迟到的蒋方卓罚酒。

蒋方卓倒是应对自如,脱了外套挂在一边,说:"罚酒就算了,这顿我请,我十点还有事,不能喝。"

他顺便把向南星刚脱下的外套也挂了过去,随后便坐到了向南星一旁。

今天吃的官府菜,规格颇高,掏腰包请客的迟佳本还有些肉疼,听蒋方卓这么说,赶紧给蒋方卓倒了杯果汁,示意向南星帮她递过去。

"晚上十点……"赵伯言笑得暧昧,"约会啊?"

"没有,我约了商陆。"

此言一出,一桌人都安静了。

那杯要递给蒋方卓的果汁被向南星在半空中举了几秒,她才收回神,赶紧放到蒋方卓手边。

蒋方卓看着向南星,刚准备说谢谢却是一愣,他看见了她脖子上的那记吻痕。

赵伯言见场面突然冷了,有点无奈,怎么好端端的,商陆就成了一桌人的禁忌?明明大家都是那么好的关系。

赵伯言笑起来:"这么巧?向南星刚从商陆那边过来。"

蒋方卓微微一怔，下一秒，目光却很自然地掠过向南星，转回到赵伯言身上："是吗？那是挺巧的。"

赵伯言又问："你怎么和商陆约这么晚？"

蒋方卓却似没听见，一边招呼包厢的服务生过来，一边问东道主迟佳："要不要加点菜？"

刚才赵伯言想点鲍鱼牛尾汤，迟佳没舍得。赵伯言当时说，这顿他买单，可迟佳就是不乐意。

但迟佳不乐意花赵伯言的钱，不代表她不乐意让学长掏腰包，学长问要不要加菜，迟佳自然欣然应道："可以呀。"

迟佳和学长这么一来一回，赵伯言也就忘了上一茬，蒋方卓接过服务生递来的菜单，赵伯言准备凑过去看，迟佳刚点的那点菜，他是真没吃饱。

可惜蒋方卓一拿到菜单，翻开的时候就下意识地往向南星那边偏了偏："想吃什么？"

向南星闻言，低头研究起了菜单。

蒋方卓本就与她邻座，她这么一低头，脖子上的吻痕又落进蒋方卓眼里。

蒋方卓突然想到赵伯言刚才问他的那个问题：为什么和商陆约在十点这么晚？

迟佳这次请客，蒋方卓之前都推掉了。他原本和商陆约好了今晚七点吃个饭，聊一聊商陆近期的动向。

叶氏准备发展AI制药，这是公司未来十年的规划方向，商陆虽然刚博士毕业，但已经有了S-lab这样的成绩，叶氏想要挖商陆，蒋方卓自然就成了中间人。

但商陆提出实验室他必须要有六成的占股，这个要求确实有些苛刻了。之前就是因为他要的股份额太多，被富通医疗釜底抽薪。

外界都以为商陆这是为了钱，但其实不是，商陆和蒋方卓聊过这事，他之所以要这么高比例的占股，是为了确保未来产品运用到临床阶段后，他有压低定价甚至是开放专利的话语权。

这是商陆一直以来的追求。

他在清华时，参与的叶氏清影实验室手持超声设备，就是因为专利费太贵，成本压不下去，导致定价太高，至今都没能在国内普及，目前就只能在国内外一些收费昂贵的私立医院见到手持超声设备的身影。

拿S-lab的辅助诊断智能系统来说，富通医疗是美国公司，它的智能数据库是绝对不会无偿共享给中方的。商陆若不开口要这么高的占股，永远只能当一个没有话语权的科研人员。

商陆和富通医疗谈崩的结果完全在他的意料之中，虽然S-lab解散了，但几项核心专利都在商陆的个人名下，这也是商陆为自己留的一手。

缺了这几项专利，富通医疗就算挖走S-lab的所有人，也照样得重新开始。既然合作不成，不如彻底撕破脸。

而叶氏这些年才开始把目光投向AI领域，AI制药的前景肯定是无限的，但风险肯定也与之成正比。

商陆提的要求，叶志伟在考虑，也在等，等着看商陆是否能在短时间内重建一个S-lab，毕竟团队的价值永远要比个人高。但叶志伟也在担心，商陆会不会被中科院或者别的机构挖走，这就导致这段时间，蒋方卓不得不实时跟进商陆的近况。

本来商陆今天下午见完中科院的人之后，和蒋方卓碰面，约在七点是正好的。可六点左右，商陆却突然发微信给他，说想改到晚上十点。

商陆是个规划性很重、很少临时改时间的人，蒋方卓本还有些不解，如今看着向南星脖子上的吻痕，似乎又懂了。

他脸色微微一沉。

正看着菜单的向南星指着一道香椿虾仁抬头问蒋方卓："加道这个怎么样？"

蒋方卓突然朝她伸出手来。

向南星一愣，下意识往后避了避，直到学长无奈笑道："你领口粘了粒米。"

向南星才停下没再回避。

学长的手伸到她衣领边，定睛一瞧，又是一皱眉，抱歉地笑笑："不好意思，看错了。"

她的衣领上哪儿有什么米粒,可他既然手都伸过去了,索性顺手将她刚才脱外套时弄塌一半的毛衣领稍微理了理。蒋方卓的动作再自然不过,谁也没觉得有什么奇怪。

她脖子上的那道吻痕总算被严严实实地遮住了,蒋方卓噙着笑收回手,接过向南星刚才的话,低头去看菜单:"你刚点了哪道?"

谁也没发现他低头的一刹那嘴角噙着的笑,顷刻间消失了。

商陆原本和蒋方卓约的是今晚七点,他吃了向南星买来的药,在真正昏睡过去之前,给蒋方卓发了个微信,把见面时间改到了十点。

他原本以为那个女人会陪他到很晚,即便他在屋里睡着,而她在客厅里坐着。

他在她脖子上留的吻痕,她应该会遮掉吧,就像大四暑假那阵子,他有时候没控制住力道,在她颈侧或肩侧落的吻痕,两三天都消不了,她便索性用粉底盖住。

其实在她夺门而出的那一刻,商陆就后悔了。

太幼稚。明知道她会想办法遮掉,还这么给她找不舒坦。

商陆和蒋方卓虽改了时间,但还没约具体地方,商陆躺在沙发上睡了会儿,被手机吵醒。

蒋方卓发微信问他一会儿约在哪儿。

向南星给他买的药,药效确实猛,他的烧退了点,脑子却一直昏沉。他揉着太阳穴回蒋方卓的微信,说了个附近的粥铺。

蒋方卓自然问他:"你还没吃晚饭?"

不等商陆回复,蒋方卓又发来一条:"我刚吃完饭,这家的粥很好,我直接打包一份,去你家找你得了。"

商陆想想,回了个"好"。

有客人来家里,他自然要收拾下,尤其是茶几上这一堆东西。

叶氏想挖他,他摆这么一桌子别的研究院提供给他的合同模板,被蒋方卓看到,怕不是要以为他在炫耀些什么。

第五章 只做陌生人

他把茶几上的东西包括电脑,全转移进了书房。

书房里全是赵伯言的手办,有美系的复联英雄,也有日系的可爱妹子,尤其后者,洋洋洒洒摆一排,商陆看着都头疼,放下东西就准备关门走人。

一张三折的信纸却从合着的笔记本电脑缝隙里,滑落了出来。

商陆只能忍着那一排手办给他造成的精神污染,停下离开的脚步,弯腰捡起信纸。

那是姥爷写给他的遗书。

可惜直到上周,这份遗书才落到他手里,还是连同他当年塞给她的银行卡一道,由向南星狠狠甩到他脸上的。

只不过那晚她喝得太醉,她对他做了什么,说了什么,统统断片,只留了个烂摊子给他。

商陆把姥爷的信小心翼翼地放回桌上,出了书房。

其实他拿到这封信,和他生病都在同一天,都是因为同一个女人。

上周,他从蒋方卓家离开之后,确实是打算直接回家的。

蒋方卓的公寓在东三环,他借住赵伯言的公寓在北三环,压根不会路过工体。

商陆刚回国时,赵伯言就把车借给他开了。

赵伯言如今住的地方离工作的医院才一公里,骑个共享单车上下班,只需要五分钟,开车反而能堵半小时。

虽说赵伯言总抱怨自从自己不开车,桃花运都变差了。用赵伯言的原话就是:"如今的女人怎么都这么拜金?男的开辆好车,她都能高看你一眼。"

可赵伯言的心思大家都懂,他把车给商陆开,失了桃花运,不就是为了那个最拜金的女人——迟佳——吗?就赵伯言自己还装糊涂。而男人一旦装起糊涂来,是连自己都能骗过去的。

那晚,当商陆开着车,最终堵在工体西路的那一刻,若他扪心自问一下,回家的路那么多条,为什么非得挑一条这么舍近求远的路,他怕是回答不了自己。

工体西路头尾都在查酒驾,堵得动不了,他拐进工体大门的那一刻,还想着自己这样做是避开拥堵抄近路,可当他一个刹车在酒吧门口停下时,脚就不听使唤了，再也踩不下油门。

VICS酒吧门口，负责引导泊车的服务生以为是客，见状上前，示意还有空车位，他才终于重踩油门，把车停了过去。

停车区里，商陆一眼认出来蒋方卓的车也在。学长竟比他先到了。

其实向南星和蒋方卓通电话时，他依稀听见电话那头，她说她在VICS，或者MIX？这两家酒吧对面而立，下了车，商陆犹豫了一下，先去了VICS那边。

刚才指引他停车的服务生，往他手上套了个入场凭证似的荧光手环，但他并没有进酒吧，只是在门口等着。

那女人酒品差，迟佳也好不到哪儿去，一个比一个虎，蒋方卓一己之力，不一定弄得了两个，他就当是路过，帮一帮学长。

等待的时间里，商陆突然想到前阵子，赵伯言旁敲侧击地问他，如今的他对向南星到底是什么意思。

商陆当时没回答，只反问："你这么问又是什么意思？"

赵伯言藏不住事，直接说了："迟佳告诉我，向南星升主治医师之后，蒋学长送了束花给向南星。我问学长，学长说是替你送的，兄弟，你葫芦里到底卖的什么药？"

赵伯言的不解毫不掩饰地写在眉梢眼角："你倒是说啊，你要对人家还有意思，就赶紧说，哥们还能给你整一出抢婚计划，向南星可还没领证。"

共同朋友太多，是好事也是坏事，他从来不用担心错过她生活里的一点一滴。

至于那束花……

商陆记得，他那时还在纽约，蒋方卓因叶氏的工厂和实验室部分迁到国内的缘故，开始频繁地北京、纽约两头跑。

前阵子，叶氏在国内研发的抗癌新药为了过美国这边的FDA审批流程，蒋方卓特地回了趟纽约，当时的商陆也正在为S-lab的人员集体出走而焦头烂额。

二人抽空见了一面。

那时蒋方卓确实问过他："向南星升主治医师了，要不要我替你送束花祝贺一下？"

商陆也记得,他当时说的是"不用"。

他被富通医疗针对得焦头烂额,之所以还特地抽出时间约蒋方卓叙旧,其实只是想问问:"听说她要结婚了?"

蒋方卓一愣:"她?"反应过来,眉心却蹙得更深,"谁告诉你的?"

这话问的,看来学长也知道她要结婚了。

"赵伯言。"商陆说。

那一刻,蒋方卓沉默了很久。

商陆那次见蒋方卓,其实只想听到他一个否定的答案。可是最终蒋方卓只是拍了拍他的肩,像是无声的安慰。

蒋方卓最后还是替他送了花给向南星,即便他说了不用。

很快商陆就远远瞧见几个熟悉的身影从对面MIX走出来,如果学长能一人治两个,商陆或许只会这么远远地看着,可惜迟佳和向南星两人都喝得烂醉,蒋方卓顾此失彼,看住了迟佳,却没能看住向南星。

看着迟佳跟赖皮猴似的吊在蒋方卓脖颈的画面,商陆不免替赵伯言默哀三秒。迟佳从不缺男人缘,赵伯言要排队到何时?

相反向南星,晃晃悠悠地独自一人朝车道走去,也没人管,看着形单影只。

商陆的脚步先头脑一步,快步朝对面走去。在向南星摔倒前,一把捞住她。

被迟佳缠着停在几米开外的蒋方卓见到他,愣了愣,笑道:"你不是已经回家了吗?"

"路过。"

对于商陆的说词,蒋方卓明显不信,却也没拆穿。

至于要送这两个醉鬼回哪儿,这两个醉鬼竟还产生了分歧——

迟佳醉醺醺地报了个酒店名,向南星却当即甩出一把钥匙,闹着要回宿舍。

两个男人面面相觑了好一会儿,不知该听谁的。

好在商陆和蒋方卓都开了车来,两个醉鬼被分别弄上了车,先回向南星指定的宿舍。

终于来到向南星宿舍楼下,迟佳却死活不肯下车,一直坚持要回酒店:

"老……老娘付了半个月房费,浪费一天不住都是……可耻!可耻!"

可蒋方卓问迟佳她的酒店房号,迟佳又死活答不上来。至于向南星那边,早已自行下了车,轻车熟路地上了宿舍楼。

夜深人静,商陆犹豫了几秒,还是跟下了车。

果然,向南星已经醉到连宿舍门都开不了,拿着钥匙,几次试图插进锁孔,却压根对不准,恼得她对着门又敲又拍:"开门!"

真当屋里有人,能给她开门?

被她狠拍着门的房间,门缝透出一片黑暗,隔壁宿舍反倒被吵醒了,忽然开了灯。

商陆几乎是懒散地倚着走廊的栏杆,看着面前这醉鬼和门板较劲得正欢——这一幕,于他,那么熟悉,又俨然已经有些陌生。他并不想管她,反而有点想放任这一晚就这么荒唐地继续下去,想好好看看她。

商陆是这么想的,也是这么做的,她在那边把门敲得哐当作响,他这边却安静极了,安静到被眼前这一幕勾起的点滴过往,开始在内心无端撕扯,撕扯得他心脏某一处隐隐作痛。

听见隔壁的宿舍门里传出脚步声的那一刻,他忽然回了神。

眼看隔壁宿舍里的人就要开门出来看看情况,原本倚着栏杆的商陆突然动了,两步就来到向南星身后,手顺着她垂在身侧的胳膊一路滑到她指尖,把她勾在指尖的那串钥匙摸过来,开门的同时,拉着她闪身进去。

他这边悄然关上门的那一刻,隔壁宿舍的门刚刚拉开。

向南星的同事探出半个身子,想看看是谁大半夜在这儿扰民,然而此时的走廊上,压根一个人影都没有。

至于大半夜扰民的那位,此刻正被商陆抵在门板上,却还不自知。

宿舍里一片漆黑,商陆顺手摸向墙边,准备开灯,却忽然一滞。他的外套在车里,身上就一件衬衣,领口的两枚纽扣开着,而她的呼吸,此刻正热盈盈地熨在他的颈侧。

周遭越是安静,他越能感觉到她呼吸的频率,大概因为喝了酒,她的呼吸

第五章 只做陌生人

比平常来得更急促，也更勾人。

他的手，就这么无意识地悬停在墙上的开关上，又突然无意识地按了下去，只因怀里这女人突然靠在了他身上，一如他的手按在开关上，瞬间紧贴。

宿舍瞬间亮如白昼，商陆低头便见枕在他胸前的那半张绯红的脸颊。她甚至抱着他，笑了一下。那浅浅的一笑落进商陆眼里，他却突然皱了眉。

她知道她在对谁笑吗？这个疑问穿脑而过，商陆推开她的肩，让她别再挨着他，让她好好看着他。

"我是商陆。"他说。

不是她的未婚夫，更不是其他男人。就是他，商陆。

原本以为她起码会皱下眉，她却丝毫不为这个名字所动，眯着眼睛看了他半天，终于想起来了："哦！"

这是已经忘记商陆是谁了？

向南星嫌弃地咂巴一下嘴："那个臭傻子啊……"

向南星放开他，摇摇晃晃地往屋里走。

商陆依旧站在门后，半天没反应过来。臭傻子？

宿舍里是自采暖，没开暖气之前，屋里室温也就几摄氏度，商陆很快被冻清醒，再看此时的向南星，摇摇欲坠地走去床边，准备坐在床上，却坐歪了，一屁股坐到了地上。

她倒是随遇而安，直接伸手把床上的被子拽了一角下来，团了团抱在胸前，倒头就要睡。

商陆看一眼手表。她明早应该有班，睡不了几个小时了，他走过去，要把她弄上床。

而刚才还贴他贴得严丝合缝的向南星，这回却死活不让他碰了，他刚架起她的胳膊，她就一把挥开："你谁啊？"

还问他是谁？商陆冷眼瞧瞧她。

"商陆。"怕她又忘了商陆是谁，又自报了一遍她刚给他冠上的骂名，"臭傻子。"

"啪"地一巴掌，毫无征兆地打在商陆脸上。商陆直接被打蒙了。

而向南星腾地坐直，特别理直气壮地瞪他："不准你骂他！"

一脸愠怒的商陆，忽然失去了全部表情，向南星就像个护犊而蛮横的家长。

"全世界就只有……"向南星艰难地打了个酒嗝，特别大爷地指了指自己，"我能骂他，其他人都不行！"

她那撑天撑地的蛮横模样，伴随着她渐渐歪倒的身体，一点点隐去，只剩嘴里念念有词："都不行……"

被她打麻了的半边脸，渐渐退了火辣，商陆一侧身，挨着她坐在了床尾。

她的额角就这么枕了过来，那么乖，好似刚才一言不合就给了他一巴掌的另有其人，好似这几年间的隔阂都不复存在。

"这么霸道，只准你骂他？"

她意识模糊，可还记得点头。

"那为什么这两年，你一次都没找过他？"

很长一段时间，他过不了姥爷去世的那道坎。不论是偏信中医的姥爷，还是不劝阻姥爷、反倒配合老人家胡来的向大夫，以及让他在肯尼迪机场苦等了二十二个小时，最后只等来姥爷的一道病危通知的她。

仿佛一瞬间，世界弃他而去。

就像站在一个孤立无援的单向空间里，目送着他的至亲走向死亡。而他，什么都抓不住。

商陆一直以为，起码这个姑娘会永远站在他这边。一如他一直以为的，这次她也会像之前的每一次一样，无论他如何拒绝，她都会陪着他，等着他。等这个作茧自缚的人愿意破茧而出。等一切都回到最初。

可这一次，她没有等他。

时间是个好东西，让他终于想通，他对向大夫，对她，对所有人的迁怒，其实归根到底，是因为他恨那个明明拼尽了全力却仍旧拿生死一点办法都没有的自己。

而时间又是个坏东西，她不再属于他。即便他不愿意承认这一点。

商陆不知道自己是期待她回答,还是害怕她回答。

向南星微合着眼,似乎在放空,又似乎在思考。半晌,她扭过头来瞪他:"老娘不愿再伺候他了,不行啊?"

商陆抚额。

屋里没烧暖气,他穿得又少,明明应该是阵阵寒意,可他看她近在咫尺的这张脸,只觉得脑袋轰地一热。

她的话还没完:"老娘就是要向前看,不行啊……"

他一把托住她的后颈,以吻封口。

不行。他用行动回答她:"不行。"

不是只准她骂他吗?那全世界就只有他这个臭傻子可以这么吻她。只有他可以这么吮她的舌,咬她的唇。

她喝得那么醉,推他的力气却不小,商陆竟被她推开,可她站起来的当下便失了平衡,酒精缠着她,令她脚下发飘。

商陆紧随而起,将她一把搂过,毫无章法地吻她。

他步步为营地逼近,她跌跌撞撞地后退,一间宿舍就这么大,转眼她已背靠写字台,再无路可退。

商陆堪堪分开彼此,看她红肿的唇,看她眼里的自己。

他捧着她的脸,要她看他的眼睛:"是我。"

她醉意满满的眼里终于染上了一丝清明,她似乎终于知道他是谁了,却因此皱了眉,嘴唇报着,又微启:"商……"

最后一个字,被他俯身吞去。

头脑被酒精麻痹,身体的记忆却那么汹涌,她或许都不知道自己在回吻。整个世界天旋地转,她渐渐顺着桌沿滑落下去,手胡乱抓住抽屉的把手,却是徒劳,人跌落在地的同时,整个抽屉也掉了出来。

原本只想捞起她不管不顾继续的商陆,眉眼一紧。上一秒还沉溺在快要失控的欲望中,转瞬已一脸清醒,一把护住她的脑袋。

他护住她的头,然而她的眉骨仍被掉落的抽屉一角划到。

一声闷响,抽屉里的东西散落一地。

世界终于恢复静止。

一地的凌乱中,商陆只认出了两样东西。

那张银行卡,是他曾经给她的老婆本。

那封信,商陆依稀记得,她曾在姥爷的葬礼上试图交给他,只不过当时的他拒收了。